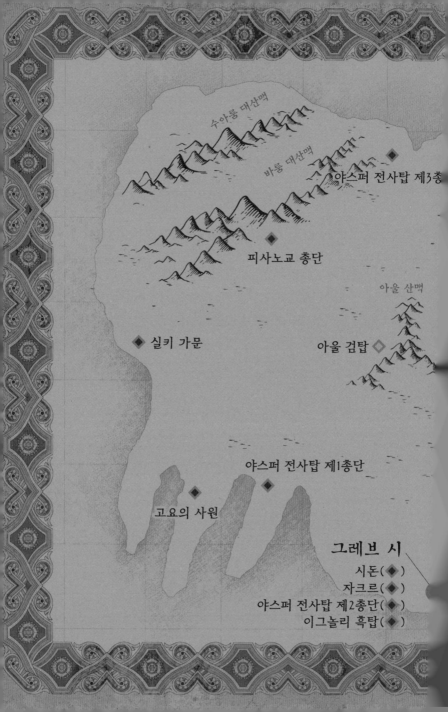

추이타 북산맥

추이타 대초원

추이타 남산맥

피요르드 시
쿠퍼 가문(◇)
은화 반 닢 기사단(◇)
모레툼 교황청(◇)

ㅓ이올라 시

솔노크 시

솔 강

듐 시
ㅓ 마탑(◇)

원시림

라폴리움 시
라폴 도서관(◇)

트루게이스 시

◇ 백 진영
◆ 흑 진영
◆ 중립 진영
● 도시

뉴브로도 시
아바니 가문(◆)
수의 사원(◆)

언노운월드 대륙 전도

ETAN 이탄

ORIGINAL FANTASY STORY & ADVENTURE

쥬논 판타지 장편소설

dream books
드림북스

이탄 19 이탄의 전생

초판 1쇄 인쇄 2022년 1월 13일
초판 1쇄 발행 2022년 1월 27일

지은이 쥬논
발행인 오영배
편집 편집부
일러스트 필연
표지 · 본문 디자인 오정인
제작 조하늬

펴낸곳 (주)삼양출판사 · 드림북스
주소 서울시 강북구 도봉로 173
대표 전화 02-980-2112 팩스 02-983-0660
편집부 전화 02-987-9393 팩스 02-980-2115
블로그 blog.naver.com/dreambookss
출판등록 1999년 3월 11일 제9-00046호

ISBN 979-11-283-7117-2 (04810) / 979-11-283-9990-9 (세트)

드림북스는 (주)삼양출판사의 판타지 · 무협 문학 브랜드입니다.

목차

부제: 언데드지만 신전에서 일합니다

사대신수

『성혈의 바하문트』
—신수: 날개 달린 사자
—상징: 공포
—속성: 흙(土), 피(血)

『불과 어둠의 지배자 샤피로』
—신수: 광기의 매
—상징: 탐욕
—속성: 불(火), 어둠(暗), 나무(木)

『포식자 하라간』
—신수: 투명 마수
—상징: 타락, 나태
—속성: 얼음(氷), 균(菌), 물(水)

『둠 블러드 이탄』
—신수: 냉혹의 뱀
—상징: 파멸
—속성: 금속(金), 빛(光)

발췌문

태초에 모레툼 님께서 말씀하셨다.

나는 땅에 쓰러진 자를 일으켜 세우는 자이니 나로 말미암아 세상에는 더 이상 쓰러진 자가 없을 지니라.

모레툼 님의 말씀이시다.
태초에 모레툼 님께서 또 말씀하셨도다.

언젠가 내가 너희들의 세상에 내려갈 것이로되, 그때 나는 물질을 은으로 바꾸는 능력을 가져가 땅에 쓰러진 자들

에게 은을 쥐여주려 한다. 너희는 나의 뜻을 받들어 은을
소중히 하여라.

이 또한 모레툼 님의 말씀이시다. 역대 교황들은 이 말씀
을 마음에 새기되, 다른 이들에게는 이 이야기를 전하지 말
지어다.

　—모레툼 교단 2대 교황이 3대 교황에게 남긴 유훈 가
운데 발췌

제1화
유령조직

Chapter 1

웅얼, 웅얼, 웅얼, 웅얼.

머리에 노란색 삼각 모자를 쓴 노파 10명이 손에 손을 맞잡고 둥그런 마법진 안에 앉아서 주문을 외웠다.

노파들이 입고 있는 것은 지금은 멸망하여 사라진 쥬신 대제국의 옛 궁중 복식이었다. 노파들의 얼굴엔 밭고랑처럼 깊은 주름이 팼는데, 그 주름 한 가닥 한 가닥마다 한이 가득 차 보였다.

웅얼, 웅얼, 웅얼, 웅얼.

노파들의 주름진 입에서 흘러나오는 주문 소리는 마법진 의 중심부로 몰려들었다.

그 중심부에는 소녀가 한 명 서 있었다. 설빙처럼 하얀 날개옷을 입고 눈에는 새하얀 붕대를 칭칭 동여맨 가냘픈 소녀였다.

천장에서 떨어진 옅은 빛의 기둥이 마법진 중앙의 소녀를 비추었다.

그러던 한순간이었다.

"허업, 으허헉."

소녀의 호흡이 갑자기 꽉 막혔다. 소녀는 가냘픈 손으로 자신의 머리를 부여잡고는 풀썩 쓰러졌다.

갑작스레 발생한 변고에 노파들이 벌떡 일어났다.

"앗! 공주마마."

"이게 어찌 되신 일이옵니까?"

10명의 노파가 소녀를 향해 황급히 달려들었다.

소녀는 바닥에 축 늘어진 채 부들부들 온몸을 경련했다.

"붉은 빛……. 아니, 붉은 벽……. 아니야. 아니야. 보이지가 않아. 세상이 온통 붉은 벽으로 막혔어. 아으으으으. 꺄아악!"

소녀는 알아들을 수 없는 말을 지껄이다가, 별안간 외마디 비명을 내지르고는 혼절했다. 소녀가 쓰고 있는 새하얀 붕대를 타고 붉은 선혈이 천천히 번졌다.

그 섬뜩한 장면에 노파들이 진저리를 쳤다.

"어흐흐흑. 공주마마. 정신 차리셔요."

"공주마마. 공주마마."

노파들은 당황하여 어쩔 줄을 몰랐다.

눈에서 피를 흘리며 쓰러진 소녀의 이름은 이린.

'하늘의 눈'이라 불리는 천공안(天空眼)의 소유자이자 쥬신 대제국의 부활을 꾀하고 있는 이공의 외손녀가 바로 소녀의 정체였다.

최근 이린은 천공안의 권능을 이용하여 오대군벌의 움직임을 샅샅이 살펴보던 중이었다. 특히 요새 이린은 하루에 24번씩, 즉 한 시간마다 한 번씩 천공안을 열었다.

이린이 이토록 자주 권능을 발휘하는 이유는 간씨 세가에서 파견한 추적대를 떼어내기 위함이었다.

이린의 천공안 덕분에 그녀의 외할아버지가 세운 비밀결사는 무사했다. 간씨 세가의 집요한 추적이 매번 실패로 돌아갔다는 뜻이었다.

연이은 실패 끝에 주작대주가 이 사실을 이탄에게 고했다.

그 결과 이탄이 직접 움직였다.

바로 이 대목에서 파탄이 드러났다.

이탄이 타이베이 스린 야시장에 들어와서 이공이 설립한

비밀조직과 만난 그 순간, 이린의 천공안이 저절로 발동하여 이탄을 포착해냈다.

'간씨 세가도 참 집요하군. 또 사람을 보냈어? 그래 봤자 소용없는데.'

이린은 상대를 얕보는 마음으로 자신의 권능을 발휘하였다. 이린의 천공안이 활짝 열려 이탄의 존재를 탐색하려고 들었다.

그 순간 온 세상이 붉은 벽으로 막혔다. 금속 재질처럼 보이는 시뻘건 벽이 거창하게 일어나 천공안의 탐색을 원천적으로 차단했다.

일은 거기서 끝나지 않았다. 붉은 벽에서 반사된 한 줄기의 빛이 뾰족한 침처럼 쏘아졌다. 퓨웃— 날아온 빛은 이린의 천공안을 단숨에 꿰뚫어 버렸다.

"꺄아악!"

이린은 두 눈에서 피를 철철 흘리며 기절할 수밖에 없었다.

같은 시각.

스린 야시장의 외진 골목에는 피비린내가 진동을 했다. 발 마사지 숍 2층 바닥을 흥건하게 적신 피가 나무 바닥 틈새로 파고들어 아래층 천장에서 뚝뚝 떨어졌다. 2층에서 1

층으로 내려오는 계단도 온통 피바다, 그리고 시체 천지였다.

발 마사지를 받고 있던 손님들은 기겁을 하여 도망치다가 모두 입막음을 당했다. 복면괴한들은 숍의 셔터를 내린 뒤, 도망치려던 손님들의 목을 칼로 베었다.

물론 그 괴한들도 결국엔 이탄의 손에 사지가 찢겨 죽었다.

거의 100여 명 가까이 죽어나가자 더 이상 복면괴한들은 증원되지 않았다. 텅 빈 마사지 숍은 기괴할 정도로 적막했다.

이탄은 1층에 남아 있는 적이 한 명도 없다는 점을 확인한 다음, 지하로 내려가는 좁은 계단을 흥미롭게 쳐다보았다.

"내 손에 죽은 자가 꽤 많았는데 말이야, 이제 보니 그 인원들이 건물 밖에서 쳐들어온 것이 아니었구나. 이곳 지하실에서 기어올라 왔었나 봐."

이탄은 한 치의 망설임도 없이 지하로 내려갔다.

ㄷ자 모양으로 꺾인 계단 아래, 꽉 막힌 철문이 이탄을 가로막았다.

꽝!

이탄은 철문에 손가락 10개를 박아 넣은 다음, 그대로 양쪽으로 찢었다.

깜깜한 지하에서 갑자기 사람 한 명이 뛰어나왔다.

"죽엇!"

손에 단검을 쥐고 달려든 상대는 작달막한 키의 여자였다.

이탄은 상대의 얼굴을 곧바로 알아보았다. 이제 보니 이 여인은 이탄을 마사지 숍 2층으로 안내해준 그 안내자였다. 이탄이 룬메이를 찾자 두 눈에 살기를 품었던 바로 그 여인 말이다.

이탄은 상대의 칼을 맨손으로 쥐어 우그러뜨렸다.

작달막한 여인이 그 자세에서 앞으로 텀블링을 하여 발꿈치로 이탄의 인중을 찍었다.

촤앙!

여인이 신고 있는 하이힐의 뒤축에서 단검이 발사되어 이탄의 목숨을 노렸다.

이탄은 여유롭게 그 단검을 받아낸 다음, 상대의 발목을 잡아 옆으로 휘둘렀다.

뻐억!

이탄의 손에 붙잡힌 여인이 수평으로 날아가 지하실 벽을 온몸으로 들이받았다. 여인의 어깨뼈가 단숨에 함몰되었다. 갈비뼈도 몇 대가 으스러졌다.

"끄윽."

여인이 이빨을 꽉 물었다.

Chapter 2

이탄은 성큼 다가가 상대의 머리채를 잡았다.

여인이 민첩하게 몸을 날려 이탄의 팔뚝에 매달렸다. 두 다리로 이탄의 팔을 휘감고, 체중을 실어 이탄의 팔뚝을 꺾어버리겠다는 것이 여인의 의도였다.

당연히 그 의도는 실패로 돌아갔다. 이탄은 암바 기술을 걸어온 여인을 매단 채 팔을 위로 휘둘렀다.

"끄룩!"

중력의 반대 방향으로 급격하게 딸려 올라간 여인은 지하실 천장에 머리를 세차게 들이받고는 눈깔이 뒤집혔다.

"야. 야. 죽었냐?"

이탄은 개구리처럼 쫙 뻗어버린 여인을 발로 툭툭 찼다.

여인의 정수리 부위에서는 검붉은 선혈이 낭자하게 흘렀다. 어깨와 갈비뼈도 으스러져서 망가진 인형 같아 보였다.

이탄은 여인의 코에 손을 대어 숨을 쉬는지 확인했다.

다행히 죽은 것 같지는 않았다. 이탄은 여인을 내버려 둔 채 지하실부터 둘러보았다.

분명 지상의 발 마사지 숍은 허름하고 좁은 건물이었다. 한데 기가 막히게도 건물 지하는 SF영화에나 나올 법한 최신 시설을 갖추었다. 지하의 면적도 엄청 넓었다.

"내 이럴 줄 알았지. 역시 지상의 마사지 숍은 위장 업소에 불과했네."

이탄이 재미있다는 듯이 눈웃음을 쳤다.

지금 이탄의 눈앞에 펼쳐져 있는 면적 정도면, 인근 건물 수십 채를 합친 넓이였다. 아마도 유령조직은 이 구역의 건물들을 모조리 다 매입한 다음, 지하를 넓게 터서 아지트로 사용해온 모양이었다.

탁 트인 지하에는 조직원들의 숙소와 훈련장, 샤워실, 식당 등이 골고루 갖춰져 있었다.

이탄은 우선 적들의 숙소부터 둘러보았다.

이곳의 숙소들은 8인 1실로 군부대의 그것을 연상시켰다.

다음은 훈련장.

유리벽 안쪽에 자리한 훈련장은 크게 세 곳으로 나뉘었다.

첫째, 각종 무기를 연마하는 무기훈련실.

둘째, 최신 장비가 완비된 웨이트 트레이닝실.

셋째, 명상 수행을 하는 곳처럼 보이는 탁 트인 공간.

훈련장 옆 복도에는 여러 개의 모니터가 설치되어 각 구획들을 비춰주었다. 그 가운데 이탄의 눈을 잡아끄는 곳은 두꺼운 철문 안쪽 공간이었다.

철문 안 어두운 공간에는 푸른 액체로 채워진 유리관이 가득했다. 또한 유리관에는 사람이 한 명씩 들어 있었다.

"뭐야? 여기서 인체 개조 실험이라도 하나?"

가능성은 충분했다. 수상쩍은 유령조직이 오대군벌의 눈을 피해서 단기간에 이 정도 규모의 병력을 양산해내려면 인체 개조밖에는 답이 없었다.

이탄은 철문을 손으로 찢은 뒤, 안으로 들어갔다.

그 안에 설치된 유리관의 숫자는 총 80개였다.

이 가운데 65개의 유리관 안에는 눈을 꼭 감은 실험체들이 부유 중이었다. 실험체들의 모습은 흡사 어미 뱃속에 들어 있는 태아 같았다.

나머지 15개의 유리관은 텅 빈 상태였다.

그런데 유리관 주변 바닥에 물이 뚝뚝 떨어져 있는 것으로 보아, 이 관 안에 들어 있던 실험체들 가운데 일부가 황급히 피신을 한 것 같았다.

"아니지. 잠들어 있는 실험체가 스스로 피신을 했을 리는 없겠지. 아마도 조금 전에 내가 위에서 한바탕 난동을 부리는 동안, 유령조직원들 가운데 일부가 다급히 실험체들을 유리관 밖으로 꺼내어 어디론가 옮겼을 거야."

이탄은 지하 시설과 유리관의 모습 등을 휴대폰으로 찍어서 주작대주에게 전송했다. 그런 다음 바닥에 떨어진 물기를 따라 유령조직을 추적했다.

기다란 복도를 따라가자 계단이 하나 나왔다. 이 계단은 스린 야시장 인근 지하철역으로 연결되었다.

"벌거벗은 실험체들을 데리고 지하철을 탔을 리는 없는데……. 이 녀석들이 과연 어디로 갔을까?"

이탄이 주변을 둘러보았다.

희한하게도 적들의 흔적은 지하철역에서 뚝 끊겼다. 이탄이 아무리 감각을 뻗어보아도 걸리는 바가 없었다.

그러던 어느 한 순간, 이탄의 표정이 딱딱하게 굳었다.

"허? 설마 이것은!"

이탄은 공간의 언령인 무한공의 주인이었다. 동시에 이탄은 시간의 언령인 무한시의 지배자였다.

사실 시간과 공간은 차원을 구성하는 양대 축이었다.

이탄은 이 두 가지 권능을 동시에 소유한 덕분에 피조물의 한계를 뛰어넘어 차원 그 자체를 더듬어 볼 수 있었다.

아니, 단순히 더듬어보는 수준을 뛰어넘어 이탄은 물리적인 실체가 없는 차원의 벽에도 타격을 줄 수 있는 신격 존재, 혹은 마격 존재로 성장 중이었다.

그런 이탄이기에 느낄 수 있었다.

'아니, 어떻게 이런 일이 있을 수 있지? 이 주변에 차원의 벽이 드러나 있어. 차원의 바깥쪽도 아닌, 차원의 내부에도 차원의 벽이 생길 수가 있나?'

사과를 하나의 차원이라고 가정해 보자. 이럴 경우에 사과의 껍질이 곧 차원의 벽인 셈이었다.

그런데 지금 이탄이 발견한 것은, 사과의 바깥쪽을 둘러싸고 있어야 할 껍질이 사과 안쪽에 불쑥 나타난 현상과 다를 바가 없었다.

'도저히 이해할 수가 없네.'

이탄은 눈앞에 드러난 차원의 벽을 열심히 감각으로 더듬었다.

이 벽의 존재가 어찌나 충격적이었던지, 이탄은 유령조직을 추적하는 사소한(?) 목적 따위는 싹 잊어버렸다.

이탄은 그렇게 한참을 고민하던 끝에 한 가지 결론을 내었다.

'이건 차원의 벽이라고 부르기에는 크기가 너무 작구나. 가로 2미터, 높이 3미터에 불과한 크기이니, 이것은 차원의 벽으로부터 떨어져 나온 아주 작은 파편이라고 불러야 할까? 그런데 이 파편이 왜 갑자기 이 자리에 나타났지?'

이탄이 심각하게 고민을 하는 와중에도 이탄의 주변에는 일반인들이 지나다녔다. 일반인들 가운데는 차원의 벽을 아무렇지도 않게 지나치는 사람들도 많았다. 차원의 벽은 이들 보행자들에게 아무런 영향도 끼치지 않았다.

Chapter 3

차원의 벽은 일반인들의 눈에 보이지 않았다. 일반인들이 이 벽의 존재를 느끼거나 만질 수도 없었다.

'오직 나와 같은 특별한 존재들만이 이 벽을 보거나 만질 수 있나 보구나. 하긴, 나는 이 벽을 부숴버릴 수도 있지.'

이탄이 어깨를 으쓱했다.

여기까지 생각이 미친 순간이었다. 갑자기 이탄의 뇌리에 번쩍! 하고 스파크가 튀었다.

'헉! 만약 내가 이 차원의 벽을 뚫고 들어가면 어떻게 되지? 평범한 사람들은 이 벽의 존재를 느끼지도 못하고 쓱 지나쳐 버리지만, 내가 시간과 공간의 언령을 발휘하여 이 벽을 억지로 뚫고 들어간다면? 그럼 다른 차원으로 연결되려나?'

이탄은 얼핏 이런 상상을 했다.

"가만!"

이탄이 갑자기 소리를 내었다. 동차원 남명에서 벌어졌던 사건이 자연스럽게 이탄의 뇌리에 떠올랐다.

예전, 피사노교의 서열 3위인 쌀라싸와 5위인 캄사가 악마의 법보를 이용하여 남명 한복판에 차원의 문을 열었다. 그런 다음 그들은 그 문을 통해 피사노교의 마병들을 대거 이끌고 남명으로 쳐들어왔다.

이탄이 생각했다.

'당시에 쌀라싸는 특별한 마보를 사용해서 차원의 문을 열었어. 그런데 본디 문이라는 것은 벽 위에 존재하는 거잖아. 벽으로 막힌 구역을 드나들 게 해주는 것이 바로 문이잖아. 그런데 만약 지금 내가 보고 있는 이 조그만 벽에 일시적으로나마 문이 나 있었다면? 그리고 유령조직이 그 문을 통해서 차원을 넘나들었다면?'

콰콰쾅!

이탄은 귓가에 천둥이 울리는 듯한 느낌을 받았다.

'설마 유령조직에 차원을 오갈 능력자가 있단 말인가?'

실체조차 모호한 유령조직이 차원을 넘나들 수 있는 능력자 집단이라면, 이건 보통 일이 아니었다.

잠시 후, 이탄은 자연스럽게 또 다른 단서를 떠올렸다.

'가만! 언노운 월드에도 실체가 불분명한 어둠의 무리들이 암약하고 있잖아?'

예를 들어서 동차원 북명의 코이오스 가문은 언노운 월드에서 비앙카를 도모했었고, 그릇된 차원에서는 에스더의 동생인 레니를 납치하려 들었다.

'그 어둠의 무리가 이곳 간씨 세가 세상에는 나타나지 말라는 법은 없잖아. 혹시 내가 지금 추적 중인 유령조직이 어둠의 무리와 연관이 있는 것 아닐까?'

동차원과 서차원(언노운 월드), 그리고 그릇된 차원을 오가면서 수상한 짓을 획책 중인 어둠의 무리.

오대군벌 사이를 이간질 시키면서 테러를 자행한 유령조직.

이탄의 머릿속에선 이 두 단체가 하나로 연결되는 모습이 그려졌다.

아직까지는 이러한 추측들이 올바른 것인지, 아니면 단순한 과대망상인지는 알 길이 없었다.

하지만 이탄은 자신했다.

"내게 꼬리를 한 번 밟힌 이상 너희들은 끝장이야. 나는 한번 입에 문 것을 절대 놓치지 않는다고."

이탄이 혀로 자신의 입술을 싹 핥았다.

아쉽게도 오늘 이탄의 활약은 딱 여기까지인 듯했다. 적들은 차원의 문을 통해 도망친 듯했고, 이탄은 더 이상 스린 야시장에서 얻을 것이 없었다.

유령조직의 조직원들이 증발하듯이 사라진 자리엔 차원의 벽만이 덩그러니 남아 있었다.

심지어 이 차원의 벽도 한시적이었다. 이탄이 지켜보는 가운데 차원의 벽 자체가 서서히 사라지는 중이었다.

"아니지. 이걸 차원의 벽이라고 부를 수는 없겠어. 가로 2미터에 높이 3미터면 벽이라고 칭하기에는 너무 크기가 작잖아? 차원의 파편? 아니면 차원의 문? 어떤 단어가 적합하려나?"

이탄은 한가롭게 작명에만 몰두했다.

이탄이 이렇게 여유를 부리는 것은, 그만큼 그가 오늘 거둔 성과가 쏠쏠했기 때문이었다. 비록 이탄은 오늘 적들 가운데 일부를 놓치기는 했으되, 그보다 훨씬 더 중요한 몇 가지 가설들을 확보했다.

이탄은 머릿속에 마구 떠돌아다니는 가설들을 알아보기 쉽게 정리했다.

가설 1: 세상에는 오대군벌을 서로 이간질 시켜서 공멸을 유도 중인 유령조직이 존재한다.

가설 2: 유령조직의 규모는 예상보다 크고, 조직

이 탄탄하다.

가설 3: 유령조직 안에는 미래를 읽는 능력자가 존재할 가능성이 높다.

가설 4: 그 능력자에게는 뚜렷한 한계가 있으며, 어느 수준 이상 강자의 움직임은 읽지 못하는 것 같다.

가설 5: 어쩌면 유령조직은 자유롭게 차원을 넘나들 수 있을지도 모른다.

가설 6: 어쩌면 유령조직은 다른 차원의 어둠의 무리와 연관이 있을지도 모른다.

가설 7: 만약 유령조직이 차원의 문을 통해 간씨세가의 세상과 언노운 월드를 오갈 수 있다면, 내 본신이 직접 이곳 간씨 세가의 세상에 와볼 수도 있을 것이다. 유령조직의 비밀만 캐낸다면 말이다.

이상 일곱 가지가 이탄이 노트에 정리한 가설들이었다.

이 가운데 첫 번째와 두 번째 가설은 이미 이탄이 직접 확인한 사실이었다. 따라서 1번과 2번은 더 이상 가설이라고 부를 수도 없었다.

세 번째와 네 번째 가설도 사실일 확률이 대단히 높았다. 이탄은 마음속으로 3번과 4번 가설도 이미 사실로 증명되었다고 믿었다.

이탄에게 더 중요한 것은 다섯 번째와 여섯 번째 가설이었다.

만에 하나 이탄이 세운 가설들이 사실이라면? 그럼 여러 개 차원에 걸쳐서 엄청난 일들이 진행 중이라는 소리였다.

"와아! 이거 스케일이 갑자기 확 커지네? 가벼운 범인 추적물인 줄 알고 본 영화가 알고 보니 블록버스터급인 셈이잖아? 하하하."

스케일이 커진다고 해서 겁을 집어먹을 이탄이 아니었다. 이탄은 오히려 진한 흥미를 느꼈다.

"그래. 제발 좀 피라미가 아니라 굵직한 놈이었으면 좋겠구나. 그래야 놈들을 쫙쫙 찢어버릴 때 손맛이 찰지지. 으하하하."

이탄이 으스스하게 뇌까렸다. 씨익 웃는 이탄의 입가에서 피비린내가 풍겼다. 실제로 지금 이탄의 옷에서는 적들을 해치울 때 묻은 피가 뚝뚝 떨어지는 중이었다.

지하철역을 지나다니는 사람들 가운데 몇 명이 이탄을 이상하다는 듯이 쳐다보았다.

하지만 그들은 곧 머리를 털고는 제 갈 길을 갔다.

이탄은 잠시 더 그 자리에 머물렀다. 그러다 차원의 벽이 완전히 사라지자 이탄도 스린 야시장을 떠났다.

주작대가 이탄의 빈 자리를 대신 채웠다. 주작대주가 직접 타이베이까지 날아와 현장을 진두지휘했다.

Chapter 4

주작대원들은 스린 야시장의 일부 구역을 봉쇄한 다음, 발 마사지 숍에 널린 시체들을 수거했다. 대원들은 건물 지하에 설치된 최신식 시설에도 일일이 증거품 번호를 붙인 다음, 싹 뜯어내었다. 생체 실험 중인 유리관을 비롯하여 각종 무기들, 캐비닛에 보관 중인 각종 서류들이 주작대원들의 손에 들려 모처로 옮겨졌다.

"서둘러라. 빨리빨리 서둘러."

대원들을 독촉하는 주작대주의 입에 모처럼 웃음기가 감돌았다.

이탄의 명에 따라 유령조직을 뒤쫓기 시작한 이래로 주작대는 늘 허탕만 쳐왔다. 주작대주는 아주 죽을 맛이었다.

그런데 오늘은 상황이 돌변했다. 유령조직에 대한 중요 정보들이 주작대의 손에 대거 들어온 것이다.

그러니 주작대주가 기뻐할 수밖에.

주작대원들이 한창 증거 수집에 열을 올릴 즈음, 타이베이의 치안경찰들은 인근에 폴리스 라인을 설치하여 사람들의 통행을 통제했다. 주작대가 수월하게 업무를 볼 수 있도록 경찰이 도운 셈이었다.

이건 당연한 일이었다. 타이베이도 간씨 세가의 지배를 받는 영토이며, 이곳 경찰들은 간씨 세가로부터 월급을 받았다. 따라서 경찰들이 주작대의 지시를 받아 적극 협조하는 것은 그들의 책무였다.

같은 시각.

급박한 보고가 노파들의 손에 의해 작성되어 위로 전달되었다.

폐하, 이린 공주마마께서 갑자기 두 눈에서 피를 흘리며 정신을 잃으셨사옵니다.

이것이 보고의 내용이었다.

세상의 모처, 한 폭의 그림처럼 아름다운 호수 위에 조각배 한 척이 둥실 떠 있었다. 조각배 위에는 비취색의 예스러운 의복을 입은 노인이 유유히 앉아서 호수에 낚싯줄을 한 가닥 드리웠다.

노인의 이름은 이공.

그는 70년도 더 이전에 자결한 쥬신 대제국의 마지막 황제 이윤이 낳은 사생아였다.

아직까지도 쥬신 대제국이 건재했더라면 이공은 수많은 황자들에게 치여서 제대로 대접도 받지 못했을 것이었다.

하지만 쥬신의 멸망과 함께 황가 족보에 이름을 올린 남성 황족들은 모두 다 처형을 당했다. 오직 마지막 황제 이윤의 사생아였던 이공만이 홀로 살아남았다.

끝까지 쥬신 대제국을 추종하던 소수의 충신들은 이공을 차기 황제로 추대했다. 그런 다음 이공을 중심으로 똘똘 뭉쳤다.

이것이 유령조직—유령조직이라는 단어는 이탄이 붙인 명칭에 불과하지만—의 시발점이었다.

그 후 이공의 딸들이 훌륭하게 장성하여 이공의 세력을 단단하게 키워내었다. 그 결과 오늘날의 조직다운 체계가 갖춰졌다.

거기에 더해서 이공의 외손녀인 이린이 천공안이라 불리는 아주 특수한 능력을 가지고 태어났다.

이린의 천공안 덕분에 이공과 그의 세력은 미래를 미리 예측하는 능력을 갖추었다. 앞으로 벌어질 일을 미리 알고 대처를 하니 세상에 두려울 것이 없었다. 자신감을 얻은 이공이 굵은 붓을 들어 호탕하게 글을 써내려 갔다.

　열성조께서 보우하사 드디어 오대군벌을 드디어 토벌할
때가 되었도다.

　쥬신의 충신들이여, 각지에서 떨쳐 일어날지어다. 그리
하여 사악한 승냥이와 다를 바 없는 오대군벌을 상대로 대
대적인 보복을 감행할지어다.

　충신들의 희생이 밑바탕이 되어 승냥이들은 서로 싸우게
될 것이고, 결국 우리가 승리할 것이다.

　이공이 작성한 격문이 족자에 적혔다.

　이 족자가 각지에 흩어진 점조직으로 전달되었다. 점조직
들이 민첩하게 움직여서 동시다발적으로 테러를 일으켰다.

　이린은 천공안으로 오대군벌의 대응 방법을 미리 예측한
다음, 이를 적용하여 여러 건의 테러들을 모두 성공시켰다.

　그 결과 오대군벌이 발칵 뒤집혔다. 오대군벌 가운데 네
곳이 테러로 피해를 보았다. 범행의 배후로는 시베리아의
코로니 군벌이 지목되었다.

　아시아의 간씨 세가, 유럽의 발렌시드, 미주 지역의 에디
아니, 아프리카의 카르발이 차례로 병력을 일으켜 시베리
아로 쳐들어갔다.

이공의 표현대로라면, 드디어 승냥이들끼리 싸우기 시작한 것이다.

이공의 꿈은 그렇게 실현되는 것처럼 보였다.

그런데 묘한 상황이 전개되었다. 한창 코로니 군벌과 물고 뜯고 피 터지게 싸워야 할 승냥이들이 갑자기 진군을 멈추었다. 간씨 세가도, 발렌시드도, 에디아니와 카르발도 적당 선에서만 이득을 취한 뒤 더 이상 코로니를 공격하지 않았다.

마음이 조급해진 이공이 외손녀인 이린을 재촉하고 또 재촉했다.

"계속해서 천공안을 열라. 천공안으로 승냥이 무리들을 읽고 또 읽으라. 이제 곧 밤이 끝나고 여명이 올지니, 린이는 천년제국의 사직을 위하여 조금만 더 애를 쓰라."

"왜 사대군벌이 군사행동을 멈춘 것인지 찾아내어라. 린이가 꼭 찾아낼 것으로 할애비는 믿는다."

"승냥이들이 혹시 우리의 존재를 눈치챈 것이더냐?"

"린아, 오늘은 승냥이들 사이에서 어떤 낌새가 보이더냐? 못된 승냥이들이 또 무슨 꾀를 내더냔 말이다."

이런 말들이 하루에 한 번씩 이공의 입에서 튀어나와 노파들에게 전달되었다. 노파들은 이공의 말을 다시 이린에게 전달했다.

이린은 쉬지도 못하고 천공안의 권능을 끌어다 썼다.

천공안은 세상의 모든 사건들을 꿰뚫어 읽을 수 있는 사기적인 권능이었다.

그러한 권능을 그리 쉽게 쓸 수 있을 리는 없었다. 이린이 한 번 천공안을 발휘할 때마다 그녀의 몸은 가뭄 때의 꽃을 보는 것처럼 급격하게 시들어 갔다.

노파들이 이린을 걱정하여 이공에게 충언을 올렸다.

"폐하, 이린 공주마마를 잠시 동안만이라도 쉬실 수 있도록 윤허하여 주시옵소서."

"그러하옵니다, 폐하. 공주마마의 체력이 바닥을 드러낼까 두렵사옵니다."

노파들의 간언이 이공의 귀에 전달되었다.

이공도 내심 외손녀가 걱정되었다.

Chapter 5

하지만 이왕에 내친걸음이었다. 이공이 모처럼 결연한 의지로 검을 뽑아 승냥이 떼에게 휘둘렀는데, 여기서 멈출 수는 없었다.

이공은 약해지려는 마음을 다잡았다.

이공이 다시금 노파들을 다그쳤다. 이린은 어쩔 수 없이 천공안을 열어 오대군벌의 움직임을 하루하루 살펴야 했다.

한데 희한하게도 간씨 세가만큼은 천공안에 잘 잡히지 않았다. 이린이 느끼기에는, 마치 간씨 세가의 본가 건물이 단단한 철벽에 막히기라도 한 것 같았다. 간씨 세가 최상층부의 움직임도 천공안에서 벗어났다.

이린은 불안감을 느꼈다.

'이러다 언젠가 천공안이 보지 못하는 곳에서 타격을 받을지 몰라.'

이린의 육감은 지속적인 위험 신호를 그녀에게 보냈다.

그러다 드디어 오늘 파탄이 발생했다. 조직의 주요 거점 중 하나인 타이베이 스린 야시장이 정체불명의 괴한(이탄)에게 급습을 받은 것이다.

스린 야시장의 점조직으로부터 최고 레벨의 위기를 알리는 비상 연락이 날아들었다. 이린이 직접 그 보고를 받았다.

'우려했던 일이 드디어 터졌구나. 천공안이 제대로 작동을 했더라면 적들이 우리의 주요 거점을 공격하기 2, 3일 전에 그 사실이 미리 천공안에 포착이 되었어야 해. 그런데 아무것도 뜨지 않았어.'

이린은 황급히 천공안을 열어 스린 야시장의 거점을 살폈다.

그 즉시 붉은 금속 벽으로부터 반사된 빛 한 줄기가 폭발적으로 날아와 이린의 천공안을 꿰뚫었다.

이린은 두 눈에서 피를 흘리며 쓰러졌다.

노파들은 이린의 위급한 상태를 글로 적어 이공에게 올렸다.

이공은 조각배 위에 앉아서 노파들이 올린 보고를 읽었다.

"린이가 갑자기 쓰러졌다고? 대체 무엇 때문에?"

이공의 눈가가 파르르 경련했다. 짐작 가는 바는 한 가지였다.

"설마 천공안을 무리해서 사용하다가 체력이 상한 겐가?"

이공의 얼굴에 낭패한 표정이 스쳐 지나갔다.

외손녀에 대한 걱정도 걱정이지만, 그것보다 이공은 '천공안의 권능 없이 조직을 어찌 운영하누?' 라는 근심이 먼저 들었다.

"안 되겠구나. 학선생을 만나야겠어."

이공이 마나를 발휘하자 조각배가 쏜살같이 호수를 가로질렀다.

부두에 도착한 뒤, 이공은 가파른 돌계단을 날듯이 뛰어 올랐다. 이공의 몸은 새처럼 가벼웠다.

절벽 위에 세워진 고풍스러운 장원에 도착한 뒤, 이공은 비로소 속도를 줄였다. 구궁팔괘의 묘리에 따라서 지어진 장원에는 분홍빛 벚꽃들이 하늘하늘한 자태를 뽐내었다.

이공이 빠르게 다가오자 장원 밖을 청소하던 궁녀들이 황급히 무릎을 꿇었다.

"폐하를 뵈옵니다."

궁녀들은 옛 쥬신 제국의 궁중복식을 차려입었다.

이공은 궁녀들을 그대로 지나쳐 장원 안으로 진입했다.

'ㅁ'자 형태로 지어진 장원 내부에는 중정이라 불리는 내부 정원이 자리했다. 이곳의 중정은 세상의 산과 강을 조그맣게 축소해 놓은 듯한 모습이었다.

중정을 꾸민 사람은 기기묘묘한 돌로 산을 모사했고, 맑은 물을 졸졸 흘려서 강을 만들었으며, 작은 분재들로 아름드리 거목을 표현했다.

그 풍경이 어찌나 생생했던지 이 자그마한 정원이 마치 세상의 축소판인 것처럼 느껴졌다.

이공은 중정으로 불쑥 들어가면서 목청을 높였다.

"학선생. 학선생."

정원의 한구석, 2.5 미터 높이로 솟은 가짜 산 뒤에서 중년의 사내가 이공의 부름에 응답했다.

"폐하, 소신을 찾으셨사옵니까?"

중년 사내는 174 센티미터 정도의 키에 다소 말라 보이는 체형이었다. 그는 코 밑에 두 가닥의 팔자수염을 길렀는데, 이 수염으로 인해 고고한 학자처럼 보이기도 하고, 또 교활한 간신배처럼 느껴지기도 했다.

이중적인 느낌을 풍기는 이 중년 사내가 바로 이공이 찾던 학선생이었다.

학선생의 본명은 학송.

학송은 원래 쥬신 대제국 말기의 권신가문인 학씨 세가의 장손이었다.

쥬신 제국이 멸망할 당시, 학송의 부친인 학운철은 오대군벌의 눈을 피해서 이공을 안전한 곳으로 모셨다.

학운철이 이끌었던 회양당도 있는 힘을 다해 이공을 도왔다.

이공도 그 빚을 갚았다. 충신들에 의해 황제로 옹립된 뒤, 이공은 학송의 부친을 중용하여 상서령(尚書令)에 제수했다.

학운철이 늙어서 죽은 이후, 이공은 학운철의 아들인 학송에게 상서령의 자리를 물려주었다.

상서령은 보통 자리가 아니었다. 쥬신 제국이 한창 번성하던 시절, 상서령은 상국(相國), 승상(丞相), 대사도(大司徒)와 더불어 조정에서 네 손가락 안에 꼽히는 높은 자리였다.

학송은 젊은 나이에 그 높은 자리를 차지했다.

학송, 즉 학선생은 단지 직위만 높은 것이 아니었다. 그는 주군인 이공과의 관계도 무척 긴밀했다.

둘 사이의 관계가 어느 정도냐 하면, 이공은 자신의 세 딸인 이수민, 이채민, 이소민도 모르게 학선생에게 부탁하기를 "늙어서 본 아들 택민이 아직 어리고, 그의 누나들이 범과 같으니 장차 학선생이 어린 택민의 곁을 지켜주시구려."라고 부탁할 정도였다.

어쩌면 이공의 마음속에는 능력이 출중한 딸들을 견제하는 마음이 도사리고 있는지도 몰랐다.

솔직히 말해서 이공의 능력은 그렇게까지 압도적이지는 않았다. 대신 이공은 범과 같이 뛰어난 딸들을 두었다.

이공의 첫째 딸 이수민은 이공의 세력을 굳건하게 키워낸 1등 공신이었다. 이수민의 천재적인 지략과 카리스마 덕분에 이공의 세력은 오늘날의 탄탄한 지하조직을 구축해 냈다.

여기에 더해서 이수민의 딸 이린이 천공안의 권능으로 이공의 세력을 뒷받침했다. 만약 이린의 천공안이 없었더라면 이공은 감히 오대군벌을 도모할 엄두도 내지 못했을 것이다.

이공의 둘째딸 이채민은 또 어떠한가.

이채민은 이공이 구축한 세력의 최강자였다. 유령조직의 정신적 지주였다.

이공의 신하들은 이채민을 화염의 여제라 부르며 공경했다. 이채민이라는 구심점이 없었더라면 이공의 세력은 이미 뿔뿔이 흩어졌을 가능성이 다분했다.

다시 말해서 이공은 딸과 외손녀의 능력에 기대에 세력을 키운 셈이었다. 또한 이공은 딸과 외손녀를 앞장세워 오대군벌에 맞서왔다.

문제는 훗날이었다.

이공은 자신이 죽은 이후에 범과 같은 딸들이 어린 아들을 배제하고 권력을 움켜쥘까 우려했다.

그래서 이공은 학선생에게 정치적인 힘을 실어준 뒤, 그를 어린 아들의 곁에 붙여주었다. 더불어 이공은 매사를 학선생과 의논하여 처리했다.

Chapter 6

지금도 마찬가지.

이공은 외손녀의 천공안에 문제가 생겼다는 보고를 받기 무섭게 학선생부터 찾았다.

"학선생, 긴히 의논할 일이 생겼소."

이공이 바짝 다가가 학선생의 손을 붙잡았다.

학선생이 이공에게 고개를 푹 숙여 답했다.

"폐하, 말씀하시지요. 어떠한 일이 생겼사옵니까?"

"린이의 천공안에 문제가 터졌다지 뭐요. 그동안 내가 린이를 다그쳐서 승냥이 무리를 천공안으로 계속 감시하라 하였더니 결국 사달이 난 듯하오."

이공이 안타까움에 발을 굴렀다.

"으으음."

학선생도 얼굴을 딱딱하게 굳혔다.

사실 이린을 다그쳐서 오대군벌을 끊임없이 감시해야 한다고 주장한 장본인은 다름 아닌 학선생이었다.

이공은 학선생의 권유를 받아들여서 이린을 독촉해왔다.

학선생이 이공에게 물었다.

"구체적으로 이린 마마의 눈에 어떠한 문제가 발생한 것이옵니까? 설마 천공안의 권능이 사라져버린 것은 아니겠지요?"

학선생은 이린의 안전보다 그녀의 천공안을 더 중요하게 생각했다.

이 점은 이공도 동일했다.

"아직 정확한 것은 모르오. 다만 린이가 눈에서 피를 흘리며 쓰러졌다는구려."

"폐하, 그렇다면 일단 모든 조직에 활동정지 어명을 내리실 필요가 있겠사옵니다. 천공안의 도움 없이 함부로 세력을 움직이다가 승냥이 무리에게 꼬리라도 밟히면 큰일 아니오니까? 어서 수민 마마께 명을 내리시지요."

"그렇군. 학선생의 말대로 일단 조직 전체를 수면 아래로 잠수시켜야겠소."

이공이 고개를 주억거렸다.

"역시 폐하께오선 영민하시옵니다. 승냥이 떼의 감시망을 피해서 조직을 잠수시키는 것이 첫 번째로 할 일이옵니다. 이어서 두 번째도 있사옵니다."

학선생이 연달아 계책을 내놓았다.

"두 번째?"

이공이 귀를 열고 상서령 학송의 말을 경청했다.

학선생이 은근한 어투로 아뢰었다.

"갑자기 수면 밑으로 잠수하라는 명령이 떨어지면 전체 조직원들이 불안해할 것이옵니다. 이럴 때는 정신적인 기둥이 있어야 조직이 흔들리지 않사옵니다."

"정신적 기둥이라? 그게 뭐요?"

"조직원들이 가장 든든하게 생각하시는 분. 바로 화염의 여제 이채민 마마가 아니옵니까? 채민 마마를 불러들이십시오. 그리하여 그분으로 하여금 승냥이 무리를 상대로 테러를 계속하게 명하십시오."

학선생의 눈이 영활하게 빛났다.

이공이 난감한 기색을 드러냈다.

"허어. 학선생의 말뜻은 알겠소. 하나 채민이는 지금 건국황님의 지고한 권능을 이어받기 위하여 선대의 황릉에서 수련 중이오. 그런데 지금 채민이를 부르면 수련에 방해가 되오. 게다가 모든 조직은 수면 아래로 가라앉힌 채 채민이 홀로 오대군벌과 맞서 싸우라? 이건 너무 가혹한 주문이 아니오? 자칫하면 채민이가 위험해질 수 있소."

"폐하, 그래도 어쩌겠사옵니까? 사안이 긴급하옵니다. 우선 채민 마마께서 나서주셔서 조직원들의 동요를 막아야 하옵니다. 수련이야 그 후에 다시 재개하면 되는 것 아니옵니까? 또한 채민 마마가 누구이옵니까? 건국황님의 권능을 한 몸에 물려받으신 화염의 여제가 아니시옵니까? 그분의 능력이시라면 승냥이 떼와 맞서 싸우셔도 능히 목숨을 건지실 것이옵니다."

학선생은 날카로운 칼을 휘두르는 것처럼 세 치 혀를 놀렸다.

"으으음."

이공이 갈등했다.

결국 학선생은 최후의 수단을 동원했다. 이공의 약점을 직접적으로 공략한 것이다.

"폐하, 지금 조직이 붕괴하고 세력이 위축되면 장차 폐하뿐 아니라 황태자 저하께도 큰 해가 될 것이옵니다. 소신은 바로 그 점을 우려하나이다."

"허어!"

이공의 눈동자가 흔들렸다.

학선생은 한 번 더 밀어붙였다.

"물론 채민 마마께는 어려운 어명이 되겠사옵니다. 소신도 채민 마마께 송구하여 몸 둘 바를 모르겠나이다. 하오나 이것은 쥬신 대제국의 밝은 미래를 위해서는 불가피한 선택이옵니다. 채민 마마께서도 이 점을 이해해주실 것이옵니다."

"으으음. 그야 그렇겠지."

학선생의 입에서 이택민의 이야기가 나오자 이공도 마음이 흔들렸다.

이공에게 가장 중요한 것은 두 가지였다.

첫째, 쥬신 대제국의 부활.

둘째는 아들 이택민이 부활한 쥬신 대제국의 황좌에 앉

아 세상을 물려받는 것.

이상 두 가지에 비하면 둘째 딸 이채민이 겪어야 할 어려움은 상대적으로 가치가 낮았다. 최소한 이공의 입장에서는 그러했다.

학선생이 이공의 심경 변화를 읽었다. 학선생은 간신과 같은 교활한 눈을 아래로 내리깔고는, 한 번 더 이공을 다그쳤다.

"폐하, 어려울 때는 불가피하게 희생을 치를 수밖에 없나이다. 그 희생은 희생이 아니옵고, 미래를 위한 거름이옵니다."

"미래를 위한 거름!"

이 한 마디가 이공의 마음을 움직였다. 마침내 이공이 크게 고개를 주억거렸다.

"알겠소. 내가 채민이를 불러들여 어려운 책무를 맡기겠소. 그 아이에게 쥬신 대제국의 밝은 미래를 위해 거름이 되어 달라 당부하리다."

학선생이 무너지듯 그 자리에 엎드렸다.

"크흐흑. 폐하! 혈육마저 거름으로 쓰시다니요. 지금 폐하의 어심이 얼마나 아프실까 상상하는 것만으로도 소신은 가슴이 찢어지옵니다. 폐하의 희생이 밑거름이 되어 장차 쥬신 대제국은 화려하게 다시 떨쳐 일어날 것이옵니다. 그

렇게 새로이 비상하는 대제국의 날개 위에서 황태자 저하
께서 당당히 서계실 것이옵니다. 소신 학송이 충심으로 쥬
신 대제국의 미래를 설계하겠나이다. 크흐흐흑."

학선생이 눈물을 뚝뚝 떨구었다. 학선생의 구구절절한
말 한 마디 한 마디가 이공의 심장에 틀어박혔다.

"학선생. 역시 그대는 만고의 충신이구려."

이공이 몸을 숙여 학선생의 어깨를 부둥켜안았다.

학선생은 감격에 겨운 듯 이공의 품에서 흐느꼈다.

Chapter 7

이공은 몰랐다.

학선생은 이공이 크나큰 희생을 하는 것처럼 추켜세웠으
나, 실제로 희생을 할 사람은 이공이 아니라 이채민이었다.

학선생은 그 자신이 쥬신 대제국이 다시 떨쳐 일어날 수
있도록 미래를 설계하겠노라고 세 치 혀를 놀렸으나, 실제
로 쥬신의 미래를 설계하는 이는 이수민과 이린이었다.

학선생은 늘 황족들 앞에 무릎을 꿇고 고개를 숙여왔으
나, 사실 학선생의 마음속에는 '나는 세상 그 누구에게도
진심으로 고개를 숙이지 않는다.' 라는 아집으로 가득했다.

학선생은 세상 모든 사람들 앞에서 겸손하였으나, 사실 학선생은 본인을 제외한 세상의 모든 타인들을 도구로 여겼다.

학선생은 부친을 공경하는 효자로 알려져 있으나, 사실 그는 부친이 상서령의 직위를 동생에게 물려주려 한다는 사실을 눈치 채고는 부친의 식사에 무려 10개월 동안이나 독을 타온 살모사였다.

당연히 학선생의 동생도 학선생의 계략에 의해 죽었다.

학선생은 친구와의 우정을 자신의 목숨보다 더 중하게 여긴다고 알려져 있으나, 사실 학선생의 가장 절친한 친구였던 목장군은 30여 년 전 학선생의 질투에 의해 폐인이 되었고 홀로 적진에 버려졌다.

그 후 목장군의 소식은 두절되었다.

학선생은 평생 한 여자에게만 충실한 좋은 남편으로 알려져 있으나, 사실 학선생에 의해 농락당한 여인은 한둘이 아니었으며, 이 가운데는 쥬신 대제국의 방계 황녀들이 다수였다. 학선생은 간철호 이상으로 쥬신 황족 여자에 대한 집착이 강한 사람이었다.

심지어 학선생의 부인조차 남편이라는 견고한 새장 속에 갇힌 채 하루하루 피폐해져 갔다. 학선생이 만들어 놓은 지옥과도 같은 그 새장 속에는 학선생의 부인뿐 아니라 두 딸도 갇혀서 지냈다.

그 학선생이 뱀과 같은 혀를 다시 놀렸다.

"폐하, 말씀을 좀 더 올려도 되겠습니까?"

"오! 학선생, 망설이지 말고 어서 말하시오."

"조직을 수면 아래로 잠수시키고, 이채민 마마를 불러들여 조직원들의 마음이 흔들리지 않도록 살피시는 일 외에 또 다른 두 가지가 더 있사옵니다."

"두 가지나 더 있단 말이오?"

이공이 눈을 크게 떴다.

학선생이 공손히 아뢰었다.

"그러하옵니다. 폐하께서 해주셔야 할 세 번째 일은 바로 조직 가운데 일부를 이수민 마마로부터 떼어 내어 황태자 저하께 옮기는 것이옵니다."

콰쾅!

학선생의 입에서 폭탄선언이 터져 나왔다. 학선생의 주장은 조직의 근간을 뒤흔드는 일이었다.

"허! 수민이가 지휘 중인 세력의 일부를 떼어서 택민이에게 옮기라고?"

이공이 난처한 표정을 지었다.

이공의 둘째 딸인 이채민은 부친의 명을 잘 따르는 효녀였다.

반면 첫째 딸 이수민은 머리가 너무 좋아 다루기 어려웠다.

그동안 이공이 내린 어명 가운데 이수민이 반대한 것들도 꽤 되었다. 그 어명들이 조직을 강화하는 데 오히려 방해가 된다는 것이 이수민의 반대 이유였다. 그때마다 이공은 맏딸을 설득하지 못하고 뜻을 접어야 했다.

이공이 머뭇거리자 학선생이 강하게 밀어붙였다.

"폐하, 지금은 시급한 위기의 상황이옵니다. 이수민 마마의 영민하심이야 소신도 잘 알고 있사옵니다. 평소 같으면 이수민 마마께서 조직을 살피시고, 이런 마마께서 이수민 마마를 보필하는 것이 조직에 도움이 되옵니다."

"그렇지. 수민이와 린이가 합심하면 든든하지."

이공이 맞장구를 쳤다.

학선생이 빙그레 웃었다.

"하오나 지금은 린 마마의 천공안에 문제가 생겼지 않사옵니까? 이럴 때 모든 세력이 한 바구니에 담겨 있으면 어떤 위험이 터질지 모르옵니다."

"오!"

이공이 무릎을 쳤다.

학선생이 말을 이었다.

"그 옛날, 쥬신 대제국의 전대 성현들께서는 달걀을 한 바구니에 담지 말라는 지혜를 남겼사옵니다."

"그 격언은 나도 알고 있소."

학선생이 이공을 추켜세웠다.

"역시 폐하께오서는 영민하시옵니다. 소신은 지금이 바로 옛 성현들의 지혜를 써먹어야 할 때가 아닌가 싶습니다. 이린 마마의 천공안에 문제가 생길 때를 대비하여 달걀 가운데 일부라도 다른 바구니로 옮겨 담아야 하옵니다."

"흐으음."

"폐하, 부디 이수민 마마를 설득하여 세력의 일부를 황태자 저하께 옮기시옵소서. 그래야 최악의 경우를 대비할 수 있사옵니다."

학선생이 간곡히 부탁했다.

이공이 눈을 번쩍 빛냈다.

"학선생은 정말 충신이오. 수민이의 불같은 성정을 잘 알면서도 두려움 없이 충언을 쏟아내는 학선생이 충신이 아니라면 세상 누가 충신이겠소? 과연 그대의 말이 옳구려. 린이의 천공안에 문제가 생겼으니 모든 세력을 수민이에게만 맡겨놓을 수는 없겠지. 일부는 택민에게 옮겨놔야겠어. 수민이 아무리 반대하더라도 말이야. 크흐험."

이공이 손으로 자신의 수염을 쓸었다.

학선생은 또다시 비릿하게 미소를 지었다.

물론 뱀과 같은 학선생의 미소는 나타났던 것보다도 더 빠르게 사라졌다. 당연히 이공은 그 미소를 보지 못하였다.

이공이 물었다.

"세 번째는 알겠소. 내 신중하게 진행해 보리다. 하면 학선생이 말하는 네 번째 할 일이란 무엇이오?"

학선생은 자신의 팔자수염을 손가락으로 잡아당겼다 놓으며 입술을 떼었다.

"폐하, 네 번째는 더더욱 결단하기 어려우실 수 있사옵니다."

학선생의 경고에 이공이 눈을 찌푸렸다.

"대체 네 번째가 무엇이기에 그러는 게요?"

학선생은 입술에 침을 한 번 바르고는 이공에게 아뢰었다.

"폐하, 아뢰옵기 황송하오나 린 마마를 수민 마마의 곁에서 떼어내어 저희 장원에 맡겨주시옵소서."

"뭣이?"

학선생의 요구가 과하다고 여겼는지 이공이 주먹을 불끈 쥐었다.

Chapter 8

학선생은 무너지듯이 그 자리에 엎드렸다.

"폐하, 소신의 가슴 속에는 오로지 폐하에 대한 충심, 그리고 황태자 저하에 대한 충심뿐이 없사옵니다. 만약 소신에게 단 한 점의 사적인 마음이 있다고 판단되시면 언제라도 폐하께서 소신의 가슴을 갈라 확인해 보소서."

"학선생!"

"폐하, 소신이 이렇게 무리한 바를 아뢰는 이유를 헤아려 주시옵소서. 린 마마의 천공안은 린 마마의 것이 아니옵고, 오로지 열성조께서 폐하와 황태자 저하를 보우하사 내리신 권능이옵니다."

학선생의 주장이 그럴듯했기 때문일까? 이공은 꽉 쥐었던 주먹을 스르륵 풀었다.

학선생이 혀를 계속 놀렸다.

"하온데 지금 린 마마의 천공안에 문제가 생겼사옵니다. 아마도 린 마마께서 쥬신 대제국의 부활을 위한 충심으로 과도하게 천공안을 사용하시는 바람에 생긴 문제일 것이옵니다. 하온데 이런 상황에서 사직과 관련된 긴박한 일이 터졌다고 가정해 보시옵소서."

사실 이린이 천공안을 무리해서 사용한 것은 이공의 압

박 때문이었으며, 이공을 부추긴 사람은 다름 아닌 학선생이었다.

그런데 학선생은 지금 교묘하게 혀를 놀렸다. 학선생의 말대로라면 이 모든 사태가 이린 스스로 자청해서 벌어진 일인 것처럼 느껴졌다.

안타깝게도 이공은 학선생의 교묘한 요설을 꾸짖지 못했다. 오히려 다른 단어만 이공의 귀 안에서 메아리쳤다.

"허어, 사직과 관련된 긴박한 일이라니? 학선생, 대체 어떤 경우를 말하는 게요?"

"폐하, 감히 소신의 입에 담을 수도 없는 망측한 사례를 들어보겠나이다."

학선생이 고개를 번뜩 들고 이공을 올려다보았다.

이공이 고개를 끄덕였다.

"말해보오."

"소신에게 사직이라 함은 곧 폐하와 황태자 저하를 의미하옵니다. 참으로 망극한 말씀이오나, 폐하, 만에 하나 이곳의 위치가 발각 나 승냥이 무리가 감히 황태자 저하를 노린다고 상상해 보시옵소서."

"뭣이라!"

이공의 안색이 대번에 돌변했다.

학선생은 망극해 죽겠다는 표정으로 말을 이었다.

"폐하, 이것은 어디까지나 가정이옵니다. 만약에 그런 망극한 일이 벌어졌다고 상상해 보시옵소서. 그런 경우라면 비록 이린 마마에게 무리가 가는 한이 있더라도 천공안을 사용하여 황태자 저하를 먼저 피신시켜야 하는 것 아니옵니까?"

"그래야지. 당연히 택민이를 위해서 린이가 무리를 해야지."

이공이 두 번 말할 것도 없다는 듯 소매를 크게 털었다. 이공의 소맷자락에서 탁! 소리가 크게 울렸다.

'역시 폐하의 약점은 황태자 저하로구나.'

학선생은 속으로 비릿하게 웃었다. 그리곤 집요하게 이공의 약점을 물고 늘어졌다.

"소신은 그래서 걱정이옵니다. 소신은 만에 하나 그런 망측한 일이 벌어졌을 경우, 이린 마마께서 스스로의 안녕을 돌보지 않고 황태자 저하를 위하여 천공안을 사용하실 것이라 믿사옵니다."

"그렇지. 당연히 그래야 내 외손녀지."

이공이 즉각 말을 받았다.

바로 이 대목에서 학선생은 은근하게 말꼬리를 흐렸다.

"하오나 수민 마마의 생각은 다를 수도 있다고 보옵니다. 사직이 위태로운 상황에서 수민 마마께서 린 마마의 건강만을 우려하여 천공안의 사용을 억지로 금지하신다면…… 크흐흐흑."

"헉!"

학선생의 말에 충격을 받은 듯 이공이 휘청거렸다.

학성생이 황급히 이공을 부축했다.

"폐하! 폐에—하."

"괜찮다. 나는 괜찮아. 으으으으음."

이공이 손으로 자신의 머리를 짚었다.

지금 이공의 머릿속은 복잡했다.

그런 와중에도 이공의 상념은 점점 한 방향으로 모아졌다.

'학선생의 말이 옳도다. 인정하기는 싫으나 분명히 틀린 말은 아니야. 수민이가 린이를 걱정하는 마음은 바다보다도 더 깊고 태산보다 더 높지. 만약에 수민에게 쥬신 대제국의 사직과 린이의 목숨 가운데 하나만 고르라고 윽박지르면 그 아이는 과연 어떤 선택을 할까? 만길 벼랑에 린이와 택민이가 위태롭게 매달려 있다면 수민이는 과연 누구부터 구할까?'

이수민이 효를 아는 여인이라면 당연히 이택민부터 구해야 마땅했다. 그것이 바로 부친에 대한 효심이기 때문이었다.

이수민이 충을 아는 여인이라면 더더욱 이택민부터 구해야 되었다. 이택민이야말로 부활한 쥬신 제국을 물려받을 황태자이기 때문이었다.

'수민이가 과연 효를 아는 아이인가? 수민이가 과연 충을 아는 녀석인가? 녀석이 효도 모르고 충도 모른다면, 과연 수민에게 계속 린이를 맡겨도 괜찮은 것일까?'

이공이 생각하면 생각할수록 학선생의 간언이 옳았다.

'그렇다. 린이는 수민이의 딸이기 이전에 열성조께서 나와 택민이를 보우하사 내리신 선물이야. 그런 선물을 계속해서 수민이의 치마폭 속에 놓아두는 것은 이치에 합당하지가 않구나. 수민이의 품에서 린이를 데려와야겠어. 그것이 비록 천륜을 끊는 모진 짓이라 할지라도 어쩌겠는가. 원래 군주의 자리는 비정하고 냉혈한 선택을 해야 하는 법.'

마침내 이공이 결심을 굳혔다. 그는 맏딸의 품에서 이린을 강제로 빼앗아 학선생에게 맡기기로 결정했다.

이공의 결심이 그의 얼굴에 고스란히 드러났다.

학선생이 그 모습을 보면서 비열한 미소를 흘렸다.

'크후훗. 어리석은 노친네 같으니라고. 노친네의 어리석음과 이택민이라는 말이 존재하는 한 나는 세상에 두려울 것이 없느니라. 머리가 좋은 이수민도, 천공안의 전승자인 이린도, 화염의 여제 이채민도, 모두 다 내가 꼭두각시처럼

부릴 수 있어. 크흐흐. 그리고 나는 그녀들을 부려서 오대
군벌 사이를 열심히 이간질 시키면 돼. 크흐흐흐흐.'

이공의 어리석음이 학선생의 뒤틀린 야망에 불을 지폈
다.

Chapter 9

마침내 이공이 어명을 내렸다. 그의 말이 글로 적혀 조직
원들에게 전달되었다.

쥬신의 충신들이여, 다음 어명이 떨어질 때까지 모두 수
면 아래로 잠수하여라. 서로 연락도 주고받지 말고 잠적하
라.

이 짧은 글귀가 유령조직 전체에 배포되었다. 조직원들
은 어명을 받들면서도 이 상황을 불안히 여겼다.

'왜 갑자기 이런 어명이 내려왔지? 불과 어제까지만 해
도 오대군벌을 상대로 연일 승전보를 울리고 있다고 했었
잖아?'

'혹시 심각한 문제가 터진 것 아냐?'

충성심이 약한 말단 조직원들이 흔들리기 시작했다. 이 사태를 그냥 방치했다간 이공의 세력이 쪼그라들 위기였다.

이공은 기다렸다는 듯이 두 번째 어명을 내렸다. 이공의 명령이 폐황릉 속에서 수련 중인 화염의 여제 이채민에게 전달되었다.

이채민이 심각한 표정으로 이공의 어명을 읽어 내려갔다.

이채민의 머리 뒤에서 거대한 머리가 스윽 다가왔다.

온통 시뻘건 비늘로 뒤덮인 이 머리의 주인은 불의 수호룡 알리어스였다. 한때 건국황 이관을 뿔 사이에 태우고 세상의 하늘을 활공하면서 적들을 불로 태워버렸다는 바로 그 불의 수호룡 말이다.

알리어스가 가까이 접근하자 이채민이 손에 쥐고 있던 종이가 화르륵 타버렸다. 알리어스의 몸에서 뿜어지는 가공할 열기 탓이었다.

수천 도가 훌쩍 넘는 열기에도 불구하고 이채민은 터럭한 올 그슬리지 않았다. 이는 이채민이 불의 수호룡과 피의 맹약을 맺었기 때문이었다.

[무엇 때문에 고민하느냐?]

알리어스가 물었다.

이채민이 고개를 들어 수호룡의 거대한 머리를 올려다보았다.

알에서 막 깨어났을 때는 20 센티미터에 불과했던 알리어스가 어느새 1 킬로미터에 육박하는 거구로 성장했다. 알리어스의 머리 길이만 100 미터가 훌쩍 넘었다.

이채민은 그런 알리어스를 부드러운 눈으로 더듬었다.

"제 고민을 알아보시겠습니까?"

[알다마다. 너의 감정이 나에게 전달되거늘 어찌 모르겠느냐. 너는 누군가를 안쓰럽게 여기는구나. 또한 누군가를 원망하고 있어.]

알리어스는 한눈에 이채민의 감정을 읽었다.

이채민이 쓰게 웃었다.

"호호호. 역시 위대한 존재이십니다. 어리석은 소녀의 마음을 바로 헤아리시다니요. 그렇습니다. 저는 한 분을 안쓰럽게 여깁니다. 그리고 그분의 곁에 찰싹 달라붙어 있는 살모사를 원망하고 있습니다."

이채민이 언급한 그분이란 이공을 의미했다. 또한 살모사는 다름 아닌 학선생을 가리키는 단어였다.

조금 전 이채민이 받은 종이에는 이공의 어명이 적혀 있었다.

이공은 어명을 내려 둘째 딸 이채민을 세상으로 불러내

었다.

동시에 이공은 이채민에게 "쥬신의 충신들이 불안해하지 않도록 활약해줄 것을 기대하노라."라고 명하였다.

말이 활약이지, 사실 이공의 어명은 이채민에게 홀로 오대군벌과 맞서 싸우라는 이야기나 마찬가지였다.

이채민은 똑똑한 여인이었다. 그녀는 어명을 받자마자 깨달았다.

'이 황당한 명령이 누구의 머리에서 나온 것인지 빤히 보이는구나. 하아아. 제기랄.'

이채민이 입술을 꽉 깨물었다.

알리어스가 뜨거운 콧김을 내뿜었다.

[크흥! 어쩌랴? 내가 단숨에 날아가서 네 부친의 곁에 붙어있다는 살모사를 태워죽일까? 크흥흥!]

실제로 알리어스의 콧구멍에서 시뻘건 화염이 화르륵 뿜어져 나왔다. 주변 공기가 터지면서 펑! 펑! 폭음이 울렸다.

이채민이 답을 망설였다.

솔직히 이채민은 고개를 끄덕이고 싶었다. 알리어스에게 부탁하여 살모사, 즉 학선생을 단숨에 태워죽이기를 원했다.

'하지만 안 되겠지? 내가 그런 부탁을 하는 즉시 위대한 존재가 황릉 밖으로 날아오를 테고, 그 장면을 린이가 천공안으로 읽을 거야. 그럼 폐하께선 살모사를 보호하기 위해서 쥬신 제국의 충신들을 대거 불러들이시겠지. 결국 이것은 제 살 깎아먹기 밖에 안 돼. 위대한 존재를 부추겨서 무고한 충신들을 해칠 수는 없다고.'

이채민은 주먹을 꽉 움켜쥐었다.

20여 년 전, 이채민은 가슴이 찢어지는 일을 겪었다. 사랑하는 사람을 다 잃은 것이다. 당시에도 학선생이 이공을 부추겨서 이채민에게 돌이킬 수 없는 한을 안겨주었다.

'그때 살모사의 목을 비틀어 버렸어야 했는데. 폐하께 죄를 짓는 한이 있더라도 그때 그놈을 찢어죽였어야 했거늘. 크으윽.'

당시에는 이린이 태어나기 전이었다. 그때였다면 이채민은 충신들에게 피해를 주지 않고 학선생 한 명만을 콕 집어서 죽일 수도 있었다.

한데 이채민은 부친의 엄명 때문에 살인을 망설였다. 반쯤 뽑았던 검을 다시 검집에 집어넣어야 했다.

'이럴 줄 알았으면 그때 결행했어야 했어. 그때 어떻게든 그 학선생이라는 자를 죽였어야 했다고.'

이채민의 잇새에서 뿌드득 소리가 울렸다.

그러느라 이채민은 보지 못했다. 알리어스의 눈가에 스친 한심하다는 눈빛을.

수호룡은 고고하고도 위대한 존재였다. 이 위대한 존재가 맹약을 한 번 맺었다고 해서 순순히 힘을 빌려줄 리 없었다.

1,000년도 더 전, 불의 수호룡이 건국황 이관을 끝까지 도운 이유는 단순히 맹약 때문만이 아니었다. 불의 수호룡은 이관의 단호한 성품이 마음에 쏙 들었다.

건국황 이관은 망설임이라고는 없는 성격이었다. 그는 자신이 세운 뜻에 방해가 된다고 판단하면 부모나 자식의 목도 서슴없이 벨 사람이었다.

건국황의 이 화끈한 성격이 불의 수호룡의 취향에 부합했다. 불의 수호룡은 이관을 뿔 사이에 태우고 세상을 돌아다니면서 단 한 번도 못마땅했던 적이 없었다. 단 한 차례도 머뭇거렸던 적이 없었다.

불의 수호룡과 이관은 적을 만나면 다 태워 죽였다. 적들 사이에 아군이 포로로 잡혀 있다고 해도 상관 안 했다.

"포로로 잡힐 정도로 나약한 자를 내가 굳이 휘하에 거둘 이유가 있나?"

이것이 이관의 일관된 주장이었다.

불의 수호룡도 이관의 뜻에 동조하여 적군과 아군을 가리지 않고 화염을 싸질러 버렸다.

'한데 이관의 후손이라는 녀석이 참으로 우유부단하구나.

이런 답답한 성격을 대체 어디에 써먹을꼬? 쯧쯧. 이거 이 녀석을 태우고 다니기로 한 약속을 깨야 하나? 쯧쯧쯧쯧.'

불의 수호룡은 세상에서 두 부류의 인간을 가장 경멸했다.

첫째가 우유부단한 인간.

둘째가 마음이 나약한 인간.

한데 어째 이채민이 그 범주에 드는 것 같았다. 불의 수호룡 알리어스는 벌레를 보는 듯한 눈빛으로 이채민을 굽어보았다.

제2화
간신

Chapter 1

'나는 세상에서 두 부류의 드래곤이 제일 싫어. 첫째, 우유부단한 드래곤. 둘째, 심지가 굳지 못하고 나약한 드래곤.'

이탄이 영혼 속에서 독백을 하듯이 뇌까렸다.

[으으으.]

[크우우우.]

이탄의 영혼 속으로 강제로 소환된 두 마리 수호룡이 바르르 몸서리를 쳤다.

이탄의 영혼 속으로 소환된 수호룡의 외모는 본체의 모습과 똑같았다.

두 마리 중 오른쪽에 위치한 수호룡은 온몸에 황금빛 비늘이 덮인 모습이었다. 다른 한 마리는 흙으로 빚은 듯한 외모를 지녔다.

황금 비늘을 가진 수호룡의 실제 명칭은 빛의 수호룡, 즉 라이트 드래곤(Light Dragon)이었다.

빛의 수호룡은 4개의 멋들어진 뿔이 정수리를 중심으로 X자 모양으로 나 있는 모습이었다. 수호룡의 다리는 무려 16개나 되었다. 날개는 총 여덟 장, 즉 네 쌍이었다. 수호룡의 머리부터 꼬리까지 길이는 무려 350 미터에 달했다. 황금빛 수호룡 알리어스는 단지 바라보는 것만으로도 숨이 턱 멎을 듯한 위압감을 풍겼다.

그럴 만도 한 것이, 한때 빛의 수호룡은 쥬신 대제국의 역대 황제들 가운데 최강자라 칭송을 받는 패황 이군억의 맹약자였다. 이군억 외에는 아무도 성에 차지 않아 긴 잠에 빠진 존재가 바로 빛의 수호룡이었다. 그러니 그 고고한 존재가 뿜어내는 위압감이 범상할 리 없었다.

그러면 뭘 하겠는가. 이탄에게는 빛의 수호룡이 내뿜는 위압감이 눈곱만큼도 통하지 않거늘.

오히려 빛의 수호룡이 슬슬 이탄의 눈치를 보았다.

한편 그 옆에 자리한 흙의 수호룡, 즉 소일 드래곤(Soil Dragon)은 더더욱 기가 죽은 모습이었다.

흙의 수호룡 알리어스는 빛의 수호룡과 달리 날개가 두 장뿐이었다. 뿔도 2개에 불과했다. 다리는 6개였다.

흙의 수호룡은 크기도 그리 크지 않아 머리부터 꼬리까지 길이가 60 미터 수준이었다. 다만 흙의 수호룡은 대지와 몸체를 결합하여 수 킬로미터 이상 덩치를 키울 수도 있었다.

물론 빛의 수호룡도 마음만 먹으면 세상의 모든 빛을 빨아들여 엄청난 크기로 증폭이 가능하지만 말이다.

그러나 지금 흙의 수호룡이 기가 죽은 이유는 동료인 빛의 수호룡 때문이 아니었다. 그는 이탄에게 기가 눌려서 어깨도 제대로 펴지 못했다.

이탄이 한심하다는 듯이 드래곤들의 꼬락서니를 지적했다.

'이것들 좀 봐라? 똑바로 못 서? 엉?'

[허걱.]

[죄송합니다.]

이탄의 불호령 한 마디에 두 마리 수호룡들이 고개를 빳빳이 들었다. 시선은 전방 15도 각도로 고정했다. 드래곤들은 군기가 바짝 든 신병처럼 어깨도 쫙 폈다.

이탄은 수호룡들이 마뜩지 않은 듯 혀를 찼다.

'쯧쯧쯧. 이렇게 간이 작아서야 어디에 써먹겠어? 도대체 드래곤이라는 것들이 왜 이렇게 비실비실하냐고. 성격들도 우유부단하고, 마음도 심약하고. 쯧쯧쯧쯧.'

[죄, 죄송합니다.]

빛의 수호룡이 말을 더듬었다.

[우우욱.]

흙의 수호룡도 몸을 바짝 움츠렸다.

이탄은 눈을 가늘게 좁히고 두 수호룡을 노려보았다. 그러다 양손을 까딱거려서 둘을 가까이 불렀다.

'이리 가까이.'

[네?]

수호룡들이 말귀를 알아듣지 못했다.

이탄이 인상을 썼다.

'머리 좀 가까이 대보라고.'

[네넵.]

빛의 수호룡과 흙의 수호룡은 거대한 머리를 아래로 숙여서 이탄에게 가까이 가져갔다.

이탄은 표정을 풀고서 최대한 부드럽게 이야기를 진행했다.

'자아, 내가 다시 한번 말해줄 테니까 잘 생각해봐. 너희들 말이야, 몇 달이 지나도록 내 곁에서 밥만 축내고 있지 뭐 하나 제대로 하는 일도 없잖아? 그러니까 이제 밥값을 좀 할 때도 되었잖아? 그지? 응?'

[네넵.]

[저희도 밥값을 해야 한다고 생각 중이었습니다.]

두 수호룡이 냉큼 대답했다.

사실 두 수호룡은 이탄이 왜 갑자기 밥값을 이야기하는지 영문도 몰랐다.

특히 빛의 수호룡은 억울하기 이를 데 없었다. 아주 오래전, 그러니까 빛의 수호룡이 패황 이군억과 맹약을 맺었을 당시, 이군억은 단 한 번도 빛의 수호룡에게 밥값 운운한 적이 없었다.

하긴, 이군억은 이탄처럼 빛의 수호룡을 쥐어 팬 적도 없었다. 솔직히 빛의 수호룡도 이군억에게 막 얻어맞고 다닐 실력은 아니었다.

그렇게 고고하던 존재가 지금은 이탄 앞에서 구박만 받는 신세로 전락했다.

이탄이 씨익 웃었다.

'그래. 바로 그런 자세, 좋아. 나는 너희들에게 그런 적극적인 자세를 원했던 거야. 너희들 이제 밥값 좀 하자.'

[네넵. 하겠습니다. 밥값.]

빛의 수호룡은 영문을 모르면서도 냉큼 대답했다.

뻐억!

그 순간 붉고 판판한 금속이 날아와 빛의 수호룡의 뒤통수를 냅다 후려쳤다.

[크롹!]

충격이 어찌나 컸던지 빛의 수호룡은 뇌진탕 증상을 느꼈다. 수호룡의 긴 목이 정신을 못 차리고 이리저리 휘청거렸다. 황금빛 부리부리한 눈도 휙 돌아갔다. 수호룡의 코에서는 피가 줄줄 흘렀다.

동료가 한 방 얻어맞자 흙의 수호룡이 납죽 엎드렸다. 흙의 수호룡은 일단 이탄에게 싹싹 빌고 보았다.

[제가 잘못했습니다.]

'뭘 잘못했는데?'

이탄이 다그쳐 물었다.

흙의 수호룡은 거의 울먹이는 소리를 내었다.

[뭔지 모르겠지만 그냥 다 제가 잘못했습니다. 제가 감히 밥값을 못 했습니다. 용서해주십시오.]

Chapter 2

이탄이 흙의 수호룡을 한심하다는 눈으로 쳐다보았다.

'그래. 아는구나. 너희들은 밥만 축낼 뿐 밥값도 못하고 있잖아.'

[쿠우우. 죄송합니다. 그런데 어떻게 하면 밥값을 하는 것입니까?]

흙의 수호룡이 조심스럽게 이탄에게 물었다.

이것이 오히려 화를 불렀다.

'이런 쌍!'

뻐억!

허공에서 뚝 떨어진 붉은 금속이 흙의 수호룡을 강타했다. 순간적으로 흙의 수호룡이 허물어지면서 말린 오징어처럼 납작해졌다.

붉은 금속이 사라진 뒤에도 흙의 수호룡은 납작한 모습으로 이탄의 눈치만 살폈다.

이탄이 버럭 소리쳤다.

'야! 그새 까먹었어? 내가 몇 달 전에 너희들에게 똑똑히 말해놓았지. 세계의 파편을 더 갖고 싶다고. 그러니까 다른 수호룡이나 알의 위치를 파악해 놓으라고 내가 말했어, 안 말했어? 어엉?'

두 수호룡은 그제야 이탄이 화를 내는 이유를 깨달았다.

빛의 수호룡이 조심스럽게 뇌파를 보냈다.

[아앗. 그것 때문이었습니까? 하지만 저희들은 다른 수호룡이 가까이 접근하기 전까지는 그들의 위치를 감지하지 못합니다.]

흙의 수호룡도 동료의 말에 맞장구를 쳤다.

[맞습니다. 전에도 제가 말씀드리지 않았습니까.]

수호룡들의 변명을 듣자마자 이탄이 버럭 호통을 쳤다.

'닥쳐.'

[네넵?]

[옙. 닥치겠습니다.]

두 수호룡이 찔끔하여 입에 지퍼 채우는 시늉을 했다.

이탄은 한쪽 다리를 탁탁 털었다.

'야. 도대체가 말이야, 내가 너희들의 거짓말을 믿을 것 같아? 엉? 이건 너희들의 능력이 부족해서 다른 파편을 찾지 못하는 게 아니라고. 너희가 우유부단하고 심약하기 때문에 동료들을 못 찾는 거야.'

[네에에? 그게 무슨 말씀이신지요?]

빛의 수호룡이 고개를 갸웃했다.

이탄은 한숨을 푹 내쉬고는 빛의 수호룡의 귀를 가까이 잡아당겼다.

'어휴, 이 심약한 것들아. 세계의 파편이 멀리 떨어져 있어서 위치를 찾기 힘들다면, 너희들이 직접 온 세계를 돌아다니면서 위치를 조사하면 되잖아?'

[네에?]

두 수호룡이 눈을 동그랗게 떴다.

이탄은 속사포처럼 꾸중을 퍼부었다.

'너희들이 발로 직접 뛰면 충분히 다른 수호룡들의 위치를 찾아낼 수도 있잖아? 그런데 왜 안하는데? 동료들을 내게 팔아넘기기 싫어서 그런 거 아냐? 엉? 동료 수호룡들이 내게 붙잡혀서 대가리에 꿀밤도 좀 맞고, 배때기에 붉은 칼도 좀 들어가고, 그런 장면을 보기 두려워서 그냥 내 말을 뭉개버린 거잖아. 안 그래?'

사실 이탄의 지적은 절반만 맞았다.

간씨 세가의 시간으로 몇 달 전, 그러니까 이탄이 간씨 세가의 분신에게 신경을 끄기 전, 그는 빛의 수호룡과 흙의 수호룡을 자신의 영혼 속으로 강제 소환했다. 그리곤 명을 하나 내렸다.

다른 수호룡들의 위치를 확보해 놔라. 그게 아니면 다른 수호룡을 잘 꾀어서 내 앞으로 데려와 봐.

이것이 이탄의 명령이었다.

한데 두 수호룡은 이탄의 명령을 따르지 않고 은근슬쩍 뭉개버렸다.

수호룡들이 이탄의 명을 무시한 이유는 두 가지였다.

우선 빛의 수호룡과 흙의 수호룡은 다른 드래곤들이 이탄에게 수집(?)을 당한 뒤 겪어야 할 비참한 미래를 걱정했다. 비록 이것이 주된 이유는 아니지만, 그래도 두 수호룡에게는 약간의 동료애가 남아 있었다.

하지만 그보다 더 큰 이유는 다른 데 있었다.

타 군벌의 수호룡을 간씨 세가로 유인한다는 것은, 전쟁을 각오하기 전에는 저지를 수 없는 짓이었다.

그래서 두 수호룡은 이탄이 내린 명령이 반쯤은 농담일 것이라고 판단했다.

한데 지금 이탄의 태도를 보니 그게 농담이 아니었나 보다. 두 수호룡이 보기에 이탄은 정말 앞뒤 가리지 않는 막무가내 스타일 같았다. 두 수호룡이 당황했다.

이탄이 혀를 찼다.

'쯧쯧쯧쯧. 이 맹한 녀석들 같으니라고. 우유부단하기 이를 데가 없구나. 마음이 심약하여 제대로 된 선택을 하지도 못하는 것을 보니 내가 다 안타깝다. 아무래도 내가 좀 너희들의 선택을 도와줘야겠어.'

딱!

이탄이 손가락을 딱 튕겼다.

이탄의 영혼 속에서 붉은 금속이 갈고리 모양으로 생겨났다. 거대한 갈고리는 두 수호룡의 발목을 찍어서 허공에 대롱대롱 매달았다.

[허억?]

[갑자기 왜 이러십니까?]

두 마리 수호룡은 푸줏간의 고기처럼 매달리게 되자 곧바로 자지러졌다.

이탄은 손바닥을 슥슥 비비며 뇌까렸다.

'그 자세로 잘 들어라. 이제부터 내가 너희들의 우유부단한 성격을 싹 뜯어고쳐 주마. 정신개조다. 정신개조.'

이탄의 으스스한 뇌까림에 두 수호룡이 바짝 일어붙었다.

이탄은 알기 쉽게 예를 들어서 설명해주었다.

'귀를 씻고 잘 들어봐라. 지금 너희들의 왼쪽에는 빨간 사과가 있다. 너희가 그 사과를 선택한다는 것은, 곧 너희들이 다른 종류의 세계의 파편을 모아서 내 앞에 가져온다는 뜻이야. 한편 너희들의 오른쪽에는 연두색 사과가 매달려 있어. 그 사과를 선택한다는 것은, 너희들이 다른 파편들을 대신해서 허공에 거꾸로 매달린 다음, 나에게 한 점 한 점 살점이 발리겠다는 뜻이야. 그런데 너희들은 우유부단해서 선택을 못 하겠지? 빨간 사과인지 연두색 사과인지 고르기 어렵지? 그러니 너희들을 대신해서 내가 골라주마. 지금부터 연두색 사과나 실컷 처먹으려무나.'

이탄의 말이 끝나기 무섭게 허공에 수백 미터 크기의 거대한 식칼이 생겨났다.

Chapter 3

붉은 식칼을 목격한 순간 수호룡들의 동공이 와르르 흔들렸다.

빛의 수호룡이 손을 번쩍 들고 대답했다.

[잠깐! 저는 방금 선택을 끝냈습니다.]

'뭐라고? 잘 안 들리는데?'

이탄이 손을 둥글게 말아 자신의 귀에 가져다대었다.

빛의 수호룡이 다급히 자신의 선택을 밝혔다.

[저는 지금 막 선택을 끝냈다고 말씀드렸습니다. 제 선택은 빨간 사과입니다. 어떻게든 다른 수호룡을 곧 이곳으로 대령하겠습니다. 제가 반드시 눈먼 녀석들을 꾀어서 이곳으로 유인하겠습니다. 그러니까 저 대신 그 수호룡을 거꾸로 매달아 주십시오.]

[이런 미친!]

흙의 수호룡은 어이없다는 듯이 동료를 돌아보았다.

이제 이탄의 냉랭한 시선이 흙의 수호룡에게 향했다.

'그래? 그렇다면 우유부단한 녀석은 한 놈뿐이었네?'

거대한 붉은 식칼이 흙의 수호룡의 뱃가죽에 닿았다. 단지 접촉만 했을 뿐인데 흙으로 빚어진 비늘이 서걱 잘렸다.

흙의 수호룡이 혼비백산했다.

[끄어억? 자, 잠깐만. 저도 선택을 마쳤습니다. 빨간 사과. 저도 당연히 빨간 사과를 고르겠습니다. 선택이 늦어서 송구합니다.]

흙의 수호룡은 이탄에게 싹싹 빌었다.

이탄이 가만히 팔짱을 끼었다.

'흐으음. 둘 다 빨간 사과라고? 확실히 선택한 거야?'

[넵. 선택했습니다.]

[확실합니다.]

이탄은 손가락 4개를 폈다.

'그렇다면 딱 4주의 시간을 주겠어. 4주 안에 빨간 사과를 내 눈앞에 가져와. 각자 한 알씩 말이야. 만약 4주가 지나도록 머뭇거린다? 계속해서 우유부단하게 군다? 그렇다면 내가 강제로 연두색 사과를 먹여주겠어. 너희들의 배가 터지도록 말이야.'

[으아아악. 그럴 일은 절대 없을 겁니다. 꼭 빨간 사과를 따오겠습니다.]

[저도 마찬가지입니다. 꼭 빨간 사과를 대령하겠습니다.]

두 수호룡의 뇌파에는 기합이 빡 들어찼다.

같은 시각.

이공이 내린 세 번째 어명과 네 번째 어명이 이수민에게 전달되었다.

이수민은 하얀 호랑이의 털가죽 위에 앉아서 어명을 받았다. 살짝 위로 치켜 올라간 이수민의 눈꼬리가 이공이 내린 어명을 읽으면서 더 높이 치솟았다.

화르륵!

어명이 적힌 종이는 이수민의 손아귀 안에서 홀랑 타버렸다.

"하! 가당치도 않군. 내가 피땀을 흘려서 일군 세력의 절반을 택민이에게 넘겨라? 그리고 내 딸 린이를 내 품에서 빼앗아가겠다?"

이수민이 손바닥으로 탁자를 내리쳤다.

둔탁한 소리와 함께 호두나무 탁자가 웅웅웅 진동했다.

이공의 둘째 딸 이채민도 영민한 편이지만, 장녀인 이수민은 이채민보다 열 배는 더 똑똑하고 배짱이 두둑한 여걸이었다.

그런 이수민이 어명에 담긴 속내를 읽지 못할 리 없었다.

"학송, 그 살모사 새끼가 제대로 처돌았구나. 제 부친을 독살한 놈이 이제는 내 세력과 내 딸에게까지 눈독을 들여? 어엉?"

이수민의 눈이 제대로 뒤집혔다.

이수민이 진노하자 그녀의 곁을 지키던 노파가 꾸부정한 자세로 의견을 내었다.

"마마. 하오나 어명이 아니옵니까? 어명을 거부하면 다른 충신들의 반발을 불러올 수 있사옵니다."

노파의 충언이 옳았다. 이수민이 일군 세력 가운데 오직 3분의 1가량만이 이공보다도 이수민을 더 지지했다. 나머지 3분의 2는 이수민 개인을 추종하기보다는 쥬신 대제국의 부활에 목숨을 건 자들이었다.

특히 세력의 핵심에 해당하는 8명의 노장들이 문제였다. 그들의 가슴속에는 오로지 '쥬신'이라는 단어밖에 들어 있지 않았다.

이수민이 이공의 무리한 어명에 꼼짝을 못하는 이유가 바로 여기에 있었다.

쾅!

분노한 이수민이 한 번 더 호두나무 탁자를 내리쳤다.

조금 전에는 탁자가 부르르 떠는 데 그쳤지만, 이번에는 산산 조각 났다. 호두나무 탁자의 파편이 사방으로 튀었다.

노파가 움찔 놀라 자세를 웅크렸다.

"크으으윽."

이수민은 주먹을 불끈 움켜쥐었다.

이튿날.

이탄이 한 번 더 움직였다.

최근 주작대는 유령조직의 주요거점 가운데 한 곳의 위치를 추가로 파악했다. 스린 야시장에서 확보한 자료 덕분에 알아낸 정보였다.

주작대주가 이 기쁜 소식을 이탄에게 알렸다.

이탄은 이번에도 백호대나 주작대를 동원하지 않았다. 그는 아무에게도 행선지를 알리지 않고 홀로 출격했다.

그아아앙—.

간씨 세가의 무인기가 서쪽으로 날아갔다. 이탄은 무인기의 상단부에 우뚝 서서 팔짱을 꼈다.

고속으로 비행하는 무인기 위에 꼿꼿이 서 있는 것은 불가능 한 일처럼 느껴졌다.

하지만 이탄에게는 물리적인 상식이 통하지 않았다. 전면에서 불어 닥치는 강한 맞바람도 이탄의 자세를 허물어뜨리지는 못하였다.

구름 위를 빠르게 날아가던 중, 무인기가 갑자기 U자를 그리며 방향을 틀었다.

"다 왔나 보군."

이탄은 아무런 거리낌도 없이 무인기에서 뛰어내려 무서운 속도로 낙하했다.

이탄이 까마득한 높이에서 수직으로 떨어져서 지상에 도착하기까지는 그리 오랜 시간이 걸리지 않았다.

쐐애애액—, 쾅!

이탄이 착지한 곳에는 구덩이가 움푹 팼다.

Chapter 4

"도착했나?"

이탄은 구덩이에서 발을 꺼낸 뒤, 주변을 한 바퀴 둘러보았다.

이탄의 눈에 비친 풍경은 울창한 산림이었다. 침엽수가 가득한 숲은 완만한 산비탈을 끼고 넓게 분포했다. 사람의 손을 탄 흔적이라고는 찾아볼 수 없는 원시림에는 산짐승들이 지나간 흔적만이 간간이 눈에 띌 뿐이었다.

"여기가 어디쯤일까?"

이탄은 위성과 연결된 단말기를 켜서 현재 위치부터 확인했다. 그리곤 씨익 웃었다.

"거의 정확하게 착지했군. 목표지점으로부터 얼마 떨어지지 않았어."

이탄은 산비탈을 비스듬히 가로지르도록 방향을 잡았다.

잠시 후, 이탄이 도착한 곳은 지형이 움푹 꺼진 계곡이었다. 비행기에서 보면 온통 나무에 가려서 잘 보이지도 않는 곳인데, 두 발로 가까이 접근하자 암석 사이로 형성된 좁은 계곡이 뚜렷하게 드러났다.

이탄은 암석의 틈새로 풀쩍 뛰어내렸다.

가파른 벼랑을 타고 빠르게 아래로 내려가는 이탄의 모습은 마치 이곳 지형에 익숙한 산양의 뜀박질을 보는 듯했다.

이탄이 그렇게 한참을 내려오자 비좁은 균열이 보였다. 크레바스라 불리는 이 좁은 틈은 사람 한 명도 지나갈 수 없을 정도로 협소했다.

후웅!

이탄은 크래바스 바로 위에서 마나를 쭉 끌어올렸다. 이탄이 보유한 풍부한 마나가 툼(Tomb: 무덤) 마법을 구현했다.

좁은 크래바스가 마법에 의해 쩌저쩍 갈라졌다. 협소한 균열이 좌우로 벌어지면서 수직으로 구멍이 뻥 뚫렸다.

이탄은 구멍 속으로 휙 뛰어들면서 발끝에 힘을 주었다.

그 힘이 이탄을 무서운 속도로 이끌었다. 마치 이탄의 발끝에 강력한 추진체가 달려 있어 이탄의 몸뚱어리를 로켓처럼 아래로 쏘아버린 듯했다. 혹은 폭격기에서 투하한 특수한 유도미사일이 계곡을 허물어뜨리면서 아래로 파고들어 스스로 적의 지하벙커를 찾아가는 모습 같기도 하였다.

마침내 이탄이 땅의 균열 속 밑바닥에 도착했다.

쾅!

이탄이 착지한 충격으로 인하여 좁은 계곡이 흔들렸다. 계곡 옆면에서는 흙 부스러기가 푸스스 낙하했다.

이탄은 그 부스러기에는 신경도 쓰지 않았다.

"후훗. 마중을 나와 주니 고맙군."

이탄이 으스스하게 뇌까렸다.

외부의 침입자(이탄)를 인식한 듯, 캄캄한 계곡 밑바닥에서 몇몇 생명체들이 등장했다. 이 생명체들은 거미인간처럼 절벽에 매달려 사사삭 다가오더니, 이탄의 머리 위쪽을 빠르게 장악했다.

이들의 본질은 거미인간이 아니었다. 언노운 월드나 북명의 수인족들 중에는 실제로 팔다리가 8개인 거미인간도 존재하였으나, 간씨 세가의 세상에는 거미인간이 존재하지 않았다.

그렇다고 해서 이 괴인들이 인간이냐?

그건 또 아닌 듯했다. 지금 이탄에게 은밀히 접근 중인 자들은 평범한 인간보다 팔다리가 두 배는 더 길었다. 관절도 해괴한 방향으로 자유롭게 꺾였다. 괴인들은 손바닥과 발바닥은 접착제처럼 끈적끈적하여 벽을 타기에 적합했다.

털이 부숭부숭 돋은 기다란 팔다리에, 비정상적인 방향으로 꺾인 관절, 그리고 자유롭게 벽을 타는 모습에 이르기까지.

도저히 이자들을 인간이라고 부를 수는 없을 것 같았다.

키약!

거미처럼 움직이는 기괴한 괴인들이 이탄의 머리 위에서 갑자기 뚝 떨어져서 이탄을 덮쳤다.

이때까지만 해도 이탄은 무방비 상태로 보였다.

하지만 아니었다. 적이 공격을 퍼붓는 순간, 이탄은 기다렸다는 듯이 양손을 위로 뻗었다.

푹! 푹!

이탄의 두 손은 괴인들의 딱딱한 뱃속을 뚫고 들어가 그대로 내장을 틀어쥐었다. 그런 다음 상대의 척추까지 움켜잡아 주르륵 뽑아내었다.

이탄을 기습 공격했던 괴인들이 입을 쩍 벌렸다.

괴기스럽게도 괴인들의 입에는 아교 같은 것들이 발라져 있어 입이 잘 벌어지지 않았다. 윗입술과 아랫입술 사이에 끈적끈적한 것들이 쭈욱 늘어났다. 또한 괴인들은 아무런 목소리도 내지 못했다.

"뭐야? 이것들은."

이탄이 자신의 양팔에 달라붙은 괴인들을 단숨에 절벽에 처박았다.

괴인들이 고통에 겨워 몸부림쳤다. 강한 충격으로 인해 그들의 머리가 일부 함몰되었음에도 불구하고 그들은 이탄의 손에서 떨어지지 않았다. 마치 이 괴인들의 몸 전체가 아교 성분이라도 되는 듯, 이탄의 손과 팔뚝에 꽉 엉겨 붙었다.

그러는 사이, 또 다른 괴인들이 이탄의 머리 위로 뚝뚝 떨어져 내렸다.

이탄은 양팔에 적의 시체를 매단 채로 손을 휘둘렀다. 새로 낙하한 괴인들이 이탄의 손에 복부가 꿰뚫려 입을 쩍 벌렸다.

이 괴인들도 동료들과 마찬가지로 몸이 점성물질로 이루어진 듯했다. 괴인들의 몸뚱어리가 아교처럼 이탄의 팔뚝에 들러붙었다.

덕분에 이탄의 팔에 실린 무게가 두 배로 늘었다.

"호오? 이건 마치 끈적끈적한 아교 인형들과 싸우는 느낌이네?"

이탄이 흥미롭게 뇌까렸다.

이탄의 머리 위에서 새로운 괴인들이 또 낙하했다. 그들은 입을 쩍쩍 벌리면서 필사적으로 이탄을 공격했다.

그뿐만이 아니었다. 이탄의 앞과 뒤에도 새로운 괴인들이 수십 명 이상 나타나더니 성큼성큼 접근했다.

만약에 이탄이 평범한 무인이었다면, 적들의 이 괴상망측한 공격 방식에 당황했을지도 모르겠다.

그러나 이탄은 평범함과는 거리가 멀었다. 당황은커녕

오히려 흥미를 느끼는 이탄이었다.

"어디 보자. 그렇다면 이렇게 한번 해볼까?"

이탄이 자신의 두 팔을 좌우로 뻗었다.

쾅! 쾅!

이탄의 주먹과 팔뚝이 비좁은 절벽 양쪽에 푹푹 박혔다. 그 상태에서 이탄은 흙의 원소마법을 발휘했다.

구구구구구궁!

절벽 전체가 이탄이 쏟아부은 막대한 마나에 공명했다. 가파른 절벽이 마치 살아 있는 생명체처럼 뿌드득 소리를 내면서 일어섰다.

이탄 오른쪽의 절벽은 이탄의 오른팔과 결합했다.

이탄 왼쪽의 절벽은 이탄의 왼손과 합쳐졌다.

그 상태에서 이탄이 양손 손바닥을 마주쳐 손뼉을 치는 시늉을 했다. 그러자 이탄의 전면에 위치한 절벽이 서로 밀착하여 꽈앙! 맞물렸다.

절벽의 틈새에서 성큼성큼 기어 오던 괴인들은 절벽과 절벽 사이에 꽉 끼어 온몸이 터졌다. 이건 마치 조그만 거미들이 사람의 손바닥 사이에 끼어서 납작하게 몸이 터지는 것과 유사한 장면이었다.

Chapter 5

이탄은 전면에서 접근하는 적들을 한 방에 처리한 뒤, 이번에는 어깨죽지를 뒤로 한껏 젖혔다.

이탄의 팔뚝이 몸 뒤로 돌아갔다. 이탄의 등 뒤에서 팔꿈치와 팔꿈치가 쾅 부딪쳤다.

거대한 절벽도 이탄의 행동에 맞춰서 움직였다.

이탄의 뒤쪽 절벽이 쾅앙 충돌했다.

그 사이에 끼인 괴인 수십 명이 즉사했다. 이탄의 머리 위로 접근하던 괴인들도 맞물린 절벽 사이에 끼어서 몸이 팍 터졌다. 괴인들의 잔해는 끈적끈적한 점성물질처럼 벽면을 타고 주르륵 흘러내렸다.

"공격 방식은 특이한데, 전투력은 별 볼 일 없네."

이탄이 시큰둥하게 중얼거렸다.

이탄이니까 이렇게 폄하할 수 있는 것이다. 조금 전 이탄을 공격했던 괴인들은 신체가 아교처럼 끈끈하여 기관총을 맞아도 상처 부위가 저절로 회복되며, 칼에 베여도 아무런 타격을 받지 않았다. 심지어 로켓에 얻어맞아도 잘 죽지 않는 존재가 바로 이 괴인들이었다.

게다가 이 괴인들은 공포를 모르고 끝없이 달려드는 특징도 지녔다. 이 괴인들이 무수히 달려들어 엉겨붙고 또 달라붙으면, 그 공격에 당한 자들은 결국 끈적끈적한 아교 속에서 몸부림치다가 체력이 고갈되어서 죽어갈 수밖에 없었다.

그리하여 이 괴인들에게 붙여진 별칭이 '늪'이었다.

절벽을 통째로 휘둘러서 늪들을 터뜨려 죽인 뒤, 이탄은 간씨 세가의 위성과 다시 통신을 시도했다.

치이익! 치이익!

이번에는 소음만 들릴 뿐 통신이 연결되지 않았다. 아무래도 이탄이 절벽 깊숙한 곳으로 내려온 탓인 듯했다.

"뭐, 목표지점이 이 근처인 것은 확실하니까 위성의 도움 없이도 적 아지트를 찾을 수 있겠지. 주변을 한번 무너뜨려 보자. 그럼 뭔가가 드러날 거야."

이탄은 섬뜩한 이야기를 아무렇지도 않게 내뱉었다.

이탄은 오른손에 마나를 잔뜩 끌어올려 땅바닥에 밀착했다. 왼손으로는 오른손 손목을 잡았다.

투화—악!

이탄을 중심으로 강한 에너지의 파동이 방사형으로 퍼져 나갔다. 이탄의 손바닥으로부터 방출된 마나는 지각 깊은 곳까지 뚫고 들어가 맨틀을 움직였다.

이것은 어쓰퀘이크(Earthquake: 지진)!

간철호에게 '대지의 소서러'라는 별명을 안겨준 바로 그

광역마법이 작열했다.

잠시 후, 맨틀에서 발산된 횡파와 종파가 대지를 뒤흔들었다. 이탄 주변의 계곡이 가장 먼저 우르르 흔들렸다. 산비탈의 거목들이 우당탕 쓰러졌다. 산이 허물어지면서 거대한 흙더미가 쓸려 내려왔다.

지진에 이은 산사태였다.

멀쩡하던 산등성이가 쩌억 갈라지면서 깊은 크레바스를 만들었다. 산에서 서식하던 동물들은 기겁을 하며 뛰쳐나와 무조건 산 아래로 뛰었다.

그런 동물들 앞에 갑자기 거대한 균열이 나타나 동물들을 집어삼켰다. 새들은 미친 듯이 날개를 휘저어 높은 창공으로 피신했다.

이탄의 어쓰퀘이크 한 방에 산의 지형이 완전히 바뀌었다.

그리고 그 속에서 둥그런 반구가 드러났다. 푸르스름한 막으로 뒤덮인 이 반구의 정체는 바로 마법진이었다.

직경은 약 1 킬로미터.

계곡 깊숙한 곳에 숨겨져 있던 마법진이 어쓰퀘이크에 떠밀려서 그 모습을 드러내었다.

"거기 숨어 있었구나?"

이탄은 한달음에 마법진에 도착했다.

이탄이 손을 뻗어 마법진의 표면에 밀착했다.

빠카카캉!

마법진의 표면에서 눈부신 전하가 튀어나왔다. 시퍼런 벼락이 형성되면서 이탄을 마구 공격했다.

이탄이 입고 있던 옷이 새카맣게 그을렸다.

반면 이탄은 멀쩡했다.

"앙탈을 부려보겠다는 거냐?"

이탄은 마법진의 저항을 앙탈이라고 표현했다. 그와 동시에 이탄의 손에서 뿜어진 막대한 마나가 마법진 전체를 강타했다.

투왕!

직경 1 킬로미터에 달하는 커다란 마법진이 와르르 흔들렸다. 실제로 마법진의 상단부가 허물어지면서 파괴될 조짐을 보였다.

그 즉시 마법진 내부에서 에너지가 흘러나왔다. 반쯤 허물어졌던 마법진이 다시 살아나면서 푸른 물빛을 사방으로 발산했다.

이탄은 한 번 더 마나를 주입했다.

투와왕!

이번에는 마법진의 표면에서 더 큰 파문이 일었다. 마법진 전체가 고무공 찌그러지는 것처럼 이리저리 요동쳤다.

마법진의 상단부에는 조금 전보다 더 큰 붕괴가 발생했다.

이탄은 오른손에 이어서 왼손도 마법진에 밀착했다.

투왕! 투와왕!

연달아 두 번의 마나가 마법진을 흔들었다.

무시무시한 폭음과 함께 마법진이 통째로 허물어졌다.

"안 돼!"

마법진 내부에서 비명이 들렸다.

그 비명이 채 끝나기도 전에 이탄이 마법진을 돌파하여 안으로 쳐들어갔다.

사실 이탄이 기대했던 것은 스린 야시장의 지하에 설치되었던 것과 같은 최신식 시설이었다. 이탄은 문명으로부터 멀리 떨어진 이곳 지하에 유령조직의 첨단 시설이 갖춰져 있을 것이라 예상했다.

아니었다. 마법진 안에는 둥그런 연못이 하나 있을 뿐이었다. 직경 700 미터 크기의 인공연못 안에는 진흙처럼 보이는 액체가 가득 채워진 상태였다. 그리고 그 진흙 속에 눈을 꼭 감은 괴인들이 드러누웠다.

괴인들의 수는 눈대중으로 셈해도 얼추 1,000명에 육박하는 듯했다.

Chapter 6

연못을 채운 액체의 밀도가 높은 탓인지, 괴인들은 배영을 하듯이 드러누운 상태에서 몸의 절반만 액체 속에 잠겼다. 나머지 신체의 절반은 공기 중으로 튀어나왔다.

이 괴인들 모두 정상인보다 팔다리가 두 배는 더 길었다.

'아무래도 조금 전 나에게 덤벼들었던 그 괴인들이 바로 이 연못에서 양산되는 모양이구나.'

이탄은 호기심 어린 눈으로 연못을 둘러보았다.

연못의 중앙에는 바위 하나가 뾰족하게 솟았는데, 그 바위 위에 백발에 뺨이 움푹 꺼진 노인이 앉아 있었다.

조금 전 이탄이 압도적인 마나로 마법진을 깨뜨렸을 때, "안 돼!"라고 소리친 장본인이 바로 이 노인인 것 같았다.

"설마…… 대지의 소서러?"

백발에 해골처럼 생긴 노인이 이탄을 보자마자 괴성을 질렀다.

이탄이 머리를 삐딱하게 기울였다.

"나를 알아?"

이탄은 연못 중앙의 노인을 향해 손을 뻗었다. 노인의 앙상한 몸뚱어리가 허공으로 둥실 떠올라 이탄을 향해 스르륵 날아왔다.

"안 돼. 안 된다. 이노옴."

노인이 발버둥을 쳤다.

그래 봤자 이탄이 뿜어내는 막대한 마나를 버텨낼 도리
는 없었다. 백발의 노인은 꼼짝도 못 하고 350여 미터를 날
아와 이탄의 손에 목줄기를 붙잡혔다.

"크으윽. 이 역적 놈."

노인은 원한이 가득한 눈으로 이탄을 노려보았다.

이탄이 한쪽 입꼬리를 삐쭉 끌어올렸다.

"하하하. 나를 바라보는 눈빛에 적개심이 가득하군. 분
명히 우리는 초면일 텐데 말이지. 게다가 나를 역적이라 불
렀으렷다? 그 말인즉슨, 너희들 유령조직의 뿌리가 쥬신
황실에 맞닿아 있다는 뜻이겠지?"

"허업."

노인이 헛바람을 집어삼켰다.

이탄은 더욱 크게 웃었다.

"하하하하. 설마 하고 찔러보았는데 역시 내 짐작이 맞
았네. 이제 보니 유령조직이 쥬신 황실과 연결되어 있었구
나. 하하하. 이 소식을 다른 군벌의 수뇌부들이 들으면 좋
아서 박수를 치겠군."

"크허억. 이 노옴. 지금 무슨 헛소리를 하는 게냐? 크으
윽. 쥬신 황실이라니. 네놈이 미쳤나 보구나."

노인은 필사적으로 발뺌을 했다.

그래 봤자 이탄에게는 먹히지 않았다.

"영감이 쥬신의 잔당들과 관련이 있는지 없는지는 곧 밝혀질 거야. 간씨 세가에는 영감의 입을 열 방법이 수백 가지도 넘게 있거든."

이렇게 중얼거리면서 이탄은 엄지로 상대방의 목덜미를 꾹 눌렀다.

"끄억."

노인이 까무룩 기절했다.

이탄은 노인을 오른쪽 어깨 위에 들쳐 멨다. 이어서 이탄은 연못에 둥둥 떠 있는 괴인들 가운데 한 명을 붙잡아서 질질 끌어냈다.

2명의 포로를 확보한 다음, 이탄은 단말기를 다시 꺼냈다.

이탄이 좁은 계곡 밑바닥에서 위성과의 연결을 시도했을 때에는 잘되지 않았다.

지금 다시 연결을 시도하자 단말기에 곧바로 커넥션 신호음이 떴다. 어쓰퀘이크에 의하여 절벽이 무너지고 사방이 탁 트인 덕분이었다.

이탄이 버튼을 누르자 허공을 선회 중이던 간씨 세가의 무인기가 이탄의 바로 머리 위까지 날아왔다.

"웃차."

이탄은 그대로 땅을 박차고 점프하여 무인기의 상단부에 안착했다.

무인기를 컨트롤하여 간씨 세가로 돌아가기 전, 이탄은 주작대주에게 메시지를 보내는 것을 잊지 않았다.

이탄은 주작대주에게 현재 위치 좌표를 찍어주었다. 그런 다음 이탄은 주작대원들을 이곳에 즉시 파견하여 연못에 반쯤 잠겨 있는 괴인들, 혹은 괴인이 되기 전의 실험체들을 수거하라고 명했다. 더불어서 이탄은 이곳의 수상한 연못에 대해서도 철저하게 조사할 것을 지시했다.

주작대주가 이탄의 메시지를 확인할 즈음, 이탄을 태운 무인기는 동쪽 하늘을 향해 빠르게 활공했다.

이탄이 아시아 서쪽의 원시림에 다녀왔다는 사실은 한동안 비밀에 부쳐졌다. 이탄이 그곳에서 괴상한 연못을 발견하고, 또 백발의 괴상한 노인을 끌고 왔다는 점 또한 당연히 비밀이었다.

간씨 세가에서도 이탄과 주작대주, 그리고 주작대원들 가운데 일부를 제외하면 이 비밀을 아는 자가 없었다.

간씨 세가만 소식이 캄캄한 게 아니었다. 이공의 조직도 이탄의 움직임을 전혀 파악하지 못했다.

이린의 천공안이 폐쇄된 탓은 아니었다. 솔직히 말해서 이번 사태를 천공안의 부재 탓으로 돌릴 수는 없었다. 설령 지금 이린이 천공안을 사용할 수 있다손 치더라도, 그 천공안으로 이탄의 행동을 읽기란 불가능했다. 이탄은 이미 천공안 따위로 감히 감시할 수 있는 존재가 아니기 때문이었다.

이러한 이유로, 이공이 급보를 받은 시점은 이탄이 연못에 다녀간 지 무려 사흘이나 지난 뒤의 일이었다.

이공은 한달음에 돌계단을 뛰어 올라와 학선생을 찾았다.

"학선생, 학선생. 큰일이 터졌소."

"폐하, 어쩐 일이시옵니까?"

학선생이 부리나케 중정으로 나와 이공을 맞았다.

"학선생, 큰일이 터졌구려. 큰일."

이공의 표정은 파랗게 질려 있었다.

학선생은 우선 이공을 진정시켰다.

"폐하, 제가 폐하의 곁에 있지 않사옵니까. 흥분을 가라앉히시고 차분하게 말씀해 보시옵소서. 대체 무슨 큰일이 터졌단 말씀이시옵니까?"

이공은 학선생의 조언에 따라 심호흡을 몇 번 내쉰 다음, 조금 전에 보고받은 내용을 학선생에게 알렸다.

"팔군 가운데 서로군이 타격을 받았소. 서로군이 주둔 중이던 원시림 지역은 산사태에 의해 폐허로 변하였으며, 서로군을 지휘하던 시장군도 행방불명이 되었다고 하오. 또한 그 일대에는 저 찢어 죽일 간씨 놈들이 쫙 깔려 있다고 보고가 올라왔소."

"폐하, 지금 뭐라고 하셨사옵니까? 시장군이 행방불명이 되었다고요?"

학선생의 눈이 휘둥그레졌다. 학선생의 눈동자 깊은 곳에는 순간 두려움이라는 감정이 자리를 잡았다.

겉으로는 대범한 척 굴지만 사실 학선생만큼 자신의 목숨을 아끼는 사람도 드물었다.

물론 이공은 꿈에도 이런 사실을 몰랐다. 그는 학선생을 철석같이 믿었다.

"허어어. 시장군의 행방은 알 길이 없고, 서로군의 핵심인 늪도 활동을 멈추었소. 아니, 그것보다도 간씨 놈들이 서로군의 주둔지를 공격했다는 점이 더 큰 문제가 아니겠소? 설마 간씨 놈들이 우리에 대해서 파악을 했을꼬?"

어찌나 긴장을 했는지 이공의 목소리가 덜덜 떨려서 나왔다.

Chapter 7

학선생은 거듭 이공을 안심시켰다.

"폐하, 근심하지 마시옵소서. 간씨 놈들이 서로군의 꼬리를 어떻게 밟았는지는 모르겠으나, 폐하의 세력은 분절된 점조직으로 구성되어 있사옵니다. 서로군이 타격을 받았다고 하여 조직 전체가 위태로울 리는 없습니다."

"허어. 학선생의 말을 들으니 조금 안심이 되는구려. 그래도 그렇지. 간씨 놈들이 대체 서로군의 주둔지를 어찌 캐냈을꼬? 그곳은 아시아 서쪽의 원시림 속에 꽁꽁 숨겨진 장소이거늘. 허어어."

이공이 고개를 절레절레 내저었다.

"폐하, 일단 내부에서 비밀이 샜을 가능성도 염두에 두셔야 하옵니다. 다만, 제가 팔군 조직을 구축할 때 철저하게 점조직으로 만들어 놓은 터라 다행이 아니옵니까?"

학선생이 스스로의 얼굴에 금칠을 했다.

엄밀하게 말해서 팔군을 점조직으로 구축한 공로자는 학선생이 아니라 이수민이었다. 이수민이 현장에서 뛰면서 조직을 탄탄하게 세울 때 학선생은 중정에 편히 틀어박혀서 이래라 저래라 훈수만 두었다.

그나마 이 훈수도 이수민은 한 귀로 듣고 한 귀로 흘렸다.

학선생은 이 점을 잘 알면서도 은근슬쩍 공을 자신에게 돌렸다.

이공도 별 지적 없이 학선생의 말을 넘어갔다.

"그나저나 대책을 강구해야 할 것 아니겠소? 학선생, 우선 무슨 일부터 하면 좋겠소?"

"폐하, 일단 나머지 칠군에게 더욱 깊숙하게 잠수하라 명하십시오. 간씨 놈들이 피를 탐하는 승냥이 떼처럼 헐떡거리며 돌아다니고 있으니 다들 몸을 숨겨야 할 것이옵니다."

"그렇지. 일단 칠군을 자중케 해야지."

"그와 동시에 간씨 놈들의 시선을 다른 곳으로 돌리게 만들어야 조직을 지킬 수 있겠사옵니다."

"다른 곳? 어디 말이오?"

이공이 캐물었다.

학선생은 지난번에 이공을 부추겼던 내용을 한 번 더 반복했다.

"서둘러 채민 마마를 불러들이시옵소서. 간씨 놈들의 시선을 끌려면 채민 마마께서 활약해주시는 수밖에 없사옵니다."

"허."

"그리고 하루빨리 린 마마를 이곳으로 옮기셔야 할 것이옵니다. 만약 간씨 놈들이 조직의 뒤를 밟아서 추적해온다면 린 마마의 천공안이 꼭 필요하옵니다. 오직 그것만이 폐하와 황태자 저하의 안녕을 보장받는 길이옵니다."

"허어어."

이공은 선뜻 대답하지 못했다.

간씨 세가에서 서로군의 존재를 파악하고 타격을 가한 상황이었다. 이렇게 위험한 와중에 이채민을 출격시켜 간씨 세가의 이목을 돌리려 한다면, 칠군은 무사할지언정 이채민은 위험에 그대로 노출될 것이 뻔했다.

이린의 경우도 마찬가지였다.

이공이 이미 어명을 내렸음에도 불구하고, 이수민은 아직까지 이린을 이곳으로 보내지 않았다. 어명을 따르겠다는 답신도 아직 올라오지 않았다.

이런 와중에 이공이 이수민을 강하게 다그치는 것도 편한 일은 아니었다.

'수민이 녀석이 보통 고집이 아닌데. 녀석을 어찌 구워삶아야 린이를 내줄꼬?'

이공은 심각한 고민에 빠졌다.

학선생이 이공의 고민을 덜어주었다.

"폐하, 채민 마마와 린 마마를 위험에 몰아넣고서 소신이 어찌 참된 충신이라 하겠사옵니까? 비록 소신이 폐하와 황태자 저하, 그리고 사직의 안녕을 위하여 간언을 올렸으되, 소신의 혀에 의해 두 분 마마께서 위험해지시는 것도 사실이옵니다."

학선생은 선수를 치듯이 이공 앞에 털썩 엎드렸다.

"학선생, 그런 말 마시오."

이공이 학선생의 소매를 잡아 일으키려 들었다.

학선생은 선뜻 일어나지 않고 충격적인 말을 고했다.

"아니옵니다. 소인은 채민 마마와 린 마마를 위험에 빠트린 죄인이옵니다. 하여 소신이 세상으로 나갈 것이옵니다. 직접 세상에 나가서 간씨 놈들이 어디까지 우리 조직을 파헤쳐 들어왔는지 파악해 오겠나이다."

이공이 깜짝 놀랐다.

"학선생, 그건 절대 아니 될 말이오. 학선생이 그 위험한 간씨 놈들에게 어찌 접근한단 말이오? 그러다 만약에 학선생이 잘못되기라도 한다면 우리 택민이는 누가 받쳐주겠소? 다시는 그런 말 하지 마시오."

이공은 단호하게 학선생의 청을 거절했다.

학선생이 울부짖듯이 아뢰었다.

"폐하, 소신이 적진으로 뛰어들어야 비로소 폐하께오서 채민 마마를 다그치실 수 있사옵니다. 소신이 위험을 짊어져야 수민 마마도 린 마마를 내어줄 것이옵니다. 소신이 살고자 하오면 조직이 죽사옵고, 소신이 죽음을 적극적으로 찾아가야 비로소 조직이 바로 설 것이옵니다. 소신은 오로지 그것만이 폐하와 황태자 저하를 위한 길이라 믿고 있사옵니다. 부디 소신의 뜻을 헤아려 주시옵소서."

학선생의 구구절절한 말이 이공의 가슴에 진한 파문을 일으켰다.

"학선생. 크흐흐흑. 그대는 정말 충신이구려."

이공은 학선생을 와락 부둥켜안았다. 이공의 주름진 눈가에 습기가 차올랐다.

그러느라 이공은 보지 못했다. 학선생이 이리저리 바쁘게 눈알을 굴리는 모습을 말이다.

며칠 뒤.

대나무 숲이 시원하게 내다보이는 다실 안에서 이탄이 손님을 맞았다. 오늘 이탄에게 알현을 청한 사람은 간씨 세가의 원로원주인 남충주였다.

남충주는 간철호의 첫 번째 부인인 남서윤의 부친이었다. 사사롭게는 간철호의 장인이 되는 셈이었다.

하지만 힘이 우선인 세상에서 사사로운 관계는 의미가 없었다. 공식적으로 남충주는 간씨 세가의 신하이고, 이탄은 그런 신하들을 다스리는 군주였다. 당연히 이탄이 상석에서 남충주를 맞았다.

"원로원주께서 이 시각에 어쩐 일이시오?"

이탄이 탁자 건너편의 남충주를 물끄러미 바라보았다.

아무런 감정도 드러나지 않는 이탄의 깊은 눈동자를 접한 순간, 남충주는 부르르 몸서리를 쳐야만 했다. 이탄을 마주 대하는 것만으로도 남충주는 숨이 턱 막혔다.

'허어어. 의장님은 도저히 그 깊이를 가늠할 수가 없구나.'

남충주의 등에 식은땀이 흘렀다.

Chapter 8

그 사이 이서현이 차를 두 잔 내왔다. 올해 만 16살이 되면서 이서현은 조금씩 앳된 모습을 벗어던지고 성숙미를 풍겼다.

이서현이 조용히 차를 탁자에 두고 뒷걸음질로 물러날 때, 남충주의 눈길이 그녀를 슬쩍 훑고 지나갔다.

남충주는 간철호의 취향을 잘 알았다. 그가 아는 간철호는 옛 쥬신 황실의 여인이라면 반드시 손에 넣고 보는 성격이었다.

'아마도 의장님께선 조만간 저 아이를 첩으로 들이시겠구먼. 끌끌.'

남충주가 속으로 혀를 찼다.

이탄은 남충주를 향해 눈을 슬쩍 찌푸렸다. 상대가 본론을 꺼내지 않고 자꾸 꾸물거리기 때문이었다.

"원로원주."

"아! 네, 의장님. 허허허. 죄송합니다. 제가 이렇게 불쑥 의장님을 찾아뵌 이유는 다름이 아니라……."

이탄의 재촉에 남충주의 입에서 드디어 용건이 튀어나왔다. 남충주는 말꼬리를 살짝 흐리고는 탁자 너머로 편지 한 장을 넘겨주었다.

"이게 뭐요?"

이탄은 남충주가 건넨 편지를 펼쳐서 읽었다.

잠시 후, 이탄이 고개를 들어 남충주를 똑바로 쳐다보았다.

남충주는 하얀 수염을 손으로 한 번 쓸어내린 다음, 이야기를 꺼냈다.

"오래 전 저희 가문에 남문주라는 자가 있었습니다. 그동안 의장님께는 말씀을 드리지 못하였으나, 문주는 저와 팔촌뻘 되는 자였지요."

이탄은 상대의 이야기를 묵묵히 들었다.

남충주는 긴장이 되는지 침을 한 번 꿀꺽 삼킨 다음, 70년도 더 전에 있었던 비밀을 고백했다.

"저는 가문의 직계였고, 문주는 직계가 아니었습니다. 그게 서운하였는지 문주는 가문을 나가 한때 회양당에 머물렀습니다. 송구하옵니다."

"회양당."

이탄의 표정이 아주 살짝 변했다.

회양당이라면 간철호의 기억에 또렷이 남아 있는 이름이었다. 쥬신 제국 말기, 오대군벌의 힘이 점점 강성해져서 황제의 권위를 뛰어넘을 무렵, 끝까지 황제의 곁을 지키며 오대군벌과 맞서 싸우던 곳이 바로 회양당이었다.

당시 회양당의 당주는 학운철이었다.

한데 그 학운철은 쥬신의 마지막 황제인 이윤이 오대군벌의 종용을 받아 자결을 할 때 세상에서 신비롭게 자취를 감추었다.

쥬신 제국이 멸망하고 오대군벌이 학운철의 행방을 수소문했으나 그의 소식은 끝내 전해지지 않았다.

남충주가 이탄의 눈치를 살살 살폈다.

비록 지금은 학운철 무리에 대한 척살령이 해제되었다지만, 불과 몇십 년 전만 하더라도 학운철이 이끌었던 회양당은 오대군벌의 척살 명단 최상위권에 올라 있는 조직이었다.

한데 남충주의 먼 친척이 그 위험한 조직에 가담했었단

다. 남충주는 간철호(이탄)가 노여워하지나 않을까 걱정했다. 경우에 따라서는 남충주의 가문 전체가 역도의 무리로 몰려서 간철호의 손에 죽을지도 모르는 일이었다.

다행히 이탄은 남문주에게 별 의미를 두지 않았다.

"어지럽기 짝이 없던 제국의 말기, 제국의 녹을 먹던 신하들은 제각기 생각이 달랐지. 그때 원로원주의 가문은 올바른 선택을 하여 우리 간씨의 편에 섰고, 회양당은 무능한 황제의 발밑에 엎드려 간신배들을 양성하던 곳이었소. 하나 굵직한 나무에 어찌 벌레가 한 마리도 없겠소? 남가의 방계 핏줄 가운데 한 명이 어리석은 판단을 하여 간신배들과 어울렸기로서니, 70년이 지난 지금 그따위 벌레 한 마리가 발견되었다고 해서 아름드리 거목을 벨 리야 있겠소? 그건 말도 안 되지."

"의장님, 그리 말씀하여 주시니 소신은 감읍할 따름입니다."

남충주가 고개를 숙여 허옇게 센 자신의 정수리를 내보였다.

이번에는 이탄이 남충주에게 질문했다.

"한데 원로원주께서 이렇게 시간을 할애하여 남문주라는 벌레를 설명하는 것을 보니 심상치가 않구려. 혹시 이편지를 보낸 자가 남문주요?"

이탄이 남충주 앞에 편지를 흔들어 보였다.

남충주가 고개를 끄덕여 대답했다.

"그렇습니다, 의장님. 70년 전에 실종되었던 문주가 제게 불쑥 연락을 취해왔습니다. 그 편지는 문주로부터 받은 것입니다."

"흐음."

이탄은 편지를 처음부터 한 번 더 읽어 내려갔다.

불온한 무리.

미래를 읽는.

타의/강요.

도움 요청.

남충주가 건넨 편지지 위에는 뚝뚝 끊어지는 내용의 글귀 4개가 수수께끼처럼 적혀 있을 뿐이었다.

Chapter 9

'솔직히 이것을 편지라고 부를 수 있을지도 의문이로구나.'

이탄은 손으로 자신의 턱을 한 번 쓸었다.

편지의 형식이 파격적인 점과는 별개로, 이탄은 편지의 내용도 심상치 않다고 판단했다. 그래서 남충주에게 떠보듯이 물었다.

"원로원주께서 보시기에 이게 무슨 의미인 것 같소?"

"제가 늙어서 그런지 명쾌한 파악이 어렵습니다."

"명쾌하지 않아도 괜찮으니 원로원주의 생각을 그냥 말해보시오."

"알겠습니다. 일단 저는 편지의 가장 위에 기술된 불온한 무리가 최근에 벌어진 테러와 관련이 있다고 생각했습니다. 하지만 확신을 가지지는 못하겠습니다. 미래를 읽는다는 것 또한 정확하게 무슨 의미인지 모르겠습니다. 이 수식어는 앞뒤 단어들과 연계성도 불분명합니다. 나머지 두 글귀들도 이해가 되지 않기는 마찬가지이고요."

남충주가 송구스럽다는 듯 얼굴을 붉혔다.

이탄이 웃음을 터뜨렸다.

"하하. 그렇다면 원로원주께서는 의미도 모르는 수수께끼를 내게 가져오신 거요? 나더러 수수께끼를 풀어보라고?"

남충주가 황급히 손사래를 쳤다.

"어이쿠. 아닙니다. 의장님께서 얼마나 바쁘신지 잘 아는데 제가 그럴 리가 있겠습니까? 다만 오래 전 소식이 끊겼던 옛 회양당의 인물로부터 수수께끼와 같은 편지를 받았기에, 이 사실을 의장님께 알려드려야 한다고 생각했습니다."

남충주가 판단하기에, 간철호의 눈과 귀는 아시아 전역에 깔려 있었다. 원로원주인 그의 곁에도 당연히 간철호의 이목이 붙어 있을 게 뻔했다.

남충주가 먼 친척으로부터 수수께끼와 같은 편지를 받자마자 간철호에게 쪼르르 가져온 이유는 바로 이 때문이었다.

남충주는 간철호에게 불필요한 오해를 사고 싶지 않았다. 그래서 수상한 편지를 받자마자 쪼르르 달려와 앞뒤 상황을 털어놓았다.

이탄은 수수께끼 같은 편지를 다시 한번 내려다보았다. 이탄의 머릿속에는 다음과 같은 뜻풀이가 저절로 떠올랐다.

불온한 무리 = 유령조직(아마도 쥬신 제국을 복원하려는 무리인 듯함).

미래를 읽는 = 유령조직에는 미래를 읽는 능력자, 즉 예언자가 존재함.

타의/강요 = 예언자는 지금 타의, 혹은 강요에 의해 능력을 착취당하는 중?

도움 요청 = 예언자가 남충주에게 도움을 요청한 것일지도 모름.

이렇게 풀이를 하고 나자 퍼즐이 맞춰진 듯했다. 이탄은 머릿속에서 한 가지 상황을 가정해 보았다.

'예를 들어서 유령조직이 실력 좋은 예언자 한 명을 확보했다고 치자. 그들은 예언자를 윽박질러서 미래를 읽게 만드는 거지. 예언자의 도움이 있어야 오대군벌을 상대로 테러를 성공시키고 오대군벌의 사이를 이간질시킬 수 있으니까. 한데 강요를 견디다 못한 예언자가 남문주를 통해서 원로원주에게 은밀하게 도움을 요청했을까?'

이탄은 여기까지 가설을 세운 뒤, 고개를 번쩍 들었다.

"원로원주."

"말씀하시지요, 의장님."

"남문주라는 자로부터 이 편지를 받기만 했소?"

"예에? 의장님, 그게 무슨 뜻이십니까? 저는 수수께끼와 같은 편지를 받기만 했을 뿐 절대 불온한 무리와 동조한 적이 없습니다. 저의 충정을 믿어주십시오."

답변을 하는 남충주의 얼굴이 하얗게 질렸다.

이탄이 피식 웃었다.

"하하. 누가 원로원주더러 불온한 무리와 동조했다 했소? 그렇게 놀랄 필요는 없는데. 내 질문은, 원로원주께서 편지를 일방적으로 받기만 하는 처지인지, 아니면 남문주라는 자에게 편지를 보낼 수도 있는지 여쭤본 거요."

"아아, 그러십니까?"

남충주는 다행이라는 듯이 소매로 이마의 땀을 훔쳤다. 그리곤 곧바로 대답했다.

"제게는 문주에게 소식을 보낼 방도가 있습니다. 다만, 제가 보낸 편지가 진짜로 남문주 본인에게 전달될 것인지는 저도 잘 모르겠습니다."

"그건 차차 알아보면 되겠지. 우선 남문주라는 자에게 이렇게 답신을 보내보시구려."

이탄은 탁자 위의 종이를 한 장 찢어서 그 위에 4개의 글귀를 휘갈겨 썼다.

탈 회양당.

도움 가능.

증거 필요.

미래를 읽는.

이탄이 써내려간 글귀의 의미를 풀어쓰면 다음과 같았다.

'회양당으로부터 벗어나고 싶다면 얼마든지 도와줄 수 있다. 단, 그대가 미래를 읽는 자라는 증거를 먼저 보여라.'

이상이 이탄의 주장이었다.

남충주도 이탄의 글을 보고는 대략적인 의미를 짐작했다.

이탄이 턱을 슬쩍 들었다.

"원로원주, 지금 적어드린 4개의 글귀를 남문주라는 자에게 보내주시구려. 그리고 상대방으로부터 답변을 받으면 다시 나에게 가져오시오."

"의장님의 말씀대로 따르겠습니다. 문주로부터 답신을 받는 즉시 의장님께 가져오겠습니다."

남충주가 힘차게 답했다.

제3화
스파이럴 적혈구의 등장

Chapter 1

이틀 뒤인 7월 30일.

남충주가 이탄을 다시 찾았다.

이번에도 이탄은 다실에서 원로원주를 맞았다.

이서현이 공손히 차를 내왔다. 이탄은 뜨거운 찻물로 입술을 한 번 축인 다음, 이서현이 물러나자 곧바로 본론에 들어갔다.

"남문주라는 자로부터 답이 왔나 보군요?"

이탄의 말에 남충주가 고개를 끄덕였다.

"의장님의 말씀대로입니다. 여기 답신을 받아왔습니다. 내용도 읽지 않고 밀봉상태 그대로 가져온 것입니다."

남충주는 밀봉이라는 단어에 유독 힘을 주었다.

"잘 하셨소."

이탄은 밀봉을 뜯어 편지를 펼쳤다.

　천공안.

　불의 수호룡.

　화염의 여제.

편지에 담긴 글귀는 이상 세 가지였다.

'이것들이 의미하는 바가 뭘까?'

이탄은 흥미롭다는 듯이 이 3개의 낱말들을 곱씹었다.

그날 밤, 이탄은 쥬신 대제국의 역사서를 허리 높이까지 쌓아놓고서 탐독했다. 1,000년 전, 제국을 세운 건국황 이관부터 시작하여, 세상을 통일하고 쥬신을 대제국의 반열에 올려놓은 패황 이군억, 역대 황제들 가운데 가장 잔혹했다는 평가를 받는 광황 이충, 제국을 무너뜨린 마지막 황제 이윤에 이르기까지.

1,000년이라는 세월을 관통해온 역사서 안에는 무수히 많은 황제와 신하, 장군, 영웅과 미녀들이 생생하게 살아 숨 쉬었다.

이 가운데 이탄이 공들여 읽은 부분은 건국황 이관의 스토리였다.

"불의 수호룡은 건국황이 타고 다니던 드래곤이었어. 이관이 사망한 이후에는 불의 수호룡도 신비롭게 세상에서 사라졌지. 그런데 왜 남문주는 불의 수호룡을 언급했을까? 1,000년도 더 전에 이관과 맹약을 맺었던 불의 수호룡이 다시 세상에 등장하기라도 한다는 거야, 뭐야?"

이탄이 고개를 갸웃했다.

불의 수호룡은 그렇다고 치자.

"화염의 여제는 또 뭔데? 쥬신의 역사를 다 뒤져봐도 화염의 여제라는 명칭은 등장하지 않잖아. 흐음."

이탄은 팔걸이에 팔꿈치를 얹어놓고 손에 턱을 괴었다. 이탄의 상체는 자연스럽게 비스듬히 기울었다.

이탄은 비록 화염의 여제에 대해서는 알아낸 바가 없으나, 천공안에 대한 단서는 찾았다. 이것은 역사서에 등장하는 내용이었다.

광황이라 불리던 미치광이 황제가 세상을 주무르던 시절, 그 캄캄한 암흑의 시기에 신통력을 가진 무녀가 한 명 존재했다.

바로 그 무녀가 천공안의 주인이라고 역사서에는 기록되었다.

미치광이 황제 광황은 무녀를 황궁 깊숙한 곳에 가둔 뒤,

하루에 한 번씩 꼬박꼬박 천공안으로 미래를 읽도록 지시했다고 한다.

그러던 어느 날, 무녀가 미래에 발생할 역모를 예언하면서 쥬신 대제국에 피보라가 몰아쳤다.

광황은 역모라는 단어에 발작했다. 무녀의 입에서 언급된 반역자들을 모조리 끌고 와 쳐죽인 것이다. 수많은 신하들이 역도로 몰려서 처형당했다. 황실의 수많은 종친들이 광황에 손에 비참한 최후를 맞았다.

한바탕 피바람이 지나간 뒤, 무녀는 스스로 목을 매어 자결했다.

그리고 1년 뒤, 미치광이 황제의 폭정을 참다못한 신하들과 종친들이 한꺼번에 들고 일어나 광황을 옥좌에서 끌어내리고 새 황제를 옹립했다.

이상이 정사에 기록된 내용이었다.

이탄은 탁! 소리가 나도록 역사서를 덮었다.

"쳇. 누가 이딴 이야기를 읽고 싶대? 내가 궁금한 것은 천공안에 대한 상세한 설명이라고. 천공안으로 얼마나 먼 미래까지 내다볼 수 있는지, 얼마나 디테일한 것까지 들여다볼 수 있는지, 천공안의 단점은 무엇인지, 천공안을 피할 방법은 있는지, 이런 것들이 궁금하다니까."

이탄은 역사서를 옆으로 밀어내었다. 그런 다음 남문주

의 편지를 다시 펼쳤다.

"이 편지를 보낸 자가 천공안의 주인이라면 그가 곧 미래를 읽는 능력자겠지? 그렇다면 그 다음 2개의 단어는 미래에 대한 예측일 거야."

이탄의 추측대로라면, 조만간 불의 수호룡과 화염의 여제가 세상에 등장할 것 같았다. 이탄이 자리에서 일어나 정원으로 나갔다.

드르륵.

문 앞에서 대기 중이던 시녀들이 이탄을 위해 문을 열어주었다. 또 다른 시녀는 이탄의 발밑에 슬리퍼를 대령했다.

이탄은 고급스럽게 꾸며진 정원을 일정한 보폭으로 걸었다. 나뭇가지 끝에 걸린 달이 은은한 빛을 뿌렸다. 정원은 포근한 빛을 받아 한층 더 아름답게 피어났다. 이탄은 뒷짐을 지고 정원을 걸으면서 생각을 정리했다.

"천공안, 불의 수호룡, 화염의 여제. 다 좋은데 말이야, 남문주라는 녀석은 믿지 못하겠어. 그리고 원로원주에게 편지를 보낸 자가 남문주가 맞는지도 확인이 필요해. 내가 스린 야시장과 원시림 속의 아지트를 털어버리자마자 남문주라는 녀석이 원로원주에게 접근해왔거든."

공교롭게도 이 시기가 딱 맞아 떨어져서 오히려 더 수상했다. 이탄은 '어쩐지 인위적인 냄새가 풍기는구나.' 라고 의심했다.

이탄이 생각한 가능성은 세 가지였다.

첫째, 유령조직이 그럴듯한 거짓 편지로 원로원주를 꾀어낸 다음, 그를 포로로 잡으려는 경우.

둘째, 천공안을 가진 자가 실제로 존재하며, 그가 유령조직의 구속으로부터 벗어나기를 원하는 경우.

셋째. 천공안의 주인이 간씨 세가의 공격에 겁을 내어 유령조직을 배반하려는 경우.

"물론 세 가지 추측이 모두 어긋날 수도 있겠지. 지금 당장 올바른 판단을 내리기에는 단서가 너무 부족해."

이탄은 일단 상황을 좀 더 지켜보기로 마음먹었다. 보다 정확한 판단은 세상에 불의 수호룡이나 화염의 여제가 등장한 이후에나 내려야 할 것 같았다.

그럼에도 불구하고 이탄의 상념은 밤이 깊도록 계속되었다. 이탄은 꽤 오랫동안 밤이슬을 맞으면서 서성거렸다.

Chapter 2

다음 날 아침.

이탄이 조식을 먹기도 전에 백호대주 서원평이 이탄을

찾아왔다.

"이른 아침부터 어쩐 일이냐?"

이탄은 탁자 앞에 꼿꼿하게 앉은 자세로 서원평을 맞았다.

서원평은 까만 양복에 주홍색 넥타이를 맨 차림으로 방문 밖에 엎드려 아뢰었다.

"의장님, 찾았습니다."

서원평은 키가 190 센티미터가 넘는 거구였다. 그가 존재하는 것만으로도 방문이 꽉 차 보였다. 서원평의 목소리는 평소의 그답지 않게 살짝 들떠 있었다.

반면 이탄은 이상할 정도로 덤덤했다.

"뭘 찾았다는 거야?"

"전에 의장님께서 지시하신 사항이 있지 않습니까? 오래전 탑으로 팔려왔던 이탄이라는 꼬맹이 말입니다. 의장님께서 제게 그 꼬맹이의 가족을 추적하라 명하셨습니다."

"그래서, 찾았나?"

서원평의 말을 듣는 순간, 이탄의 눈동자 깊은 곳에서 빛이 차올랐다. 그 빛은 이내 이탄의 눈동자 전체를 찬란하게 물들이며 눈 밖으로 튀어나왔다.

서원평은 무의식중에 부르르 몸서리를 쳤다.

이탄이 말없이 손을 내밀었다.

서원평은 무릎걸음으로 문턱을 넘어 이탄의 방으로 기어왔다. 그런 다음 두 손으로 공손히 서류철을 올렸다.

이탄은 서류철의 첫 장을 넘겼다.

방 안엔 묘한 침묵이 감돌았다.

서류에 적힌 내용은 나름 파격적이었다.

우선 이탄의 부친인 목씨.

백호대에서 조사한 바에 따르면, 목씨는 외팔이에 다리를 저는 폐인이었다. 술주정뱅인 점도 100퍼센트 확실했다. 목씨는 정신도 온전치 않아 주변 사람들로부터 반푼이라고 손가락질을 받았다.

이곳의 시간으로 18년 전, 목씨가 외아들인 이탄을 간씨 세가의 탑에 팔아치운 것도 분명한 사실이었다. 심지어 목씨가 이탄을 판매한 가격까지도 서원평의 보고서에 똑똑히 적혀 있었다.

'쳇. 너무 싼 값에 팔았군. 모레툼 교단이었다면 최소한 은화 한 닢은 쥐여주었을 텐데.'

황당하게도 이탄이 가장 먼저 떠올린 생각은 이거였다.

하나뿐인 아들을 노예로 팔아치운 뒤, 목씨는 그 돈으로 도박을 하다가 외지인과 시비가 붙어서 죽었다.

당시 목씨의 시체를 부검한 기록과 화장한 기록도 서류에 동봉되었다.

목씨를 죽인 외지인들 가운데 한 명은 시베리아에서 온 막노동꾼이었다. 나머지 2명은 아시아계였다.

이들은 살인죄로 10년을 복역한 뒤, 8년 전에 석방되었다. 이 3명 가운데 시베리아 출신 막노동꾼은 고향으로 돌아갔다. 나머지 2명은 부랑아처럼 세상을 떠돌다가 최근 백호대에 체포되었다.

백호대에서 직접 확인한 바에 따르면, 목씨를 죽인 아시아계 2명 모두 무술이나 마법과는 거리가 먼 일반인들이었다.

이탄은 다음 페이지로 넘어갔다.

이탄의 모친은 목씨와 전혀 어울리지 않는 미인이었다.

당시 목씨는 정신도 온전치 않았을 뿐더러, 팔도 하나가 없고 다리도 심하게 저는 형편이었다. 부족한 남편에 비해서 목씨의 부인은 세상 어디에 내놓아도 눈에 확 띄는 미인 중의 미인이라고 했다.

그런 미녀가 판자촌에서 어렵게 살다 보니 주변에서 집적거리는 남자들이 많았다. 온갖 종류의 사내들이 목씨의 부인을 넘보았다. 대놓고 희롱도 했다. 목씨로부터 부인을 빼앗으려 시도한 자들도 다수였다.

목씨가 몸이 많이 불편하여 부인이 주로 생계를 꾸렸는데, 부인을 고용한 음식점의 사장도 음흉한 늑대 중 한 명이었다. 음욕에 눈이 뒤집힌 사장은 어떻게든 목씨의 부인을 꾀어보려고 여러 가지 작당을 하였다.

그래도 목씨의 부인은 다른 남자들에게 넘어가지 않고 절개를 지켰다.

그러던 어느 날이었다.

말끔하게 생긴 청년이 외지에서 찾아왔다. 목씨의 부인은 남편과 갓난아이를 버리고 그 청년과 함께 사라져버렸다.

그러자 지금까지 목씨의 부인을 노렸던 사내들이 대동단결하여 그녀를 화냥년이라고 욕했다.

사내들뿐 아니라 동네 여자들도 목씨 부인을 헐뜯었다.

이상이 20년 전의 사건이었다.

서원평은 그 이후의 일들도 추적하여 보고서에 담았다.

서원평의 보고에 따르면, 20년 전 젊은 사내와 목씨의 부인은 미주 지역으로 향하는 비행기를 함께 탑승했다.

그런데 목적에 도착한 이후가 영 이상했다. 목씨 부인과 동행했던 젊은 사내는 비행기표를 다시 끊어서 아시아로 되돌아왔다는 것이다.

이와 반대로 목씨 부인은 북미 지역에서 홀로 머무르다가 15년쯤 전에 자취를 감춘 것으로 기록되었다.

워낙 오래 전의 일이라 백호대도 그 이상은 추적하지 못했다. 그때 목씨 부인과 함께 비행기를 탔던 젊은 사내도, 그리고 목씨 부인도 지금은 행방불명이었다.

'어쨌거나 내 어머니가 젊은 남자와 바람이 나서 도망갔던 것은 아니었네. 여기에도 무슨 사연이 있나? 설마 나에게 출생의 비밀 같은 게 있는 건 아니겠지? 하하하. 무슨 삼류 드라마도 아니고 말이야.'

워낙 어릴 때의 일이라 그런지 이탄은 감정이입이 잘 되지 않았다. 부친이 부랑아들과 시비가 붙어서 죽고, 모친이 젊은 남자와 야반도주를 했다는 내용을 읽어도 이탄의 감정은 잔잔하기만 했다.

오히려 부모보다는 보고서 세 번째 챕터에 언급된 여신관의 이야기가 이탄의 가슴을 더 뛰게 만들었다.

Chapter 3

서원평의 보고서에 따르면, 19년 전 고주망태가 된 목씨가 실수로 집에 불을 내었다고 한다. 그 바람에 어린 이탄이 불길에 휩싸여 죽을 뻔했다.

화마에 갇혀서 울고 있던 이탄을 살려준 사람은 부친인 목씨가 아니라 지나가던 여신관이었다.

여신관은 유럽 발렌시드 군벌 출신으로, 사절단과 함께 간씨 세가를 방문 중이었다. 그러다 우연히 화재를 발견하고는 신성력을 발휘하여 불을 꺼주었다. 그녀는 화마 속에서 어린 이탄도 구해내어 치료해주었다.

당시 간씨 세가에서는 여신관의 미담을 확인한 다음, 간철호의 이름으로 감사패도 하나 전달해주었다.

그 여신관의 이름은 로다.

서원평이 조사한 바에 따르면, 로다는 신성력이 아주 뛰어난 신관은 아니었다. 직위가 높지도 않았다. 그녀는 외모도 평범하여 눈에 띄지 않는 편이었다.

다만 로다는 혈통이 좋았다. 로다는 발렌시드의 여제인 빅토리아와 먼 친척뻘이 되며, 릴리트 공주와도 친분이 있다는 것이 조사 결과였다.

'하하하. 내가 오래 전에 결심한 바가 있지. 나중에 나를 구해준 여신관의 정체를 알게 되면, 그녀를 위해서 신전에 빵 한 쪼가리라도 바치겠다고 다짐했었어. 그런데 무려 19년 만에 은인의 이름을 알게 되었네. 하하하하.'

이탄이 모처럼 따스하게 웃었다. 이탄은 부모에 대한 조사 결과보다 여신관 로다에 대한 페이지에서 더 오래 머물렀다.

"원평아."

이탄이 입을 열었다.

서원평이 바닥에 납죽 엎드렸다.

"말씀하십시오, 의장님."

"18년 전에 목씨를 죽였다는 아시아계 2명 말이다. 그놈들을 주작대로 넘겨라."

"네에? 네, 알겠습니다."

서원평이 고개를 살짝 들었다가 다시 푹 숙여 대답했다.

서원평은 이탄의 명을 무조건 따르기만 할 뿐, 이탄이 왜 이런 명을 내리는지 의문을 가질 필요가 없었다.

이탄이 목씨를 죽인 2명의 아시아계 범죄자들을 주작대로 이첩한 이유는 간단했다. 백호대는 무력부대지만 주작대는 정보부대였다. 그런 만큼 타인의 비밀을 캐내거나 취조를 하는 일에는 백호대원들보다 주작대원들이 더 전문가였다.

'혹시 모르니까 한 번쯤은 털어봐야지.'

이탄은 이참에 부친의 죽음 뒤에 숨겨진 배후가 있는지 확실하게 조사하여 마무리를 지을 요량이었다.

이탄이 또 명을 내렸다.

"백호대에서 작성한 서류에 따르면, 20여 년 전에 목씨의 주변 사람들이 그 부인을 희롱하고 집적거렸다더군."

"네. 틀림없는 사실입니다. 비록 20년 전의 일이기는 하지만, 증인들도 충분합니다."

서원평이 즉각 대답했다.

이탄은 심드렁하게 명했다.

"그때 목씨의 부인에게 질척거렸던 녀석들을 모두 백호대로 끌고 와."

"넵."

"음식점의 사장인가 뭔가 하는 발정 난 돼지 새끼도 절대 빼먹지 말고."

이탄의 목소리에 은근하게 살기가 배었다.

서원평은 부르르 몸서리를 치고는 우렁차게 대답했다.

"의장님의 명을 따르겠습니다."

"또 있다."

이탄의 지시는 아직 끝나지 않았다.

서원평이 깊게 머리를 조아렸다.

"말씀하십시오, 의장님."

"20년 전에 미주 지역에서 비행기를 타고 돌아왔다는 젊은 사내. 그리고 15년 전에 미주 지역에서 홀연히 사라졌다는 목씨의 부인. 이 둘도 계속해서 추적해봐. 끈질기게 물고 늘어지다 보면 뭐라도 건지겠지."

"알겠습니다. 절대 포기하지 않고 끝까지 물고 늘어지겠습니다."

서원평이 이탄 앞에서 각오를 드러내었다.

"되었다. 이제 그만 물러가라."

이탄은 그제야 손을 저어서 서원평을 물렸다. 이어서 이탄은 비서3실의 실장인 주소연을 내실로 불러들였다.

잠시 후, 주소연이 깔끔한 정장 차림에 주홍색 브로치를 가슴에 단 차림으로 이탄의 앞에 나타났다.

"의장님, 찾으셨사옵니까?"

"오냐. 오늘 오후에 내 스케줄을 좀 비워라. 그리고 그 빈 시각에 에코르 대사 좀 불러들여."

"발렌시드 군벌의 에코르 대사 말씀이십니까?"

"그래."

서원평에게 지시할 때와 마찬가지로, 이탄은 주소연에게도 일관되게 불친절했다. 이탄은 에코르 대사를 불러들이는 까닭을 일일이 설명해주지도 않았다.

주소연도 이탄의 명령을 맹목적으로 따를 뿐 꼬치꼬치 묻지 못했다.

"알겠습니다. 의장님의 4시 스케줄을 취소한 다음, 그 시각에 에코르 대사를 외관 건물 3층의 응접실로 부르겠습니다."

"좋아. 이제 가봐."

이탄은 주소연과도 짧게 면담을 끝냈다.

그 날 오후.

검은 양복에 주홍색 넥타이를 맨 사내들이 빈민가에 우르르 나타났다. 건장한 체격의 사내들은 빈민가를 탈탈 털어서 30여 명의 빈민들을 끄집어내었다.

"어이쿠, 어르신들. 이거 왜 이러십니까요?"

"으악. 말로 합시다. 말로. 으악. 발로 차지 말고 말로 하자고요."

집에서 강제로 끌려 나온 빈민들이 발버둥 쳤다.

몇몇 빈민들은 배짱 좋게 항의를 했다.

"당신들 뭐야? 뭔데 우리를 강제로 연행해?"

"이자들이 법 무서운 줄도 모르고 이게 무슨 행패야? 너희들 내 외삼촌이 누군지 알아? 어엉?"

"우와아악. 여보. 당장 당신 오라버니에게 전화 좀 걸어. 당신 오라버니가 군에 있잖아. 정체불명의 깡패들이 나를 잡아간다고 어서 신고 좀 하라고. 우와아악."

겁도 없이 반항을 하던 빈민들은 곧바로 응징을 받았다. 검은 양복에 주홍빛 넥타이를 맨 사내들은 다름 아닌 백호대원들이었다. 오로지 간철호의 명령만 받는 백호대원들이 군인이나 치안대 따위를 꺼려 할 리 없었다.

백호대원들은 반항하는 자들의 얼굴에 주먹을 꽂아 넣었다. 복부에도 묵직하게 한 방씩 먹였다.

구타를 당한 빈민들은 피투성이가 되어서 질질 끌려갔다.

그 부인들이나 자식들이 울면서 싹싹 빌었다.

그래도 백호대원들은 눈 하나 깜짝 안 했다.

Chapter 4

뒤늦게 치안대에서 달려와 사정을 물었다.

이때도 백호대원들은 단 한 마디도 하지 않았다. 대신 백호대주 서원평이 직접 나섰을 뿐이었다.

서원평은 지금까지 후방에서만 조용히 머물렀다. 그러다 치안대가 등장하자 비로소 얼굴을 비쳤다.

서원평이 신분증을 내밀자 치안대원들의 안색이 하얗게 질렸다.

"헉! 죄송합니다."

"간씨 세가의 공무를 수행 중이셨습니까? 어서 집행하십쇼."

치안대원들이 후다닥 물러섰다.

단지 물러서는 정도가 아니었다. 치안대원들은 오히려 발 벗고 나서서 백호대의 일을 도와주었다.

백호대에 연행되던 자들은 간씨 세가라는 말을 엿듣고는 얼굴이 누렇게 떴다.

"뭐라고요? 간씨 세가라고요?"

"아니, 그 무서운 곳에서 저희들을 왜 끌고 간답니까?"

"저희는 감히 간씨 세가에 죄를 지은 적이 없습니다."

"크흐흐흑. 어르신들, 제발 저희 좀 살려주십시오. 제게 딸린 식구가 무려 9명입니다요. 크흐흑."

빈민들이 싹싹 빌었다.

백호대원들은 그런 빈민들을 질질 끌고 가서 차에 강제로 태웠다.

이와 같은 일은 비단 빈민촌에서만 벌어진 것이 아니었다. 백호대원들 가운데 일부는 번듯한 주택가에 투입되었다. 그들은 주택가에서 몇몇 사내들을 붙잡아 강제로 연행했다.

이번에 연행된 자들 가운데는 이 일대에서 음식 장사를 크게 하는 70세의 영감님도 있었다. 뚱뚱한 체격의 영감은 처음에 큰 소리를 탕탕 쳤다.

"너희들 어디 소속이야? 어느 치안대 소속이냐고? 내가 누군 줄이나 알고 이러는 게야? 이노옴들."

"영감탱이가 참 시끄럽네."

백호대원 한 명이 시끄러운 영감의 얼굴과 가슴을 몇 차례 때렸다.

영감의 코뼈가 부러졌다. 이빨도 부서져서 후두둑 떨어졌다. 갈비뼈에도 금이 갔다.

그렇게 얻어맞고도 영감은 입을 쉬지 않고 놀렸다.

"씨팔. 퉤에! 느그들 다 X 됐어. 내가 느그들 치안감이랑 어제도 술을 먹고, 엉, 그저께에는 군의 높은 분들과도 저녁을 먹고, 엉, 내가 그런 사람이야. 알기나 알고 이러는 게야? 씨팔. 이거 놔. 어서 이거 놓으라고."

기세등등하던 영감의 얼굴이 파랗게 질린 것은, 주홍색 넥타이를 맨 사내들이 간씨 세가의 요원들이라는 사실을 알게 된 이후부터였다. 그때부터 영감은 입을 꾹 닫았다. 대신 영감의 손과 발이 사시나무처럼 떨렸다.

간씨 세가의 본관은 총 19개의 건물로 구성되었다. 본관의 울타리 밖에는 10층의 별도 건물이 세워져 있었다. 이 외관 건물은 간씨 세가의 고위층이 다른 군벌의 외교관이나 기자들을 대면하는 장소로 활용되었다.

오후가 되자 이탄이 외관 건물 3층의 응접실로 나왔다. 에코르 대사는 화려한 응접실 안에서 미리 대기 중이다가 이탄이 도착하자 벌떡 일어났다.

"의장님, 오셨습니까?"

에코르는 이탄에게 깍듯하게 인사했다. 아시아의 예법에 맞춘 행동이었다.

발렌시드 군벌의 대사인 에코르는 키 192 센티미터에 깡마른 체형이었다. 그는 전형적인 백인답게 안색이 창백했으며, 코밑에 밤색 수염을 기르고 있었다.

"오! 에코르 대사."

이탄은 두 팔을 활짝 벌려 에코르를 환대해주었다.

두 사람은 형식적인 인사를 나누고 각자의 자리에 앉았다. 이탄이 상석에 앉자 에코르가 그 옆에 착석했다.

이탄의 뒤에는 주소연이 통역사 대신 배석했다.

에코르 대사도 발렌시드의 통역사를 데려왔다.

에코르가 이탄에게 다시 한번 고개를 숙여 인사했다.

"의장님, 오랜만에 뵙습니다. 참으로 격조했습니다."

"그러게 말이오. 대사와 좀 더 자주 보면 좋으련만. 하하하. 그런데 못 본 사이에 얼굴이 더 좋아진 것 같소. 하하하."

이탄이 에코르에게 웃으면서 덕담을 건넸다.

통역사가 이탄의 말을 통역하여 에코르에게 전달해 주었다.

외교 관례상 통역사를 데려오기는 했으나, 에코르는 사실 아시아의 언어에 상당히 능숙했다. 당연히 그는 이탄이 하는 말을 다 알아들었다.

"그나저나 바쁘신 의장님께서 저를 다 찾으시고, 어쩐 일이십니까?"

에코르가 먼저 용건을 물었다.

이탄은 상대를 슬쩍 떠보았다.

"요새 발렌시드는 어떻소? 릴리트 공주께서 시베리아를 향해서 힘차게 진군하다가 발걸음을 잠시 멈춘 것 같던데……."

"허허허. 모스크바까지 단숨에 진격하기에는 그곳의 날씨가 좀 추워야 말이지요. 허허허. 지금 릴리트 공주님께서는 최후의 공격을 퍼붓기에 앞서서 전열을 가다듬고 계십니다."

에코르는 능숙하게 둘러대었다.

사실 이것은 거짓말이었다. 발렌시드는 동유럽의 일부를 차지한 것으로 만족했다. 다른 군벌들이 가만히 있는데 발렌시드 혼자서 더 진격하여 코로니 군벌과 개싸움을 벌일 생각은 추호도 없었다.

'그런 짓을 했다가는 괜히 남 좋은 일만 시켜주는 꼴이지.'

에코르는 마음속으로 이렇게 중얼거린 다음, 맞대응이라도 하듯이 이탄을 떠보았다.

"의장님께서는 어떠십니까? 올해 2월 말, 대지의 소서러께서 손수 출격하셔서 이르쿠츠크 시를 단숨에 잿더미로 만든 사실은 잘 알고 있습니다. 한데 그 후에는 간씨 세가의 승전보가 잠잠합니다. 허허허. 혹시 다음 승전보는 언제쯤 들을 수 있겠습니까? 허허허허."

이탄이 어깨를 으쓱했다.

"승전보를 울리는 거야 어렵지 않지. 그런 건 언제든지 할 수 있어. 다만 코로니 녀석들을 응징하는 것보다 더 급한 일이 있더이다."

에코르는 이탄이 흘린 정보를 찰떡같이 알아들었다.

'역시 지난번 테러에는 뭔가가 있구나. 하긴, 코로니 군벌이 미친 게 아니라면 나머지 사대군벌을 상대로 한꺼번에 테러를 자행하지는 않았겠지. 뭔가 구린내가 난다 싶었는데 역시 배후가 따로 있었나 봐. 한데 대지의 소서러가 그 배후를 알아내었나? 뭔가 정보가 있으니까 나를 보자고 했겠지?'

에코르는 열심히 머리를 굴렸다.

Chapter 5

이탄이 에코르 대사를 향해서 상체를 기울였다.

"대사, 통역 좀 물립시다. 그리고 단둘이 이야기 좀 나누지."

그 즉시 에코르가 손가락으로 문을 가리켰다.

발렌시드의 통역은 곧장 자리를 비켜주었다. 주소연도 조용히 물러났다. 응접실에는 이탄과 에코르, 둘만 남았다.

이탄이 먼저 운을 떼었다.

"우리 간씨 세가와 발렌시드는 우방이 맞소?"

"우방이라니요? 의장님, 섭섭합니다. 저희 발렌시드는 간씨 세가를 우방이 아니라 혈맹으로 여기고 있습니다."

에코르가 아시아권의 언어로 능청스럽게 대답했다.

이탄이 하얗게 이빨을 드러내었다.

"하하하. 고마운 말이군. 그렇다면 내가 혈맹을 믿고 말하리다."

"말씀하시지요. 맹세컨대 제가 오늘 의장님께 들은 이야기는 저의 주군이신 빅토리아 폐하를 제외하면 그 누구도 모를 것입니다."

에코르는 새끼손가락을 거는 시늉을 했다.

이탄이 천천히 말문을 떼었다.

"지난번 이스트 대학에서 테러를 당한 뒤, 나는 이 테러의 배후로 코로니 군벌을 지목했었소. 최소한 표면적으로는 그렇게 처리했지."

"발렌시드 군벌도 마찬가지입니다. 저희도 테러의 배후로 코로니를 찍었습니다. 한데 의장님, 테러의 배후가 따로 있습니까?"

에코르가 긴장한 낯빛으로 물었다.

이탄은 차분하게 고개를 끄덕였다.

"맞소. 따로 있더군."

에코르는 입이 바짝 탔다.

"그 배후가 누구입니까? 미주 지역의 에디아니입니까? 아니면 검은 대륙의 카르발입니까?"

지금 에코르 대사가 언급한 곳은 모두 오대군벌에 속하는 세력들이었다. 에코르는 오대군벌이 아닌 다른 세력이 감히 오대군벌을 공격했을 것이라고는 상상하지도 못했다. 그것은 계란으로 바위를 치는 것보다 더 무모한 일이기 때문이었다.

이탄의 입에서 폭탄선언이 떨어졌다.

"옛 쥬신의 망령들이 아직까지도 살아 있더군."

"네넷? 의장님, 지금 뭐라고 하셨습니까? 옛 쥬신 제국의 잔당들이 아직까지 세상에 남아 있다고 하셨습니까?"

어찌나 놀랐던지 에코르가 자리에서 벌떡 일어났다.

이탄은 손짓을 해서 에코르를 다시 자리에 앉혔다.

"하하. 어디 남아 있다 뿐이겠소? 그자들이 이번 테러의 배후라오."

이탄이 씨익 웃으며 대답했다.

콰콰콰쾅!

에코르의 뇌리에 천둥이 내리쳤다. 에코르는 물 밖으로 튕겨져 나온 물고기처럼 입만 벙긋거렸다.

그 후로도 이탄과 에코르는 이야기를 좀 더 나눴다.

둘의 대화가 마무리될 즈음, 이탄은 에코르 대사에게 "앞으로 간씨 세가와 발렌시드가 정기적으로 교류를 하며 서로 간의 우의를 다집시다."라고 제안했다. 그러면서 이 탄은 스쳐 지나가듯이 한 마디를 덧붙였다.

"내가 아랫사람들을 시켜서 찾아보니까 미담이 될 만한 사례도 있더군. 로다 신관이라고, 오래 전에 좋은 일을 하 여 내가 감사패를 준 적이 있더라고. 혹시 대사도 그 일을 기억하시오?"

"당연히 기억하고말고요. 대지의 소서러께서 그런 소소 한 미담까지 다 기억해주시다니요. 참으로 감격스럽습니 다."

"앞으로 그런 사례를 더 발굴하여 서로에게 감사패도 나눠주고, 그럽시다. 그래야 양측의 백성들도 서로를 혈맹이라 여길 것 아니겠소. 로다 여신관의 사례처럼 말이오."

이탄은 다시 한번 로다의 이름을 강조했다.

에코르는 뛸 듯이 기뻤다.

발렌시드와 간씨 세가 사이를 더욱 돈독하게 만드는 것은 에코르의 주된 임무 중 하나였다. 그런데 간철호(이탄)가 워낙 까다로워 그동안 별로 진전이 없었다.

'한데 이번에는 뭔가 될 것 같구나. 이 까다로운 소서러가 갑자기 왜 이렇게 부드러워졌는지 모르겠지만, 이번에는 예감이 아주 좋아.'

에코르는 이탄과의 면담이 끝나자마자 후다닥 대사관으로 달려갔다.

쥬신 제국의 부활.

간씨 세가와 정기적인 교류회.

이상 두 가지 내용을 뇌전의 여제 빅토리아에게 서둘러 보고하기 위함이었다.

8월 3일.

한여름의 폭염이 중동의 사막을 뜨겁게 달구었다.

비단 사막만 열기에 휩싸인 것이 아니었다. 중동과 동유럽 사이에 위치한 황무지 고원 전체가 이글거리는 태양에 노출되어 벌겋게 달아올랐다. 대지는 잘 달구어진 가마솥 밑바닥처럼 거칠게 갈라졌다. 수분 없이 잘 자라는 사막식물들도 계속되는 가뭄을 견디지 못하고 말라비틀어졌다.

사막 도마뱀 한 마리가 흙 속에서 머리를 쏙 내밀었다. 도마뱀은 긴 혀를 입 밖으로 내보내 공기 중에 포함된 수분의 양을 체크해 보았다. 그리곤 땅굴 속으로 다시 쏙 도망쳤다.

그 전에 날카로운 단검이 벼락처럼 날아와 도마뱀의 머리를 찍었다. 5 센티미터 길이의 조그만 사막 도마뱀이 피를 흘리며 죽었다.

온몸을 천으로 휘감은 전사가 손목에 스냅을 주었다.

그러자 단검이 휙 돌아와 전사의 손에 회수되었다. 자세히 보니 단검의 손잡이에는 눈에 잘 띄지 않는 가느다란 철사가 연결되어 있었다.

전사는 단검 끝에 꽂힌 도마뱀을 손가락으로 붙잡아 입 안에 욱여넣었다. 그리곤 우물우물 도마뱀을 씹어 먹었다.

"퉤!"

전사는 도마뱀의 뼈를 입 밖으로 뱉어낸 뒤, 가볍게 투덜거렸다.

"나는 말이야, 우리 검은 대륙이 세상에서 가장 덥다고 생각했거든. 그런데 여기가 더 더운 것 같아. 젠장."

그 말에 동료 전사가 동의했다.

"크큭. 그러게 말이다. 그런데 참 희한하지? 우리는 피부가 검은데, 더 더운 지역에 살고 있는 중동 놈들은 왜 까맣지가 않을까?"

뜬금없이 피부색 이야기를 꺼낸 동료 전사는 그늘에 해먹을 치고 그 위에 한가로이 누워서 단검으로 과일을 까먹는 중이었다.

도마뱀을 씹어 먹은 전사가 화제를 돌렸다.

"그나저나 언제 모스크바로 진격하는 거야? 이곳에서 폭염에 고생을 하느니 차라리 추운 지역으로 쳐들어가는 게 낫겠다."

"때가 되면 콜링바 님께서 진격 명령을 내리시겠지. 기다려 봐."

해먹에 누운 전사가 콜링바의 이름을 거론했다.

Chapter 6

아프리카의 지배자.

카르발 군벌의 군주 콜링바.

그 위대한 이름이 언급되자 도마뱀을 잡아먹은 전사도 투덜거림을 멈췄다.

바로 그때였다. 이글거리는 태양 속에서 붉은 물체가 스으윽 나타났다. 마치 붉은 태양 속에서 화염 한 덩어리가 떨어져 나온 듯, 붉은 물체는 온통 화염에 휩싸인 모습이었다.

그 화염이 갑자기 확 커지면서 고원에 설치된 카르발 초소를 덮쳤다.

끄라라라랏—!

불덩이 속에서 끔찍한 괴성이 울렸다.

이윽고 불덩이의 정체가 또렷하게 드러났다.

머리 위에 우뚝 솟은 두 갈래의 뿔.

세상을 뒤덮을 듯한 거대한 날개 넉 장.

8개의 억센 발과 발톱.

머리부터 꼬리까지 척추를 따라 갈기처럼 일렬로 돋아난 시뻘건 털.

온몸을 뒤덮은 채 붉게 번들거리는 비늘.

이 불덩이의 정체는 드래곤이었다. 불의 수호룡이었다. 오래 전 쥬신 제국을 세운 건국황 이관과 맹약을 맺었다 전해지는 바로 그 수호룡 말이다.

카르발의 전사들이 화들짝 놀랐다.

"저게 뭐야?"

한가로이 해먹에 드러누워 있던 전사가 후다닥 일어났다. 의자에 앉아서 도매뱀을 잡아먹던 전사도 황급히 창과 방패를 들었다.

그때 이미 불의 수호룡은 지상 100 미터 높이까지 하강한 상태였다.

불의 수호룡의 크기는 수백 미터가 훌쩍 넘었다. 그런 수호룡에게 100 미터란 목을 한 번 길게 뻗으면 도달할 수 있는 가까운 거리였다. 불의 수호룡이 카르발의 초소를 향해서 아가리를 쩍 벌렸다.

끄라라라라랏!

괴성과 함께 초고온의 화염이 지상을 뒤덮었다.

화르르르륵!

벽돌을 쌓아서 만든 카르발의 초소가 그대로 녹아서 엉겨 붙었다. 대지가 이글이글 타올랐다. 카르발의 전사들이 제아무리 용맹하다고 하여도 이 거대한 존재 앞에서는 버틸 재간이 없었다.

"안 돼!"

도마뱀을 잡아먹었던 전사가 방패로 몸을 가렸다. 전사의 앞에 검은 사자의 모습이 환영처럼 떠올랐다.

크와앙!

묵빛의 사자는 허공에서 날아오는 불덩이를 향해 거칠게 포효하면서 달려들었다.

하지만 이 사자는 곧바로 화염에 휩쓸려 물거품처럼 사라져버렸다. 뒤를 이어서 방패를 든 전사마저 화염에 휩쓸렸다. 전사가 서 있던 자리에는 새까맣게 타버린 잿더미만 남았다가 푸스스 흩어졌다.

또 다른 전사의 운명도 동료와 다를 바가 없었다. 이 전사는 해먹에서 뛰어내려 후다닥 도망치다가 초고온의 화염에 몸의 뒤쪽부터 타버렸다.

단숨에 카르발의 초소를 말살시킨 뒤, 불의 수호룡이 사납게 울었다.

끄라라라라랏—!

불의 수호룡이 넉 장의 날개를 펄럭여 방향을 틀었다.

불의 수호룡은 오늘 이곳 고원에 넓게 퍼져 있는 카르발의 전사들을 모두 다 태워죽일 요량이었다. 수호룡의 길쭉한 눈이 포악한 기운으로 번들거렸다.

수호룡의 뿔 사이에는 이채민이 우뚝 서 있었다. 이채민은 붉은 전포를 몸에 두르고, 불벼락을 형상화한 관을 머리에 쓴 차림이었다.

오늘은 이채민이 공식적으로 세상에 이름을 알리는 날.

장차 화염의 여제라 불리게 될 이채민의 데뷔 일이었다. 그 소식이 곧 온 세계로 퍼져나갔다.

같은 시각.

"아하하하하. 저것 좀 보라지. 아하하하."

이탄은 소파에 앉은 채 두 발을 들고 손뼉을 치면서 즐거워했다. 이탄이 뉴스를 보면서 이렇게 크게 웃은 것은 참으로 보기 드문 일이었다.

벽 한쪽을 다 차지한 대형 화면 안에서는 중동의 하늘을 크게 선회하는 드래곤의 모습이 생생하게 잡혔다.

수십 개의 드론들이 하늘에 떠올라 붉은 드래곤을 생중계했다. 각 군벌의 인공위성들도 붉은 드래곤의 모습을 상세하게 촬영했다. 이 가운데는 당연히 간씨 세가의 첩보위성들도 포함되어 있었다.

이탄은 대형 화면을 통해 뉴스와 인공위성 영상을 동시에 확인했다.

크라라라랏!

붉은 드래곤이 아가리를 쩍 벌려 불덩이를 내뿜었다. 가공할 열기가 휘몰아치면서 뉴스 영상이 잠시 끊겼다.

이것은 중동의 하늘에 뿌려진 드론들이 왕창 녹아버렸다는 뜻이었다.

반면 위성에서 찍은 화면은 멀쩡했다. 이탄은 확대된 위성화면을 통해서 붉은 드래곤의 생김새를 자세하게 관찰했다. 드래곤의 뿔 모양이라든가, 날개의 개수, 발의 개수, 심지어 드래곤의 크기도 파악해내었다.

"머리부터 꼬리까지 길이가 800 미터는 족히 넘겠네. 양쪽 날개의 폭도 다 합치면 600에서 700미터는 될 테고. 이만하면 빛의 수호룡과 비슷한가?"

이탄이 빙그레 웃었다.

이탄의 영혼 속에서 빛의 수호룡이 움찔했다. 빛의 수호룡은 나름 자존심이 상한 듯 콧구멍을 벌름거렸다.

솔직히 말해서 빛의 수호룡은 동료 수호룡들을 적수라고 여기지 않았다. 세계의 파편들 가운데 빛의 파편이 가장 크고 찬란하기 때문이었다.

'어둠의 파편이라면 또 모를까, 불의 파편 따위가 감히 이 몸의 상대가 될 수는 없지. 녀석은 나보다 뿔의 개수가 절반 밖에 안 된다고. 게다가 날개와 다리의 개수도 딱 절반이라고.'

빛의 수호룡은 자부심이 강한 드래곤이었다. 그런데 이탄이 그와 불의 수호룡을 비교하자 자존심이 팍 상했다.

'이래 봬도 내가 빛이라고. 어딜 봐서 이 몸을 불 따위와 비교하는 게야?'

빛의 수호룡은 이탄 몰래 이렇게 투덜거렸다.

그때 이탄이 갑자기 빛의 수호룡을 불렀다.

'야.'

[네넵? 네넵? 부르셨습니까?]

빛의 수호룡은 남몰래 입을 삐쭉거리다 말고 화들짝 놀라서 차렷 자세를 취했다.

Chapter 7

이탄이 턱으로 화면을 가리켰다.

'저기 활개 치고 다니는 닭대가리 같은 녀석 보이지.'

이탄은 건국황과 맹약을 맺었던 위대한 존재를 닭대가리라고 표현했다.

빛의 수호룡은 이탄의 말에 웃지도 못하고 울지도 못했다. 그는 그저 이탄에게 핀잔을 듣기 전에 냉큼 대답만 할 뿐이었다.

[넵. 보입니다.]

'너희들의 감각에 저 녀석의 존재가 잡히냐, 안 잡히냐?'

흙의 수호룡이 먼저 도리질을 했다.

[죄송합니다. 제 감각에는 도무지 잡히지가 않습니다. 거리가 너무 멀어서 그런 것 같습니다.]

빛의 수호룡도 잠시 고민하다가 대답했다.

[저는 아주 희미하게 간질거리는 느낌이 있습니다. 하지만 명확하게 저 수호룡의 위치를 파악할 수준은 아닙니다.]

둘의 대답에 이탄이 얼굴을 찌푸렸다.

'에잉. 하여간 별로 쓸모도 없는 것들이라니까. 밥값이 아깝다. 밥값이. 쯧쯧쯧.'

이탄의 말이 비수가 되어 두 수호룡의 심장을 찔렀다.

[끄으응.]

자존심에 상처를 입은 수호룡들은 울분을 꾹 눌러 참았다.

수호룡들의 입장에서는 억울할 법도 한 것이, 사실 세계의 파편들은 식사를 하지 않는다. 평생 그들이 먹는 것이라고는 맹약을 맺은 자의 피 몇 리터가 전부였다.

그나마 이탄은 피도 딱 한 방울만 내주었을 뿐이었다. 그런데 이탄이 자꾸 밥값 운운하니까 두 수호룡이 울컥할 수밖에.

빛의 수호룡과 흙의 수호룡이 삐치거나 말거나 이탄은 신경 쓰지 않았다. 이탄은 뉴스 화면으로 다시 시선을 돌렸다.

중동의 하늘에는 조금 전에 녹아버린 드론을 대신하여 새로운 드론들이 우르르 떠올랐다. 이들 드론들은 붉은 드래곤의 모습을 줌(Zoom) 영상으로 당겨서 생중계를 계속했다.

이탄은 뉴스뿐 아니라 위성 화면으로도 붉은 드래곤을 관찰했다.

화면 속에 포착된 생명체는 비단 붉은 드래곤만이 아니었다. 드래곤의 뿔 사이에 우뚝 서 있는 여인의 모습도 함께 촬영되었다.

"저 여자가 화염의 여제인가?"

이탄이 입에서 화염의 여제라는 단어를 내뱉었다.

얼마 전 이탄은 수상한 편지 한 통을 손에 넣었다. 원로 원주를 통해서 입수한 이 편지에는 천공안, 불의 수호룡, 그리고 화염의 여제라는 단어가 차례로 적혀 있었다.

그 영향 때문일까?

뉴스 화면에 불의 수호룡이 등장하자, 이탄의 뇌리에는 자연스럽게 연관 단어로 화염의 여제가 떠올랐다.

이탄이 지켜보는 가운데 붉은 드래곤은 황무지 고원의 하늘을 무법자처럼 휘저었다. 붉은 드래곤이 아가리에서 초고온의 불덩이를 내뱉을 때마다 카르발의 용맹한 전사들이 무참하게 죽어나갔다.

카르발의 전사들은 붉은 드래곤을 향해서 창을 던졌다. 그들이 던진 창이 벼락처럼 날아가 드래곤의 몸통을 관통하려 들었다.

전사들은 묵빛 사자도 소환했다. 환상처럼 일어난 묵빛 사자가 거칠게 포효하면서 붉은 드래곤을 공격했다.

다 소용없었다. 시뻘건 화염이 해일처럼 밀려왔다. 그 화염이 지나간 자리엔 아무것도 남지 않았다. 카르발의 전사들도, 그들이 던진 창도, 그들이 소환한 묵빛 사자도 모두 다 단숨에 쓸려 나갔다.

게다가 상대는 불의 수호룡만이 아니었다. 드래곤의 뿔 사이에 우뚝 서 있던 여자도 본격적으로 손을 쓰기 시작했다.

아시아계의 여자가 손을 내뻗자 하늘에서 불벼락이 화르륵! 화르륵! 쏟아졌다. 강렬한 열기와 벼락의 빠르기를 동시에 갖춘 것이 이 불벼락의 특징이었다.

뜨거운 벼락은 카르발의 전사들에게 퍽퍽 꽂혀서 그들을 죽음으로 인도했다. 전사들이 방패 뒤에 숨으면 불벼락은 그 방패까지도 홀랑 태웠다. 전사들이 도망치면 불벼락은 끝까지 쫓아와 상대를 말살했다.

이탄은 줌 기능으로 화면을 크게 확대한 다음, 여자의 얼굴을 자세히 뜯어보았다.

"흐으음."

이탄은 뉴스에 등장한 여인을 보면서 두 가지 느낌을 동시에 받았다.

첫째, 여인은 뉴스에 공개되는 것을 꺼리지 않는 듯했다.

이탄이 지켜보는 가운데 뉴스 속의 여인은 붉은 드래곤을 타고 중동의 하늘을 날아다니면서 카르발의 전사들을 학살했다. 그 전투 장면 하나하나가 전 세계로 생중계가 되었다. 여인은 이 사실을 잘 알면서도 자신의 모습을 감추지 않았다. 감추기는커녕 자신의 뒤를 졸졸 쫓아다니는 드론들을 그냥 내버려 두었다.

이것이 의미하는 바는 뻔했다.

둘째, 이탄은 크게 확대된 여인의 얼굴 속에서 일부 익숙한 모습을 발견해내었다.

'이지수, 그리고 이서현⋯⋯.'

이지수는 간철호의 둘째 부인으로, 쥬신 황가의 방계 혈통이었다.

이서현은 이탄의 시중을 드는 소녀로, 그녀 역시 이지수와 마찬가지로 쥬신 황실의 피를 일정 부분 물려받았다.

"그렇다면 저 여인도 쥬신 황실과 관계가 있겠군. 그런데 유령조직이 미쳤나? 오대군벌의 눈을 피해서 바짝 웅크러 지내도 모자랄 판국에 이렇게 대놓고 활동을 한다고?"

이탄은 화염의 여제와 불의 수호룡이 왜 하필 이 시기에 등장해서 분탕질을 치는지 이해하지 못했다.

그러다 퍼뜩 한 가지 가능성을 떠올렸다.

"설마…… 혹시 나 때문인가? 내가 스린 야시장과 원시림의 아지트를 박살내 버린 탓에 저 여인과 불의 수호룡이 어쩔 수 없이 세상에 나왔을까? 내 시선을 다른 곳으로 돌리고, 자신들의 조직을 보호하기 위해서? 흐으음."

이탄이 입을 꾹 다물고 생각에 잠겼다. 그가 아무리 머리를 굴려 봐도 다른 가능성은 떠오르지 않았다.

"그렇다면 내가 본 편지는 또 뭐야? 그 편지에는 조만간 불의 수호룡과 화염의 여제가 등장할 것이라고 예언이 되어 있었잖아."

지금 뉴스에 등장하는 붉은 수호룡을 보면, 편지 속의 예언이 딱 맞아떨어지는 것 같았다.

한데 이탄은 이상하게도 찜찜한 기분이 들었다.

"화염의 여제가 조직을 보호하기 위해서 저렇게 날뛰는 것이라면, 이건 예언자가 아니더라도 유령조직의 수뇌부들이라면 충분히 알 수 있는 사실이잖아. 원로원주에게 수상한 편지를 보낸 자가 과연 천공안의 주인이 맞나?"

이탄의 머릿속에는 여전히 의심이 지워지지 않았다.

Chapter 8

그날 밤.

한 번 더 긴급뉴스가 터졌다. 오전에 중동을 한바탕 뒤집어 놓았던 붉은 드래곤이 이번에는 동유럽을 휘젓고 있다는 속보였다.

발렌시드의 기사들이 시뻘건 화염에 휩싸여 무수히 죽어 나갔다. 신성력이 걸린 방패도, 마법의 보호막도, 심지어 기사들의 검에서 뿜어지는 밝은 광채도 붉은 드래곤의 초고온 화염을 막지는 못했다.

릴리트 공주가 벼락과도 같은 몸놀림으로 붉은 드래곤에 맞서 싸웠으나, 역부족이었다. 드래곤의 뿔 사이에 서 있던 여인이 수십 가닥의 불벼락을 소환하여 떨어뜨리자 릴리트는 크게 타격을 입고서는 패퇴했다.

발렌시드의 기사들은 겹겹이 방패를 쌓아 부상을 입은 릴리트 공주를 보호했다. 그런 다음 기사들은 빠르게 퇴각했다.

치열한 전투의 장면이 흔들리는 화면을 통해서 전 세계

로 중계되었다. 이번에는 드론 대신 기자들이 방송 장비를 들고서 직접 전투 현장을 촬영했다.

이탄은 뉴스를 시청하면서 나름 생각을 정리했다.

"아무래도 내 추측이 맞는 것 같아. 불의 수호룡과 맹약을 맺은 저 여인은 유령조직을 보호하기 위해서 일부러 사람들의 이목을 끄는 느낌이야. 이거 아무래도 유령조직을 한 번 더 찔러봐야겠군."

이탄이 가만히 뇌까렸다.

이탄은 당장 주작대주부터 불러들였다.

늦은 시각임에도 불구하고 주작대주는 이탄의 호출 명령이 떨어지자마자 즉각 들어왔다.

이탄은 주작대주에게 유령조직의 아지트에 대해서 물었다. 주작대주는 이번에 새롭게 찾아낸 적의 주둔지를 이탄에게 귀띔해 주었다.

이탄은 그 정보를 듣자마자 곧바로 움직였다.

원로원주에게 편지를 보낸 자.

미래를 읽는 천공안의 주인.

화염의 여제.

그리고 유령조직.

이 넷의 관계가 아직까지 명확하지 않았다. 이탄이 생각하기에, 이 넷 사이에는 알 수 없는 갈등 구조가 있는 것 같앉다.

"갈등이 있으니까 원로원주에게 은밀한 편지가 전달되었겠지. 이 관계를 좀 더 정확하게 파악하려면 놈들을 한 번 더 흔들어 볼 필요가 있겠어."

이탄은 풀숲을 한 번 더 때려보기로 결심했다. 그래야 풀숲에 숨은 뱀이 어떻게 행동할지 예측이 될 것 같았다.

결심이 서면 곧바로 행동에 나서는 것이 이탄의 장점이었다.

이탄은 이번에도 백호대를 부르지 않았다. 단독으로 출격하여 몽골 평야로 향했다.

쐐애애액—.

광활하게 펼쳐진 몽골의 평야가 간씨 세가의 무인기 아래에서 빠르게 지나갔다. 캄캄한 평야에는 드문드문 불빛이 보였다. 유목민들의 파오(북방의 유목민들이 오래 전부터 사용해온 원추형의 조립가옥)에서 새어나오는 불빛이었다.

이탄은 고속으로 비행 중인 무인기 위에 우뚝 서서 희미한 빛을 내려다보았다. 이탄의 회색 동공 속에 점점이 빛이 박혔다.

몽골은 탁 트인 평야 지역으로 알려져 있었다.

하지만 이런 몽골에도 산이 있고, 계곡이 있으며, 외부에서는 잘 보이지 않는 분지가 존재했다.

이탄이 무인기에 좌표로 찍은 장소도 바로 이러했다.

외부의 시야로부터 차단된 외진 지형.

유목민들도 잘 알지 못하는 은밀한 곳.

간씨 세가의 무인기가 캄캄한 밤하늘을 활공하여 이 감춰진 지역 상공에 도착했다.

기아아앙—.

목표지점에 다다르자 무인기가 속도를 줄이고 둥글게 원을 그렸다. 이탄은 까마득한 상공에서 그대로 뛰어내려 지상에 내리꽂혔다.

조금 더 정확히 말해서 이탄이 떨어진 곳은 땅이 아니라 물이 졸졸 흐르는 개천이었다.

개천 위에 도착하자마자 이탄은 마나를 끌어올렸다.

꽈릉!

무지막지한 역도가 이탄의 손바닥에서 발산되었다. 단숨에 대지를 갈라버릴 듯한 엄청난 힘은 개천물을 사방으로 비산시킨 것으로도 모자라 개천 밑바닥까지 그대로 쪼갰다.

지축이 뒤틀렸다. 개천 밑바닥이 사정없이 허물어졌다. 주변 수십 킬로미터에 걸쳐서 날카로운 균열이 퍼져나갔다.

지금 이탄이 흙 계열의 원소마법을 때려 박은 곳은 으슥한 분지 한복판이었다. 잡초만 무성한 분지의 중심에는 20

미터 폭의 개천이 흐르고 있었는데, 이탄은 콸콸 흐르는 개천을 끊고 그 지하로 단숨에 뚫고 들어갔다.

'이곳 지하에 유령조직의 아지트가 숨겨져 있을 것이라고 생각한 사람이 누가 있겠어?'

이탄은 내심 감탄했다. 유령조직은 정말 기가 막힌 곳에 아지트를 만들어 놓은 것이다. 천하의 이탄도 주작대의 정보가 없었다면 이 은밀한 장소를 찾아내지 못했을 뻔했다.

이탄이 눈 깜짝할 사이에 지반을 허물고 지하 100 미터 지점까지 파고들자 적의 아지트가 눈에 보였다.

지하로 파고드는 그 짧은 시간 동안, 이탄은 데자뷰를 떠올렸다.

'얼마 전 아시아의 서쪽 원시림에서도 이와 비슷한 일이 벌어졌었지.'

당시에도 이탄은 무인기를 타고 출격했다. 그 다음 원소 마법으로 땅을 허물어 유령조직의 아지트를 찾아내었다. 이탄은 그곳에서 거미처럼 움직이는 괴인들과 싸웠다. 백발의 노인도 포로로 붙잡았다.

오늘도 이와 비슷한 패턴이 반복되었다.

이탄은 홀로 무인기를 타고 날아와 목표지점을 향해서 훌쩍 뛰어내렸다. 그 다음 적의 아지트 위에 흙의 마법을 때려 박았다.

다만 차이가 있다면, 전에 이탄이 공략한 곳은 원시림의 지하였고 이번은 개천 밑바닥이라는 점만이 다를 뿐이었다.

'자, 오너라. 이번에는 또 어떤 녀석들이 튀어나올 것이냐? 이번에도 거미를 닮은 괴인들이냐?'

이탄은 곧이어 벌어질 살육의 시간을 즐겁게 기다렸다.

이탄이 적의 출격을 기다릴 때였다. 허물어지는 흙더미 속에서 노란 로브를 입은 자들이 후두둑 튀어나왔다.

그런 자들이 총 6명이었다. 6명의 적들은 붕괴하는 흙을 뚫고 솟구쳐서 이탄을 여섯 방위에서 에워쌌다.

이탄의 눈에 적들이 25 센티미터 길이의 완드(Wand: 마법 지휘봉)를 치켜드는 모습이 보였다.

Chapter 9

번쩍!

6명의 마법사들의 완드에서 샛노란 빛이 튀어나왔다. 이 빛은 사방으로 넓게 퍼져나가며 이탄을 완전히 에워쌌다.

이게 끝이 아니었다. 6개의 별, 즉 육망성을 모방한 마법진이 허공에 차라락 그려졌다. 6명의 마법사들은 육망성 마법진의 여섯 꼭짓점들을 하나씩 꿰찼다.

이 마법진이 이탄을 꽁꽁 가두었다. 그 상태에서 마법진 전체가 휘황찬란한 빛을 내뿜었다.

마법진이 본격적으로 발동하자 이탄의 주변 풍경이 갑자기 바뀌었다. 와르르 허물어지던 흙들은 어디로 갔는지 싹 사라졌다. 100 미터 위쪽에서 마구 비산하던 개천의 물줄기도 감쪽같이 자취를 감추었다. 몽골 평야의 밤하늘을 수놓았던 별들도 보이지 않았다.

이건 마치 마법진에 의해서 이탄이 다른 세계로 이동한 것 같았다. 지금 이탄이 부유 중인 공간은 몽골의 지하 100 미터 지점이 아니라, 전혀 엉뚱한 독립 공간인 듯했다.

'이것들 봐라?'

이탄이 이빨을 하얗게 드러내었다.

그러는 가운데 이탄의 머리 위로 악마의 형상이 크게 떠올랐다.

이 악마는 염소의 머리에 사람의 몸뚱어리가 결합된 모습이었다. 벌거벗은 악마의 사타구니 사이에는 남성의 성기가 기괴할 정도로 크게 매달려 있었다. 머리부터 발까지 악마의 크기는 무려 수십 미터는 훌쩍 넘어 보였다. 두꺼비의 그것처럼 툭 튀어나온 악마의 눈이 이탄을 무섭게 굽어보았다.

악마는 날파리라도 잡듯이 이탄을 향해 손바닥을 휘둘렀다.

푸왕—.

허공에서 강렬한 바람이 불었다. 악마가 휘두른 손바닥이 이탄을 향해 쏟아지면서 발생한 풍압이었다.

"흥."

이탄은 피하지 않았다. 오히려 악마의 손바닥을 겨냥하여 마주 손을 뻗었다.

두 손이 허공에서 맞부딪쳤다.

콰창!

사방으로 빛이 폭발했다.

이탄이 카운터펀치를 날리듯이 악마의 손을 후려쳤건만, 이탄의 손바닥에는 물리적인 타격감이 전달되지 않았다. 대신 공기방울을 후려친 듯한 출렁거림만 느껴졌다.

이 출렁거림이 거대한 파동이 되어 마법진 전체를 뒤흔들었다.

"크앗."

"커헉, 컥."

노란 로브를 입은 마법사 6명이 입에서 피를 왈칵 토했다.

조금 전 마법진을 강타한 파동이 어찌나 강력했던지 마

법사들은 내장이 진탕되었다. 롤러코스터를 탄 듯한 어지럼증도 발생했다. 마법사들이 손에 쥐고 있던 완드에는 실금이 쩍쩍 갔다.

"안 돼. 이대로 가다간 마법진이 무너지겠어."

"마나를 더 끌어올려."

"어떻게든 버티라고."

6명의 마법사들이 잇새로 으르렁거렸다.

이탄은 적들이 마나를 다시 끌어올리기도 전에 염소머리 악마를 향해 달려들었다. 이탄이 정면으로 차올린 발이 염소머리 악마와 다시금 충돌했다.

콰창!

이번에도 빛이 폭발했다. 온 사방으로 파동이 퍼져나갔다. 마법진 전체가 충격의 여파에 휩쓸려 무너질 듯 출렁거렸다.

충격의 여파 때문일까? 염소머리 악마가 흐릿하게 사라지려 들었다.

'역시 저 염소머리 악마는 마법진이 만들어낸 환상에 불과하구나.'

이탄은 염소머리 악마를 향해 세 번째 공격을 날렸다.

콰창!

빛이 또 터졌다. 사방으로 파동이 몰아쳤다. 이탄의 주먹과 부딪친 순간, 드디어 육망성 마법진이 찢어졌다.

"크악!"

노란 로브를 입은 마법사 6명이 동시에 뒤로 나자빠졌다.

마법진이 찢어진 순간, 염소머리 악마는 고개를 위로 치켜들고 크게 울부짖더니 파스스스 흩어졌다.

빛의 입자처럼 산산이 흩어지는 악마를 보면서 이탄은 고개를 갸웃했다.

"어라?"

이탄이 놀란 이유는 간단했다. 염소머리 악마가 입자 단위로 흩어질 때 그 속에서 얼핏 만자비문의 기운이 드러났기 때문이었다.

이것은 '감각을 어지럽히는' 이라는 의미를 가진 비문이었다. 굳이 이곳 세상의 마법에 빗대어 설명하자면, 이 만자비문은 일루전(Illusion: 환영, 환각) 마법과 유사했다. 다만 일루전에 비해서 만자비문의 힘이 보다 근원적이라는 차이가 있었다.

"왜 이곳에서 만자비문의 기운이 튀어나오지?"

이탄이 눈을 동그랗게 떴다.

지금 이탄의 영혼 속에서는 한바탕 난리가 났다. 여태까지 잠잠했던 만자비문들이 갑자기 환호를 하면서 부글부글

끓어 오른 탓이었다.

이 만자비문들은 본디 이탄의 뱃속에 얌전하게 처박혀 지내던 부정 차원의 언령들이었다. 그런 녀석들이 이탄의 의식을 뒤쫓아서 간씨 세가의 세상까지 따라왔다.

이탄은 이곳 간씨 세가의 세상에 만자비문의 힘을 풀어 놓지 않았다.

이탄이 제지한 탓에 만자비문들은 오로지 이탄의 영혼 속에만 머물 뿐 바깥 세상 구경도 제대로 하지 못했다.

한데 오늘 생각지도 않은 사태가 벌어졌다. 엉뚱하게도 몽골 평야의 지하에서 부정 차원의 흔적이 나타난 것이다.

지금까지 이탄의 의식 속에 얌전히 깃들어 있던 만자비문들은, 맛난 먹이의 냄새를 맡은 10,000마리의 강아지들처럼 입맛을 다시면서 쪼르르 뛰쳐나왔다. 특히 '감각을 어지럽히는' 이라는 의미를 가진 비문이 가장 앞장서서 뛰어나왔다.

마침 염소머리 악마는 입자 단위로 흩어져서 소멸하는 중이었다.

부정 차원의 언령이 그렇게 소멸 중인 악마를 덥석 먹어 치웠다. 허공에 희미하게 퍼지던 악마의 기운은 만자비문 속으로 쭈와악— 빨려 들어왔다.

만자비문의 흡입력은 진공청소기보다 더 강력했다. 녀석

은 염소머리 악마의 기운을 삼킨 것만으로는 만족하지 못하고는 육망성 마법진 전체를 단숨에 빨아들였다. 이어서 6명의 마법사들이 가진 에너지까지 쥐어짜듯 갈취했다.

"크으어억?"

"이게 대체 무슨!"

마법사들이 보유한 마나가 갑자기 쭉 빨려나갔다. 생기도 함께 빨렸다. 그러자 마법사들의 얼굴이 폭삭 늙었다. 몸통도 비쩍 말라붙었다.

그렇게 뼈만 남은 마법사들의 몸뚱어리가 자석에 이끌린 쇠 조각처럼 휙휙 딸려와 이탄의 손바닥에 척척 달라붙었다.

"으잉?"

마법사들과 신체를 접촉한 순간, 이탄은 다시 한번 놀랐다.

이번에 이탄이 놀란 이유는 다름 아닌 스파이럴(Spiral: 나선) 적혈구 때문이었다.

Chapter 10

노란 로브를 입은 마법사들은 일반인과는 달리 독특한

모양의 적혈구를 지녔다. 이탄은 마법사들과 접촉하자마자 이 사실을 감지했다.

"이 피는 검은 드래곤의 징표인데? 피사노교의 사도를 의미하는 이 피가 왜 간씨 세가 세상에 있지?"

이탄은 어이가 없었다.

사실 이탄 본인도 혈관 속에 스파이럴 적혈구를 가지고 있다. 하지만 간씨 세가의 세상에서 이 피를 발견할 줄은 꿈에도 몰랐다.

언노운 월드에서 마교라 불리는 피사노교는, 오로지 검은 드래곤의 피를 통해서 자신들의 혈통을 식별했다.

스파이럴 적혈구를 가지고 있으면 교의 혈통.

없으면 적.

이것이 피사노교의 피아식별법, 즉 적과 아군을 구별하는 방법이었다.

"설마 피사노 싸마니야의 형제들 가운데 누군가가 간씨 세가의 세상까지 마수를 뻗쳤나?"

이탄은 이런 의문을 품었다.

이탄이 곰곰이 생각하는 와중에도 6명의 마법사들은 더욱 빠른 속도로 에너지를 갈취당했다. 그들은 만자비문에게 자신들의 마나뿐 아니라 생명력까지 모조리 빼앗겼다.

폭삭 늙어가던 6명의 마법사들은 이내 목숨이 끊겨 해골만 남겼다. 그 해골마저도 결국엔 한 줌의 먼지로 흩어졌다.

6명의 마법사들이 사라졌다. 육망성 마법진마저 감쪽같이 자취를 감추었다.

그러자 하얗게 물들었던 세상도 다시 본래 모습으로 돌아왔다. 하늘 높이 솟구쳤던 개천은 촤악 소리를 내면서 지하로 쏟아졌다. 지반은 우르릉 우르릉 흔들렸다. 이탄의 눈앞에서 붉은 흙더미들이 사정없이 붕괴했다.

딱!

이탄이 손가락을 튕겼다. 우수수 허물어지던 흙더미들이 이탄의 명령이라도 받은 듯 붕괴를 멈추었다.

이렇게 흙은 이탄의 말을 잘 들었지만, 물은 아니었다.

사실 이탄은 마법에 대한 재능이 바닥이었다. 오직 금속과 흙, 이 두 가지 속성의 마법에만 친숙했다.

따라서 지금 이탄의 머리 위에서 낙하하는 물벼락은 이탄의 명을 따르지 않고 고스란히 떨어져 내려 이탄의 몸을 흠뻑 적셨다.

"어푸푸. 젠장."

이탄은 얼굴을 흠뻑 적신 물을 손으로 털어내었다. 그러면서 이탄은 발밑을 살폈다.

이탄이 바닥의 흙을 발로 문질러 슥슥 털어내자 지하에

감추어져 있던 유령조직의 아지트 외벽이 드러났다.

조금 전 노란 로브를 입은 마법사들은 바로 이 아지트 속에 숨어 있다가 이탄의 접근을 발견하고는 출동한 모양이었다.

이탄이 발을 들었다가 가볍게 내리찍었다.

콰직!

이탄의 발길질 한 방에 철근콘크리트 재질의 아지트 천장이 단숨에 허물어졌다. 이탄은 뻥 뚫린 구멍 속으로 쑥 들어갔다.

"무굴 루나이 마루, 고잉 꼬시모르……."

캄캄한 어둠 속에서 해괴한 주문 소리가 울렸다. 이어서 시커먼 덩어리들이 이탄을 향해 획획 달려들었다.

"얘네들은 또 뭐야?"

이탄은 안구에 힘을 주었다.

어둠 속의 환경이 이탄의 시야에 또렷하게 잡혔다.

지금 이탄을 향해 달려드는 덩어리들은 다름 아닌 시체들이었다. 그것도 일반 시체가 아니라 고름이 잔뜩 낀 시체들이었다.

이 시체들의 외양은 차마 눈을 뜨고 봐주기 힘들 만큼 흉물스러웠다. 벌레가 파먹은 듯 뭉그러진 눈알에는 몇 가닥의 핏줄이 엉겨붙어 대롱대롱 흔들렸다. 반쯤 뭉개진 콧구멍 속에선 구더기 떼가 우글우글 들끓었다. 피부엔 고름이 낀 딱지가 잔뜩 앉아 있었다. 피부 사이로 허옇게 뼈도 드러났다.

이 흉측한 시체들이 살아 있는 생명체처럼 우르르 달려들더니, 이탄의 바로 앞에서 갑자기 폭발을 했다.

콰아앙!

이탄의 코앞에서 시체들이 터졌다.

철근콘크리트로 지어진 복도가 붕괴할 듯 진동했다.

이탄은 강력한 폭발의 한복판에서도 무사했다. 이탄의 몸에서 붉은 노을과 같은 광채가 번지는가 싶더니, 붉은 금속이 알껍데기처럼 나타나 이탄을 보호했다.

솔직히 조금 전의 시체 폭발 정도라면 간철호의 몸뚱어리로 그냥 맞아주어도 끄떡없었다. 하지만 이탄은 적양갑주의 권능을 써가면서 앞을 차단했다.

시체의 살점들이 구역질 날 정도로 지저분했기 때문이었다. 제아무리 이탄이 피와 살점을 뒤집어쓰는 것을 즐긴다고 하더라도, 이렇게 구더기가 들끓는 시체의 파편까지 맨몸으로 맞기는 싫었다.

이탄이 의지를 일으켰다.

치이익!

붉은 금속 표면에 덕지덕지 달라붙었던 살점들이 한순간

에 치즈 녹듯이 녹아버렸다. 이어서 붉은 금속이 양옆으로 지이잉 갈라졌다.

그 속에서 이탄이 뚜벅 뚜벅 걸어 나왔다.

수십 미터 밖.

복도의 저편 모퉁이 뒤에서 덜덜 떨리는 말소리가 들렸다.

"으으읏. 스파이더 익스플로젼(Spider Explosion: 거미 폭발)의 연쇄폭발 속에서도 끄떡없다니."

"믿을 수 없어. 이건 말도 안 된다고."

누군가가 진저리를 치면서 속닥였다.

이탄이 하얗게 이빨을 드러내었다.

'후훗. 거기들 숨어 있었구나.'

이탄은 사냥을 나선 뱀처럼 기척도 없이 몸을 날렸다.

눈꺼풀을 한 번 깜빡일 정도의 시간이 지나고, 이탄은 어느새 적들 앞에 불쑥 나타났다. 복도의 모퉁이 뒤에서는 주홍빛 로브를 입은 마법사들 열댓 명이 옹기종기 모여서 덜덜 떠는 중이었다.

"으헉?"

마법사들은 이탄의 갑작스런 등장에 깜짝 놀랐다.

이탄이 손을 쭉 뻗어 적들 가운데 한 명의 손목을 낚아챘다.

"놔. 이것 놓으라고."

마법사가 버둥거렸다.

이탄이 상대의 말을 들어줄 리 없었다. 이탄은 잡은 손을 통해서 상대의 신체 내부를 빠르게 탐색했다.

Chapter 11

상대의 혈관을 탐색한 결과는 역시나 이탄의 예상대로였다.

"역시 이자의 몸에도 스파이럴 적혈구가 있구나."

이탄이 눈을 번뜩였다.

조금 전 만자비문에 흡수를 당한 노란 로브의 마법사들은 혈관 속에 스파이럴 적혈구를 지녔다.

그런데 주홍색 로브의 마법사들도 그와 똑같은 피를 보유한 것이다.

"아하하하하. 이거 점점 더 흥미로워지네. 하하하."

이탄이 소리 내어 웃었다.

입은 웃고 있지만 이탄의 눈은 웃지 않았다. 이탄의 두 눈에서는 무쇠라도 녹일 듯한 무시무시한 안광이 뿜어져 나왔다.

그 기세에 질린 탓일까? 주홍빛 로브를 입은 마법사들은 이탄과 싸워볼 생각도 않고 후다닥 도망쳤다.

그 꼴을 내버려 둘 이탄이 아니었다.

쾅! 쾅! 콰앙!

복도 벽 속에 파묻혀 있던 철근이 벽을 터뜨리며 튀어나왔다. 그 철근들이 장어 떼처럼 대가리를 꼿꼿이 세우고 마법사들의 앞을 가로막았다. 천장과 바닥에서도 철근들이 튀어나와 사방을 봉쇄했다.

"으윽. 이게 뭐야?"

"퇴로가 막혔잖아."

"빌어먹을. 이제는 싸우는 수밖에 없어."

궁지에 몰린 마법사들은 일제히 완드를 꺼냈다. 그 완드의 끝이 정확하게 이탄을 겨누었다.

이탄은 열댓 개의 완드를 앞에 두고도 눈 하나 깜짝하지 않았다. 그는 그저 뒷짐을 지고 여유롭게 허공에 떠올랐을 뿐이었다.

와득, 와드득, 우드드득.

사방 벽에서 튀어나온 철근들이 스스로 알아서 마법사들을 공격하기 시작했다.

주홍색 로브의 마법사들은 쉴드(Shield: 방패)를 소환하여 철근을 막아내었다. 다른 한편으로 마법사들은 각자 발휘할 수 있는 최강의 마법으로 이탄을 공격했다.

불행히도 주홍색 로브를 입은 마법사들의 최강 마법은 스파이더 익스플로젼이었다. 한데 이 폭발 마법은 시체가 없이는 구현이 불가능하다는 것이 단점이었다.

결국 마법사들은 차선책을 택했다.

마법사들의 완드에서 쏘아진 파이어 볼(Fire Ball: 불의 공)이 이탄에게 날아왔다.

마법사들은 또 다른 마법도 펼쳤다. 복도의 밀폐된 공기가 쾅쾅 폭발하여 이탄의 시야를 어지럽혔다. 이 공기 폭발은 익스플로젼 마법이었다.

안타깝게도 이 정도 마법으로는 이탄의 털끝 하나 건드리지 못했다.

하긴, 스파이더 익스플로젼도 이탄의 털끝을 건드리지 못하는 것은 마찬가지였다.

이탄이 손가락을 까딱였다.

철근이 둥글게 뭉쳐서 마법사들의 공격을 막아내었다. 일부 철근들은 마법사들의 발목을 휙 낚아채었다. 천장의 철근들이 엿가락처럼 늘어나며 교수대의 올가미처럼 변했다. 그 철근이 마법사들의 목을 눈 깜짝할 사이에 휘감았다.

마법사들이 저항을 했다.

철근은 그 공격을 무시한 채 적극적인 공격을 퍼부었다.

"끄악."

결국 마법사 가운데 한 명이 목에 철근이 꽂힌 채 죽었다. 이어서 또 다른 마법사는 심장에 철근이 박혀서 마지막 숨을 몰아쉬었다.

"안 돼. 도저히 상대할 수 없어."

"으으으. 이제 우린 다 죽었어."

"크흐흑. 제발 살려줘."

동료들이 하나둘 죽어가기 시작하자 마법사들이 패닉 상태에 빠졌다. 마법사들의 안색은 하얗다 못해 파랗게 질렸다.

일부 마법사들이 철근을 뚫고 도망치려고 시도했다.

불가능했다. 도망자들의 등판에 뾰족한 철근이 날아와 꽂혔다. 그들의 발목에도 철근이 칭칭 휘감겼다.

이 상황에서 이탄마저 전투에 개입했다. 이탄은 마법을 난사하던 상대 마법사의 완드를 손으로 붙잡아 와그작 부서뜨렸다. 이어서 그 마법사의 손목을 꺾었다. 이탄은 상대의 목줄기도 손으로 움켜잡았다.

뻐엉!

이탄의 손아귀 안에서 마법사의 목이 터졌다.

비릿한 피보라가 사방으로 튀었다.

처음에 열댓 명이 넘었던 마법사의 숫자가 눈 깜짝할 사이에 3명까지 줄어들었다.

이 3명 중 또 한 명의 마법사가 이탄의 손에 머리가 뭉그러졌다.

"이럴 수가."

"으어어어."

남은 두 생존자는 감히 도망칠 엄두도 내지 못했다. 그들이 할 수 있는 일이라고는 그 자리에 털썩 주저앉아서 오줌을 지리는 것밖에 없었다.

겁먹은 두 마법사들을 향해서 이탄이 저벅저벅 다가왔다. 이탄의 그림자가 두 마법사의 머리 위에 으스스하게 드리웠다.

마법사들이 앞다투어 이탄에게 애걸했다.

"으으으윽, 살려주십시오."

"제발, 제에발 목숨만 살려주십시오."

이탄은 상대의 간청을 귀담아 듣지 않았다.

"포로는 한 명만 남겨놓아도 되겠지? 포로가 여럿이면 괜히 귀찮기만 해."

이탄이 심드렁하게 뇌까린 다음, 둘 중 한 명을 골라서 목을 꽈악 뜯어내었다.

"안 돼애애─. 꾸륵."

마법사 한 명이 목에서 피를 콸콸 쏟으며 죽어갔다.

홀로 살아남은 마법사는 눈물을 흘리며 미치광이가 되었다.

"어차피 목숨만 붙어 있으면 그만이지. 살아만 있으면 얼마든지 내가 원하는 정보를 캐낼 수 있어."

이탄은 포로가 미치건 말건 신경 쓰지 않았다. 그는 그저 홀로 남은 생존자를 철근으로 휘감아 챙겨둘 뿐이었다.

자리를 뜨기 전, 이탄이 마지막으로 아지트를 둘러보았다.

꼼꼼히 한 번 더 보았건만 이탄이 원하는 정보는 나오지 않았다. 이곳 아지트는 규모가 그리 크지 않아 실험실이라고 할 만한 것들이 없었다. 문서도 보관되어 있지 않을뿐더러 상주 인원도 그리 많지 않았다.

그나마 이탄이 포획한 생존자 한 명이 유일한 성과였다.

"쳇. 이게 뭐야. 별로 얻은 게 없잖아."

이탄은 입술을 삐쭉거려 불만을 표시했다.

이런 불평과 달리 성과가 없는 것은 아니었다. 오늘 습격을 계기로 이탄은 유령조직과 피사노교의 연관성을 깨닫게 되었다.

사실 이것만 해도 큰 성과였다.

Chapter 12

이공이 구축한 세력 가운데 핵심 무력은 팔군, 즉 8개의 군단이었다.

이 팔군 가운데 남로군의 하부 조직이 타이베이 시의 스린 야시장 일대에서 은밀하게 주둔 중이었다.

한데 최근 그 하부 조직이 이탄의 공격을 받아서 궤멸했다. 다행히 하부 조직을 이끌던 룬메이 조장은 살아남았다.

본격적인 문제는 그 다음에 터졌다. 남로군의 하부조직이 붕괴된 데 이어서 이번에는 서로군이 치명적인 타격을 입었다.

단지 서로군만 상했으면 다시 상처를 회복할 수 있었을 터인데, 서로군의 군단장인 시린이 실종되었다는 점이 문제였다.

시린은 직위가 높은 만큼 조직의 중요한 정보들을 많이 알고 있었다. 이공은 혹시라도 시린이 간씨 세가에 포로로 붙잡혔을까 봐 안절부절못했다. 시린의 입이 열리는 날에는 이공과 이택민도 위험해질 판국이었다. 이공은 적의 이목을 다른 곳으로 돌리기 위하여 둘째 딸 이채민을 세상에 노출시켰다.

연달아 터진 악재 속에서 세 번째 비보가 날아들었다. 이번에는 몽골 평야에 주둔 중인 북로군에서 일이 터졌단 다. 점조직처럼 산개해 있던 북로군의 아지트 가운데 한 곳이 정체불명의 적(이탄)에 의하여 철저하게 박살 난 것 이다.

다행히 북로군의 총사령관인 조로스는 무사했다. 북로군 의 12개 아지트들 가운데 단 한 곳만 피해를 입은 점도 다 행이라면 다행이었다.

그럼에도 불구하고 이번 사태로 인하여 이공이 받은 심 리적인 타격은 어마어마했다.

얼마 전 이공은 간씨 세가의 시선을 다른 곳으로 돌리기 위하여 이채민을 세상에 드러내는 초강수를 던졌다.

'학선생의 판단이 옳아. 채민이와 불의 수호룡이라면 승 냥이들의 이목을 충분히 끌어줄 게야.'

이공은 이렇게 판단한 뒤, 승부수를 던졌다.

한데 이공의 예상이 어긋났다. 이채민과 불의 수호룡이 유럽에서 한창 날뛰는 와중에도 이공의 세력은 또다시 타 격을 입었다.

"아아아. 젠장. 채민이를 이용한 유인작전도 통하지 않 았어. 그렇다면 대체 이 사태를 어떻게 수습한단 말인가. 대체 간씨 놈들이 나와 우리 조직에 대해서 어디까지 알고 있는 게야? 크으윽."

이공은 눈앞이 캄캄하여 아무런 생각도 나지 않았다.

그러던 한순간이었다. 이공의 머릿속에서 실핏줄이 터지면서 강렬한 두통이 이공을 휩쓸었다.

"끄으윽."

이공이 손으로 머리를 짚고 휘청거렸다.

"폐하, 정신 차리십시오."

"폐하, 폐하."

이공을 섬기는 궁녀들이 깜짝 놀라 이공을 부축했다.

이공이 궁녀들의 품에서 축 늘어졌다.

한편 이탄의 광폭 행보에 공포를 느낀 사람은 이공만이 아니었다. 학선생이 느낀 공포도 상당했다.

아니, 어쩌면 학선생이 이공보다 더 큰 두려움을 느꼈을지도 몰랐다.

대개 간신들이야말로 제 몸을 끔찍이 여기는 족속들이 아니겠는가. 세상 그 누구보다 겁이 많은 자가 바로 간신들 아니겠는가.

학선생이야말로 간신 중의 간신이었다.

'이러다 오대군벌의 레이더망에 우리 조직이 포착되는 날에는 끝장이다. 내 모가지가 달아나게 생겼어.'

겁이 덜컥 난 학선생은 한 번 더 편지를 썼다.

최근 간씨 세가의 원로원주에게 수수께끼 같은 편지를 보낸 장본인은 다름 아닌 학선생이었다.

'영리한 여우는 최악의 사태를 대비하여 항상 예비 굴을 파놓는다지? 적이 쳐들어 왔을 때 몸을 피신할 수 있는 비상 굴 말이야. 나에게도 이런 굴이 필요해. 이공 늙은이를 뒤에서 조종하여 고지식한 쥬신의 충신들을 컨트롤하는 한편, 만약의 경우를 대비하여 오대군벌에도 한 발을 걸쳐놓을 필요가 있겠어.'

학선생은 비겁하게도 양다리를 걸치기로 작정했다.

마침 학선생에게는 동원할 수 있는 인맥이 많았다. 학선생의 선친인 학운철은 쥬신 제국 말기에 여러 사람들로부터 존경을 받는 석학이었다. 당시 학운철의 가르침에 감명을 받아 그의 곁에 머물던 인재들이 자연스럽게 모였다.

이것이 바로 회양당의 시작이었다.

학선생은 선친을 독살한 이후 회양당의 2대 당주가 되었다.

'회양당의 꼬장꼬장한 노친네들 가운데는 남문주가 있지. 남문주는 남충주와 친척이고, 남충주는 간씨 세가의 권력자가 아니겠는가. 이것이 장차 내 목숨을 구명해줄 튼튼한 동아줄이 될지도 몰라.'

어이없게도 학선생은 이공의 세력과 간씨 세가 사이에서 양다리를 걸쳐보겠다는 야심 찬 계획을 세웠다.

이공이 알면 기겁할 일이었다.

어쨌거나 학선생은 야무지게(?) 배신의 계획을 세운 뒤, 회양당 남문주의 이름을 빌려서 남충주에게 편지를 썼다.

이번이 벌써 세 번째 보내는 편지였다.

예언 적중.

탈 회양당.

긴급 구조 요청.

이상 세 줄의 글귀가 학선생의 손을 떠나 남충주의 손에 쥐어졌다.

"내가 예언한 것들이 이미 적중하지 않았습니까? 내 예언대로 화염의 여제와 불의 수호룡이 세상에 등장하지 않았습니까? 나는 서둘러 회양당을 벗어나고 싶습니다. 그러니 간씨 세가에서 나를 긴급히 구조해주시오."

학선생의 편지는 마치 이렇게 주장하는 것 같았다.

이탄이 남충주로부터 편지를 전달받았다.

"후후훗. 몽골의 아지트가 타격을 받으니까 똥줄이 타들어 가기라도 하나? 무척 안달이 나 보이네."

환히 웃는 이탄의 눈매는 먹잇감을 가지고 노는 포식자의 그것을 닮아 있었다.

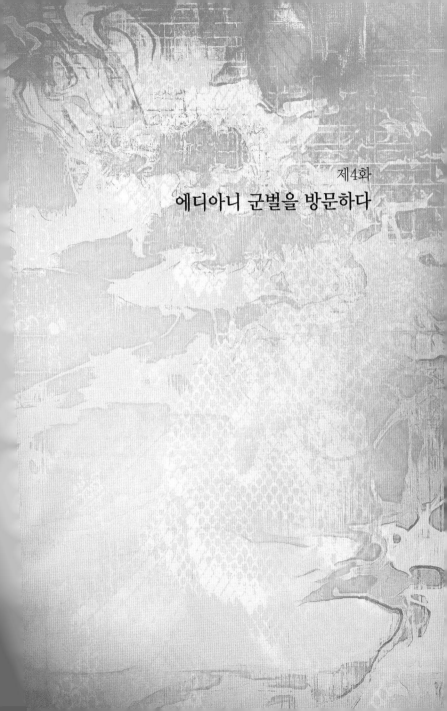

제4화
에디아니 군벌을 방문하다

Chapter 1

이탄이 학선생의 편지를 손에 쥐고 이런 저런 궁리를 하는 동안, 주작대원들은 눈코 뜰 새 없이 바빴다.

요새 주작대원들은 이탄이 남로군, 서로군, 그리고 북로군에서 잡아들인 포로들을 심문하고 또 정보를 정리하느라 정신이 쏙 빠질 지경이었다.

주작대주는 포로들 가운데 2명에게 유독 신경을 썼다.

이 중 한 명은 이탄이 서부 원시림에서 붙잡아온 백발의 노인이었다. 또 다른 한 명은 이탄이 몽골에서 데려온 주홍색 로브를 입은 마법사였다.

이탄은 이 2명을 주작대주에게 넘기면서 신신당부했다.

"이것들을 영혼까지 탈탈 털어서 모든 것을 캐내."

이것이 이탄이 내린 명령이었다.

주작대주는 이 2명이 유령조직의 핵심인물들일 것이라 판단하고는 친히 고문도구를 손에 들었다.

주작대주가 직접 고문도구를 잡는 것은 참으로 오랜만이 었다. 알 만한 사람들은 이미 다 알고 있는 사실인데, 요 몇 십 년 내에 간씨 세가를 통틀어서 주작대주보다 더 뛰어난 고문 기술자는 없었다.

주작대주가 음침한 지하 감옥에서 한창 활약을 할 즈음, 이탄은 백호대원들에게도 일감을 맡겼다.

이 일감은 주작대원들이 받은 일감과 비슷했다.

이탄의 명을 받은 백호대원들은 빈민가에서 평범한 백성 들을 붙잡아온 다음 하나씩 물고를 내었다.

이번에 끌려온 빈민들은 백호대원들에 의해서 손발의 인 대가 모두 끊겼다. 무참하게 얻어맞아 뼈가 부러진 곳도 한 두 군데가 아니었다. 모두들 모진 고문 끝에 차례로 병신이 되어갔다.

빈민들은 자신들이 왜 간씨 세가에 끌려 왔는지, 자신들 이 왜 이런 고문을 받아야 하는지 전혀 이해하지 못하였다.

솔직히 백호대원들도 이 평범한 빈민들을 왜 달달 볶아 야 하는지, 정확한 이유를 몰랐다. 대원들은 그저 위에서 시키니까 손을 쓸 따름이었다.

지금 간씨 세가로 붙잡혀온 자들이 이탄이라는 소년의 부모와 관련이 있다는 점은 오로지 이탄 본인과 백호대주 서원평만 아는 비밀이었다.

8월 초가 되자 비가 많이 내렸다.

부슬부슬 내리는 비가 아니라 좍좍 쏟아지는 장대비였다. 하늘에서는 태양의 흔적을 찾아보기 어려웠다.

세상은 온통 어두웠다.

요새 간씨 세가의 주작대와 백호대 건물에서는 하루가 멀다 하고 비명이 터졌다. 사람의 영혼까지 쭈뼛하게 만드는 끔찍한 비명은 세찬 빗소리에 파묻혔다.

주작대원과 백호대원들이 그렇게 기름을 짜듯이 포로들을 쥐어짜고 또 쥐어짠 끝에 두 가지 정보가 취합되었다.

이탄은 2명의 대주들을 통해서 이를 보고받았다.

먼저 주작대주의 보고.

"의장님, 시린이라는 이름의 백발노인으로부터 유령조직의 거점 한 곳을 밝혀내었습니다. 놈들의 아지트 가운데 제법 덩어리가 큰 곳이 북미의 버지니아 주에 자리를 잡고 있었습니다."

"버지니아 주라면 너무 막연하잖아."

이탄이 눈을 찌푸렸다.

주작대주가 냉큼 부연설명을 덧붙였다.

"조금 더 정확히 말씀드리자면 버지니아 뷰캐넌 카운티입니다. 상세한 내용은 보고서에 담았습니다."

"그래? 잘하였다."

이탄은 주작대주의 노고를 치하해 주었다.

주작대주는 싱글벙글하여 돌아갔다.

그로부터 불과 몇 시간 뒤, 이번에는 백호대주 서원평이 이탄을 찾아왔다.

서원평의 보고 내용은 다름 아닌 목씨 부인에 대한 것이었다. 오래 전에 야반도주했다는 이탄의 어머니 말이다.

"어디라고? 버지니아 주?"

이탄의 눈매가 날카롭게 변했다.

서원평이 고개를 끄덕였다.

"네. 버지니아 주의 뷰캐넌 카운티입니다."

서원평은 브리핑 화면에서 한 곳을 지목했다. 버지니아 주 뷰캐넌 카운티가 크게 확대되었다.

이탄이 손가락을 까딱였다.

"좀 더 자세히 말해봐."

"네, 의장님."

서원평은 곧바로 설명을 이었다.

"당시 목씨의 부인은 달라스 공항에 도착한 뒤, 동행했던 청년과 곧바로 헤어졌습니다. 청년은 아시아로 다시 돌아왔고, 목씨 부인은 택시를 타고 뷰캐넌 카운티까지 이동했다고 합니다."

"정보의 출처는?"

이탄이 물었다.

서원평이 곧장 대답했다.

"저희 백호대에서 달라스 공항에 드나드는 택시 회사의 전산망을 해킹한 끝에 해당 택시 기사를 찾아내었습니다. 그리곤 대원 한 명이 북미로 날아가 그 택시 기사를 만났습니다. 꽤 오래 전의 일인데도 택시 기사는 당시 상황을 기억해내었습니다. 목씨 부인이 상당한 미인이라 기억에 남았다고 합니다."

서원평의 대답에는 흠잡을 곳이 없었다.

"흐음."

이탄이 손으로 자신의 이마를 문질렀다.

'또 뷰캐넌 카운티야? 하필이면 내 어머니라는 여자가 유령조직의 아지트로 갔다고? 설마 내 외가가 유령조직과 관련이 있나?'

이탄이 확인한 바에 따르면, 유령조직은 쥬신 제국의 부활을 획책하는 무리들이었다.

한데 오래 전에 어린 이탄을 버리고 도주한 어머니가 그 유령조직과 연결된 정황이 드러났다.

이탄은 서원평을 허수아비처럼 세워놓은 채 상념에 잠겼다.

'그러고 보니 이상하네. 하필이면 내가 왜 이씨일까? 아버지는 목씨인데 나는 왜 이탄이라는 이름이 붙여졌느냐고. 혹시 외가 쪽의 성을 따서 그런 것 아냐?'

Chapter 2

아시아에서 이씨는 길을 나서면 발길에 마구 채일 정도로 흔한 성이었다. 이씨라고 해서 굳이 쥬신 황실을 떠올릴 이유는 없었다.

하지만 이탄의 모친이 유령조직의 일원이라면 이야기가 또 달라졌다. 유령조직이야말로 쥬신 황가와 관련이 깊은 곳이었다. 그곳의 핵심 인물 가운데는 분명히 쥬신 황가의 혈통이 있을 게 뻔했다.

유령조직이 오대군벌의 감시를 피해서 독버섯처럼 조직을 퍼트려 나가려면 반드시 구심점이 필요하다는 것이 이탄의 생각이었다.

그리고 그 구심점은 단언컨대 혈통적 우월성을 가지고 있어야만 했다. 그래야 사람을 모을 수 있기 때문이었다.

　이 대목에서 혈통적 우월성이란, 다름 아닌 쥬신 황실의 피를 의미했다.

　70년 전, 쥬신 황가의 피를 물려받은 사내들은 모두 다 죽었다.

　어디 황가의 남자들뿐이랴. 황제의 직계 혈통들은 여자들이라 할지라도 예외 없이 처형을 당했다.

　따라서 세상에 남은 쥬신의 핏줄은 방계 여자들뿐이었으며, 그녀들도 대부분 오대군벌의 노리개가 되었다.

　'그런데 예외가 있었던 거야. 오대군벌의 눈을 피해서 운 좋게 살아남은 황가 혈통이 존재했던 거지.'

　이탄은 이 운 좋은 생존자가 유령조직의 구심점이라고 확신했다.

　그렇다면 과연 이 생존자는 어떤 성씨를 사용할까?

　당연히 '이씨'여야만 했다. 이씨가 아니면 유령조직을 이끌어 갈 수가 없었다. 이씨야말로 쥬신 제국의 상징이자 쥬신의 옛 충신들을 끌어들일 수 있는 요인인 까닭이었다.

　한데 아무래도 이탄의 모친이 그 유령조직과 관련이 깊은 것 같았다. 이탄은 어이가 없어서 실소가 나왔다.

　'하! 지금까지 나에게 출생의 비밀이 있을 거라고 의심

해본 적은 단 한 번도 없었는데. 삼류 드라마도 아니고 이게 갑자기 무슨 일이래? 설마 내 외가가 쥬신 황실과 관련이 있다는 거야?'

이탄이 자리에서 벌떡 일어났다.

'아무래도 안 되겠다. 내 친모라는 여자를 한 번 제대로 찾아봐야겠어.'

원래 이탄은 백호대주를 통해서 친어머니를 찾더라도 그녀와 직접 대면하고 싶은 생각이 별로 없었다.

이탄은 어려서 간씨 세가에 노예로 팔려온 이후로 제대로 된 인성을 갖출 기회를 갖지 못했다. 당연히 부모자식 간의 정도 퍽퍽하게 말라 있었다.

이탄은 친어머니의 생사에 크게 신경을 쓰지 않았으며, 설령 그녀를 찾는다 하더라도 어머니로 대접할 마음은 전무했다. 아주 어릴 때부터 이탄은 어머니를 그리워한 적이 단 한 번도 없었다.

갓난아이를 버린 비정함에 대한 원망 때문은 아니었다.

이탄은 어머니를 그리워하지 않는 것처럼 원망도 하지 않았다. 친모에 대한 이탄의 감정은 호의도 아니고 미움도 아닌 완벽한 무채색이었다.

한데 상황이 묘해졌다.

'유령조직과 내 관계를 명확히 하려면 아무래도 어머니

라는 여자를 한번 만나봐야겠네. 그녀가 아직까지 생존해 있다면 말이지.'

그러자면 이탄이 직접 북미 지역에 한번 다녀와야만 할 것 같았다. 이탄은 심각한 고민에 빠져들었다.

다음 날 오전.

이탄의 명을 받은 간씨 세가의 대사가 에디아니 군벌과 접촉했다. 대사는 에디아니와 간씨 세가 사이에 정상급 회담을 개최할 것을 제안했다.

에디아니 군벌에서 간씨 세가의 제안을 받아들였다. 그 결과 이탄이 급작스럽게 워싱턴DC를 방문하게 되었다.

8월 10일.

이탄을 태운 전용기가 워싱턴 왕립공항에 안착했다.

워싱턴DC 인근에는 총 3개의 공항이 세워져 있었다.

이 가운데 DC 서쪽의 달라스 국제공항과 북동쪽의 굿마셜 국제공항은 이용자들로 늘 넘쳐났다.

반면 워싱턴 왕립공항은 시가지에 바로 인접해 있음에도 불구하고 한산했다.

이곳 왕립공항은 에디아니 군벌로부터 특별히 승인을 받은 비행기들만 이착륙이 가능하기 때문이었다.

당연히 이탄의 전용기는 왕립공항을 이용했다. 전용기의

문이 열리고, 이탄이 모습을 드러내었다.

마침 워싱턴DC의 날씨는 청명했다. 하늘에선 파란색 물 감이 뚝뚝 떨어질 듯했다. 파란 하늘 군데군데에 하얀 새털 구름이 떠다녔다.

활주로 정면에는 에디아니의 깃발을 든 기수가 보였다. 기수의 뒤쪽에는 시위대와 군악대와 길게 늘어선 모습이었 다.

이탄이 전용기에서 내리자 에디아니의 기수는 기다렸다 는 듯이 깃발을 높이 들었다. 군악대는 우렁차게 악기 연주 를 시작했다. 북소리와 트럼펫 소리가 활주로를 가득 메웠 다.

처처척!

에디아니의 시위대는 검을 일제히 뽑아 비스듬히 사선으 로 내리뻗었다. 그런 다음 다시 검끝을 하늘로 들고 검의 손잡이를 입술에 붙였다.

이탄은 절도 넘치는 시위대의 동작을 흥미롭게 바라보았 다. 그러다 이탄의 시선이 에디아니의 깃발에 멎었다.

파란 바탕의 깃발 한복판에는 에디아니의 문장인 Ⅲ자가 또렷하게 수놓아 있었다.

다른 군벌들이 하나의 세력으로 구성된 것과 달리, 미주 지역의 에디아니는 3개 가문의 연합체였다.

북미의 지배자인 시즈너 가문.

중미를 다스리는 말레우스 가문.

남미의 황제 가라폴로 가문.

이상 세 가문이 하나로 힘을 합쳐 에디아니를 구성했다. 에디아니의 문장인 Ⅲ는 이들 세 가문이 하나로 합쳐진 모습을 형상화한 것이었다.

처척!

이탄이 시위대 앞쪽까지 다가오자 에디아니의 기수는 위로 치켜들었던 깃발을 수평으로 내렸다.

시위대도 입술에 붙였던 검을 다시 사선으로 내렸다. 시위대가 검을 다루는 모습에선 기백과 절도가 엿보였다. 1,000명에 달하는 시위대원들이 단 한 치의 어긋남도 없이 똑같은 동작을 구현해내었다.

Chapter 3

"훈련이 잘 되어 있군."

이탄의 칭찬에 백호대주 서원평의 굵은 눈썹이 꿈틀 움직였다.

서원평은 이탄의 바로 뒤에서 이탄을 밀착 경호 중이었

다. 서원평뿐 아니라 백호대 전원이 이번 이탄의 북미 방문을 수행했다.

이탄의 칭찬에 표정이 변한 사람은 서원평만이 아니었다. 이탄을 마중 나온 금발의 사내가 이탄의 말을 알아들었는지 활짝 미소를 지었다.

사내는 30대 후반에서 40세 초반 사이로 보였다. 키는 181 센티미터인 간철호보다 한 뼘은 더 컸다. 사내의 잘 발달된 턱과 넓게 벌어진 어깨는 미식축구 선수를 연상시켰다. 외모를 전반적으로 평가했을 때 금발 사내는 서글서글한 호남형이라 불릴 만했다.

사내의 이름은 시어드 시즈너.

시어드는 올해 초 시카고 미식축구장에서 발생한 테러로 인해 큰 부상을 입은 지미 시즈너의 친동생이었다.

"대지의 소서러, 먼 길 오시느라 노고가 많으셨습니다."

시어드가 아시아의 언어로 인사를 건넸다.

이탄이 시어드의 손을 마주 잡았다.

"반갑소. 간철호요."

"저는 오래 전에 간씨 세가에 사절단으로 방문한 적이 있습니다. 그때 대지의 소서러를 뵈었었지요. 그런데 이번이 두 번째 만남이군요."

시어드는 시원시원한 생김새만큼이나 붙임성이 좋았다.

이런 성향 때문에 형인 지미보다 동생인 시어드가 공식 외교 행사에 얼굴을 보이는 경우가 더 많았다.

게다가 지금 시즈너 가문의 소가주인 지미는 심각한 부상을 입어 요양 중이었다.

올해 2월, 이공의 명을 받은 유령조직이 시카고의 축구 경기장에서 지미를 노리고 대형 테러를 일으켰다.

마침 지미는 미식축구 경기에 온 신경을 집중하던 참이었다.

그 무방비 상태에서 갑자기 경기장 전체가 폭발에 휘말렸다. 이후 한 무리의 괴한들이 우르르 나타나 지미를 집중 공격했다.

지미의 무력이 비록 시즈너 가문 최강이라지만, 폭발에 의해서 심각한 부상을 입은 상태에서 다수의 괴한들과 싸우는 것은 결코 쉬운 일이 아니었다. 지미는 겨우 목숨은 건졌으나 부상은 상당히 심각했다.

이번 테러로 인하여 시즈너 가문을 비롯한 에디아니 군벌 전체가 발칵 뒤집혔다. 에디아니는 테러의 배후로 의심되는 코로니 군벌을 향해 보복공격을 감행했다. 동시에 에디아니는 다른 군벌들과 공조를 강화해 나갔다. 다 함께 힘을 합쳐 코로니 군벌을 응징하자는 것이 에디아니의 주장이었다.

한데 다른 군벌들의 태도가 의외로 소극적이었다. 처음에는 다들 코로니 군벌을 향해 우르르 달려들었으나, 어느 순간부터 눈치를 보면서 진격을 멈추었다.

에디아니도 다른 군벌들과 마찬가지로 주춤했다. 그러면서 에디아니는 다른 군벌들이 왜 소극적으로 변했는지 알아보던 중이었다.

딱 그 타이밍에 간씨 세가로부터 연락이 왔다. 간씨 세가의 실질적인 주인이라 불리는 대지의 소서러가 에디아니 군벌과 공식 회담을 제안한 것이다. 더군다나 대지의 소서러는 에디아니 군벌을 직접 방문하겠노라는 의사도 밝혔다.

이것은 이례적인 일이었다. 한 군벌의 주인이 다른 군벌을 직접 방문하는 것은 결코 흔한 일이 아니었다.

솔직히 말해서 오대군벌 사이에는 정상급 거물들이 상호 방문을 할 만큼 믿음이 형성되지 않았다. 혹시라도 가주급 인물이 다른 군벌을 방문했다가 포로로 잡히기라도 한다면 문제가 심각해지기 때문이었다.

한데 간철호(이탄)는 배짱 좋게도 북미 지역을 직접 찾아왔다. 그것도 백호대 100명만 데리고 나타났다.

'이걸 무모하다고 해야 할지, 아니면 그만큼 자신감이 넘친다고 평가해야 할지 모르겠구나. 하아아.'

시어드는 이탄의 두둑한 배짱에 혀를 내둘렀다.

이탄이 시어드를 힐끗 보았다.

"왜 그렇게 나를 빤히 보시오? 내 얼굴에 뭐라도 묻었소?"

"어이쿠, 아닙니다. 죄송합니다. 제가 그만 대지의 소서러께 결례를 범했습니다. 하도 유명하신 분을 이렇게 가까이서 뵈니 꿈만 같아서 그럽니다."

시어드는 황급히 손사래를 쳤다. 그리곤 곧바로 화제를 돌렸다.

"그나저나 대지의 소서러께서 워싱턴DC를 방문하시기 전에 시카고부터 들려주셨으면 좋았을 것을요. 그럼 가주님도 만나 뵐 수 있었을 텐데요."

시어드가 아쉬움을 담아 말을 꺼냈다.

시어드의 말마따나 이탄이 워싱턴DC를 방문하기 전에 시카고를 먼저 들렀다면 시즈너 가문의 가주와 만날 기회를 가졌을 것이다.

하지만 이탄은 번거로운 만남을 원치 않았기에 완곡한 거절의 표현을 내뱉었다.

"귀 가문의 가주님께서는 70년 전 악덕을 일삼던 혼군 이윤을 황제의 자리에서 끌어내리고 세상을 바로 세운 영웅이시오. 나도 마땅히 그분을 찾아뵙고 인사를 드리고 싶소이다만, 내가 간씨 세가를 오래 비울 수가 없구려. 그러니 부디 양해를 해주시구려."

"양해라니, 당치않은 말씀입니다."

시어드가 손사래를 쳤다.

이탄이 빙그레 웃었다.

"하하. 귀 가문의 가주님은 다음에 뵙기로 하고, 이번에는 에디아니 군벌과 우리 간씨 세가 사이의 회담에만 집중합시다."

"마땅히 그러셔야지요. 제가 곧바로 회담장으로 모시겠습니다."

시어드는 손가락을 모아 앞으로 내밀어 이탄을 안내했다.

에디아니의 깃발을 든 기수와 시위대는 시어드와 이탄, 그리고 백호대원들이 활주로를 완전히 벗어날 때까지 자세를 흐트러뜨리지 않았다. 시위대 뒤편에서는 군악대의 경쾌한 연주가 계속되었다.

에디아니 군벌과 간씨 세가 사이의 정상회담장은 경치 좋은 포토맥 강변에 마련되었다.

워싱턴DC를 끼고 흐르는 포토맥 강의 하류는 봄이면 벚꽃으로 유명하고, 여름이면 해상 스포츠를 즐기는 인파로 북적였다. 평소 같으면 요트와 제트스키들이 시원하게 강물을 가로질렀을 텐데, 오늘은 단 한 척의 요트도 보이지 않았다.

정상회담 때문이었다.

시즈너 가문의 기사들은 회담장 주변을 물 샐 틈 없이 지켰다. 당연히 포토맥 강 하류에도 시즈너 가문의 병력이 쫙 깔렸다. 강의 상공에는 전투헬기 편대가 선회하면서 혹시 모를 불상사에 대비했다.

이탄은 시어드의 안내를 받아 회담장으로 들어섰다.

정상회담장은 실내가 아닌 실외에 마련되었다.

포토맥 강이 한 눈에 내려다보이는 테라스에는 하얀 꽃으로 장식된 원탁들이 자리했다. 그 가운데 중앙의 원탁이 가장 크고 화려했다. 테라스의 상단과 앞면, 옆면에는 하얗고 기다란 천이 길게 드리워져 바람에 나부꼈다. 천의 중심에는 에디아니 군벌의 문장이 또렷하게 박혀 있었다.

Chapter 4

이탄이 가까이 다가오자 중앙 원탁에 앉아 있던 2명이 몸을 일으켰다.

"어이구. 이거 유명하신 분께서 오셨구려."

피부가 까무잡잡하고 머리가 뽀글뽀글한 중년 사내가 먼저 이탄에게 악수를 청했다. 사내는 손에 금반지를 끼고 목에는 굵직한 금목걸이를 착용했다. 셔츠의 단추는 4개까지 풀어헤쳐서 가슴에 난 털이 느끼하게 다 드러났다.

라틴계의 느낌이 물씬 풍기는 이 중년 사내가 바로 중미의 말레우스 가문을 다스리는 안토니오 말레우스였다.

"말레우스 가주님이시군요."

이탄은 안토니오와 반갑게 악수를 나눴다.

이어서 대나무처럼 몸이 마르고 키가 큰 노인이 이탄에게 손을 내밀었다. 반듯하게 양복을 차려입은 노인이었다.

"나는 험프 가라폴로요. 말로만 듣던 대지의 소서러를 이렇게 직접 뵈니 영광이오."

노인의 목소리는 굵은 저음이었다. 또한 노인은 오른쪽 눈에만 유리알 안경을 착용했다. 노인의 왼쪽 가슴팍에는 회중시계 줄이 길게 늘어져 있었다.

"가라폴로 가주님이시군요. 간씨 가문의 간철호입니다."

이탄은 험프와도 가볍게 악수를 나눴다.

안토니오, 험프, 시어드가 차례로 자리에 앉았다.

안토니오의 자리는 서쪽, 험프의 자리는 남쪽이었다. 시어드는 빈 북쪽 자리에 착석했다. 이탄에게는 동쪽 자리가

주어졌다.

그러자 에디아니의 세 정상들이 자연스럽게 3대 1의 구도로 이탄을 둘러싸는 모양새가 연출되었다.

이탄은 이러한 자리 배치에는 크게 신경을 쓰지 않았다. 다만 이탄은 자신의 맞은편에 안토니오가 앉은 점을 주목했다.

'나와 마주 앉은 저 자리가 상석일 텐데. 그렇다면 중미의 말레우스 가문이 에디아니 군벌을 주도하고 있다는 뜻인가?'

간씨 세가에서 파악한 바로는 에디아니 군벌을 주도하는 가문은 북미의 시즈너였다. 한데 막상 정상회담을 해보니 묘한 기류가 흘렀다.

'시즈너의 가주가 나이가 들어 힘이 빠졌다지? 게다가 소가주인 지미는 테러로 인해 타격을 받았고. 그러면서 자연스럽게 권력의 축이 말레우스로 넘어간 것일까?'

이탄은 빠르게 상황을 파악했다.

아니나 다를까, 회담을 주도하는 사람은 다름 아닌 안토니오였다. 안토니오는 금반지를 낀 손으로 깍지를 끼고 양팔꿈치를 원탁 위에 올려놓았다. 깍지 낀 손 너머로 이탄을 바라보는 안토니오의 눈빛이 깊고도 강렬했다.

안토니오가 먼저 운을 떼었다.

"우선 에디아니 군벌을 대표하여 대지의 소서러께 감사를 드리오. 대지의 소서러가 이렇게 먼 곳을 방문해주셔서 얼마나 감사한지 모르오."

"별 말씀을."

이탄은 가벼운 목례로 안토니오에게 화답했다.

안토니오는 유리잔에 담긴 붉은 와인으로 목을 한 번 축인 다음, 이야기를 계속했다.

"그나저나 대지의 소서러께서 우리에게 정상회담을 제안한 이유를 듣고 싶소. 그 전에 우리가 간씨 세가의 대사를 불러서 회담 의제를 물어보았는데 대사도 딱히 아는 바가 없더군. 그저 대사가 말하기를, 두 가지 내용이 주로 의논되지 않을까 짐작한다고 하더이다."

이탄은 고개를 돌려 미주 지역에 파견 중인 간씨 세가의 대사를 바라보았다.

대사가 움찔했다. 한낱 대사 주제에 정상회담의 의제를 논한다는 것 자체가 월권행위이기 때문이었다.

게다가 간철호는 신하들이 함부로 권한을 넘어서는 것을 무척 싫어하는 사람이었다. 대사의 등에 식은땀이 쫙 흘렀다.

이탄은 다시 정면으로 시선을 돌린 다음, 안토니오에게 물었다.

"말레우스 가주님, 우리 대사가 언급했다는 그 두 가지 의제가 무엇입니까?"

안토니오는 손가락 2개를 폈다가 하나씩 접으며 말했다.

"첫째, 코로니 군벌에 대한 공동 대응 방안 논의. 둘째, 중동과 동유럽 지역에 갑자기 등장한 붉은 드래곤에 대한 논의."

여기서 뜸을 한 번 들인 뒤, 안토니오는 이탄을 놀리듯이 빙그레 웃었다.

"어떻소? 귀 가문의 대사가 대지의 소서러의 속마음을 제대로 짐작한 거요?"

안토니오가 내뱉은 이 말은 간씨 세가의 대사를 사지로 몰아넣는 흉기나 다름없었다. 그와 동시에 안토니오는 이탄도 슬쩍 건드려본 셈이었다.

'너는 한낱 신하 따위에게 속마음이나 읽히는 군주냐?'

안토니오가 건넨 말을 달리 해석하면 이렇게 비꼬아 들릴 법도 하였다.

'어헉!'

간씨 세가 대사의 얼굴이 하얗게 질렸다.

당장 백호대주 서원평이 가자미처럼 찢어진 눈으로 대사를 노려보았다.

대사는 감히 그 눈빛을 마주 보지 못하고 벌벌 떨었다.

반면 이탄의 반응은 무덤덤했다.

"말레우스 가주님, 둘 다 아니외다."

이탄의 대답이 의외였을까? 안토니오의 원탁 위에 괴어 놓았던 팔꿈치를 치웠다. 험프는 유리알 안경 속에서 오른쪽 눈을 번뜩였다. 순간적으로 험프의 오른쪽 눈이 은색으로 물들었다가 다시 정상으로 돌아왔다.

시어드도 흥미진진하게 이탄의 입술을 바라보았다.

이탄은 한 번 내뱉었던 말을 살짝 정정했다.

"아니군요. 굳이 연결고리를 찾자면 두 번째와는 일부 겹치는 부분이 있겠네요. 중동과 동유럽에 등장한 불의 수호룡 말입니다."

"흐음."

안토니오가 팔짱을 꼈다.

험프의 오른쪽 눈알이 다시 은빛 광채를 머금었다.

시어드의 눈은 반짝반짝 빛났다.

이탄은 의자의 등받이에 몸을 푹 파묻고는 한쪽 다리를 꼬았다. 두 손은 배 위에 가지런히 올려놓았다.

이러한 자세 하나만으로도 이탄의 느긋함과 자신감, 그리고 노련함이 돋보였다.

이탄이 차분하게 말을 이었다.

"70년 전 멸종한 줄 알았던 쥬신의 망령이 되살아났더군요."

"뭣이?"

안토니오의 안색이 싹 달라졌다.

험프는 하마터면 오른쪽 눈에 끼고 있던 유리알을 빠트릴 뻔했다.

시어드는 입을 쩍 벌렸다.

이들 3명만 기겁을 한 것이 아니었다. 백호대주 서원평의 동공도 폭풍을 만난 듯 흔들렸다. 뒤에 배석 중인 간씨 세가의 대사를 비롯하여 에디아니 군벌의 핵심인물들이 전부 다 눈이 휘둥그레졌다.

Chapter 5

안토니오는 침을 한 번 꿀꺽 삼킨 다음 되물었다.

"대지의 소서러, 지금 뭐라 하셨소? 70년 전에 맥이 끊긴 쥬신이 되살아났다고 하였소?"

이탄은 말없이 고개만 끄덕였다.

"허!"

안토니오가 뜻 모를 탄식을 내뱉었다.

그 다음 안토니오는 험프를 향해 상체를 기울였다. 험프도 안토니오를 향해서 몸을 기울이고는 속닥속닥 이야기를 주고받았다.

잠시 후, 안토니오가 다시 이탄을 쳐다보았다.

"좀 더 구체적인 이야기를 해줄 수 있겠소? 쥬신의 부활에 대해서 말이오."

"우리 간씨 세가에서는 꽤 오랫동안 어느 한 조직을 추적 중이었지요. 우리는 그 조직을 유령조직이라 부르고 있습니다."

"유령조직!"

이탄의 말에 안토니오가 맞장구를 쳤다.

이탄이 말을 이었다.

"유령조직이 워낙 은밀하여 추적이 꽤 어려웠습니다. 그러다 최근에 제법 진도가 나갔지요. 그 결과 올 봄에 사대군벌에 발생한 테러의 배후가 코로니 군벌이 아니라 바로 그 유령조직이라는 사실을 알아냈습니다."

"뭣이?"

"헉."

"이런 미친!"

이번에도 에디아니의 세 수뇌부는 격렬한 반응을 보였다. 특히 피해를 직접 입은 시즈너 가문의 시어드가 가장 격렬히 반응했다.

이탄이 슬며시 미소를 흘렸다.

"이미 에디아니도 짐작하는 바가 아니었습니까? 그러니까 코로니 군벌에 대한 공격을 멈춘 것일 텐데요?"

안토니오는 쓴웃음을 지었다.

"커허험. 어허허허. 그건 그렇지가 않아요. 솔직히 우리는 불과 몇 분 전까지만 하더라도 코로니 군벌이 이번 테러의 배후라고 믿고 있었소이다. 다만 나머지 군벌들이 주춤하기에 혹시나 싶어서 우리도 공격을 자제했던 것뿐이오. 그런데 대지의 소서러께서는 확신이 있으신 게요? 올 봄의 테러가 시베리아 곰 녀석들의 짓이 아니라 유령조직인지 뭔지에서 벌인 게 확실하냔 말이오."

안토니오는 솔직하게 에디아니의 정보수집 능력이 미흡했음을 솔직하게 인정했다.

대부분의 라틴계 사람들이 그러하듯이, 안토니오는 거만하고 다른 사람을 곧잘 비꼬기도 하지만, 대신 솔직하고 화끈했다. 자신의 잘못을 곧바로 인정하는 것이야말로 안토니오의 장점 가운데 하나였다.

이탄은 고개를 주억거렸다.

"확실하냐고요? 당연히 확실하지요. 최근 우리 간씨 세가에서는 유령조직의 아지트 몇 곳을 찾아내어 보복공격도 퍼부었습니다. 그 결과 유령조직의 뿌리가 70년 전에 사라진 쥬신의 옛 노물들에게 있음을 알아내었죠."

"크허. 그 노물들이 아직까지 살아 있단 말이오? 하긴. 70년 전, 쥬신의 핵심 권력자들 가운데 일부가 신비롭게 실종되기는 하였지."

안토니오는 잠시 과거를 회상했다.

70년 전 쥬신 대제국이 몰락하던 당시, 안토니오는 한창 피가 뜨겁던 30대 중반의 나이였다.

그때 안토니오는 가문의 어른들과 함께 쥬신 제국을 앞장서서 물어뜯었던 용맹한 전사였다. 당시를 떠올리자 안토니오의 입가가 저절로 씰룩거렸다.

그 모습을 보면서 이탄은 새삼스레 안토니오의 연배를 떠올렸다.

중년의 나이로 보이는 외모와 달리 안토니오는 이미 106세나 먹은 고령자였다. 나이가 제법 들어 보이는 험프보다도 안토니오가 20살은 더 많았다. 심지어 안토니오는 시즈너 가주보다 고작 두 살이 어릴 뿐이었다. 시즈너 가문의 가주가 고령으로 인해 활동이 불편한 것에 비해서 안토니오는 여전히 정정했다.

이번에는 험프가 이탄에게 질문했다.

"대지의 소서러께서 조금 전에 한 말은 무슨 뜻이오? 이번에 등장한 불의 드래곤이 혹시 쥬신의 잔당들과 관련이 있소?"

유리알 속에서 험프의 오른쪽 동공이 은빛으로 빛났다.

이탄은 힘차게 고개를 끄덕였다.

"간씨 세가에서 파악한 바로는 그러하외다. 불의 수호룡은 본디 쥬신의 시조인 건국황 이관이 타고 다니던 드래곤이 아닙니까. 아마도 쥬신의 잔당들이 그 오래된 고룡을 깨워서 맹약을 맺은 모양입니다."

"허!"

험프의 입에서 바람 새는 소리가 흘러나왔다.

그러자 기다렸다는 듯이 안토니오가 끼어들었다.

"하긴, 뉴스에서 보니까 불의 드래곤을 타고 다니는 여자가 아시아계였어. 대지의 소서러께서는 혹시 그 여자가 쥬신 황가의 핏줄이라 주장하는 게요?"

"그것까지는 확인해보지 못했습니다. 하지만 그럴 것이라 짐작은 하고 있습니다. 건국황 이관과 맹약을 맺었던 고룡이 아무하고나 맹약을 맺겠습니까? 아마도 그 여자의 혈관 속에 이관의 피가 흐르고 있으니까 맹약을 허락했겠지요."

이탄의 주장은 그럴듯했다.

"그렇겠군."

"대지의 소서러의 말씀이 맞는 것 같구려."

"저도 동감합니다."

안토니오와 험프, 시어드가 모두 이탄의 의견에 동의했다.

안토니오는 한쪽 팔에 얼굴을 기대며 물었다.

"대지의 소서러, 혹시 쥬신의 잔당들에 대한 이야기를 다른 군벌에 전했소?"

"아시다시피 우리 간씨 세가는 유럽의 발렌시드와 비교적 친한 편입니다. 그곳의 빅토리아 폐하께는 며칠 전에 알려드렸지요."

이탄이 솔직하게 밝혔다.

이 점이 긍정적으로 작용했다. 안토니오는 눈앞의 간철호가 예상보다 솔직하다고 판단했다.

"그렇구려. 그럼 다른 곳은?"

"간씨 세가는 아프리카의 카르발 군벌과는 별다른 교분이 없습니다. 코로니 녀석들과는 최근에 국지전도 벌인 터라 살갑게 대화를 나눌 처지는 아니고요."

"허허. 그렇다면 발렌시드에 이어서 우리 에디아니 군벌과 접촉을 하신 게요?"

안토니오의 눈빛이 눈에 띄게 우호적으로 변했다.

이탄이 곧바로 대답했다.

"그렇습니다."

이번에는 험프가 질문했다.

"보아하니 대지의 소서러께서는 테러의 초기부터 유령 조직이라는 곳을 의심하셨던 같소이다. 혹시 내 짐작이 맞소?"

희한하게도 험프는 이탄에게 질문을 할 때마다 오른쪽 동공이 은빛으로 물들었다.

Chapter 6

'아무래도 저 은빛 눈동자에 무슨 비밀이 있는 것 같은데? 혹시 진실과 거짓을 판명하는 눈인가? 모레툼 신관이 지닌 간파의 가호와 비슷한 능력 말이야.'

이탄은 '험프가 혹시 간파의 가호와 비슷한 권능을 가지지 않았을까?' 라고 생각했다.

그 예상이 맞았다. 험프의 오른쪽 눈은 '진실안'이었다. 상대의 말이 참인지 거짓인지 판별하는 진실의 눈 말이다.

이탄은 이미 진실안에 대한 대비가 철저하게 되어 있었다. 이탄은 마음을 여러 개로 나눠서 자신의 진짜 속마음을 감추는 데 익숙했다.

이것은 이탄이 언노운 월드의 여러 세력들 사이에서 삼

중첩자, 사중첩자 노릇을 하다 보니까 저절로 생겨난 능력이었다.

이탄이 차분하게 대답을 했다.

"그렇습니다. 2월에 이스트 대학에서 테러를 받았을 때부터 오대군벌이 아닌 제3세력의 존재를 반쯤은 감지했었죠."

"그런데 왜 코로니를 범인으로 지목하고 공격한 게요?"

험프가 집요하게 물었다.

이탄은 어깨를 으쓱했다.

"그래야 제3세력, 즉 유령조직이 방심할 테니까요."

"허! 그래서 일부러 유령조직의 이간질에 속아 넘어가는 척하면서 코로니 군벌을 친 거다?"

"결론적으로 우리 간씨 세가는 적을 방심시킨 덕분에 적 조직의 일부를 파악하는 데 성공했지요. 덤으로 코로니 군벌의 땅도 일부 빼앗았고요."

이탄은 뻔뻔하게도 대답했다.

"허어."

험프는 어이가 없다는 표정을 지었다.

시어드도 눈이 휘둥그레졌다.

오직 안토니오만이 껄껄 웃었다.

"크허허허. 이거 한 방 먹었군. 크허허허. 역시 대지의 소서러답소이다. 사람들이 하도 대지의 소서러, 대지의 소서러하면서 칭찬을 하기에 왜 저러나 싶었는데, 이렇게 직접 장본인을 만나고 보니까 비로소 그대가 얼마나 무서운 분인지 실감이 나는구려. 으허허허허."

"과찬이십니다."

이탄은 안토니를 향해 가볍게 목례를 보냈다.

"크허허허허."

안토니가 더욱 크게 웃었다.

험프가 또 끼어들었다.

"자꾸 질문만 드려서 죄송하오. 그래도 궁금해 미치겠어서 물어보는 것인데, 이런 이야기는 화상회의를 통해서도 얼마든지 나눌 수 있는 것 아뇨? 그런데 대지의 소서러께서 굳이 워싱턴DC까지 날아오신 이유가 무엇이오?"

이탄은 험프의 은빛 눈동자를 똑바로 쳐다보면서 반문했다.

"우리 간씨 세가에서 만약 화상회의를 통해서 제3세력의 존재를 밝혔다면 그 말을 곧이곧대로 믿으셨겠습니까?"

"음."

험프는 말문이 막혔다.

이탄의 말이 옳았다. 오대군벌은 서로 라이벌 관계였다. 특히 아시아의 간씨 세가와 미주 지역의 에디아니는 그리

편한 사이는 아니었다.

그런데 이 상황에서 간씨 세가가 불쑥 유령조직의 존재를 언급하면서 에디아니 군벌에게 협조를 구한다? 전 세계의 오대군벌 사이에 대전쟁이 벌어지려는 이 타이밍에?

아마도 에디아니의 수뇌부들은 이탄의 말을 믿지 못하고 저의를 의심했을 것이다.

한데 이탄이 직접 워싱턴DC로 날아오자 분위기가 바뀌었다. 특히 안토니오의 태도가 달라졌다. 안토니오는 이리저리 재는 것을 혐오하는 성격이었다. 그는 화끈하고 남자다운 사내를 좋아했다.

"크허허허. 대지의 소서러께서 무슨 말씀을 하는지 알겠소. 이 자리에 계신 다른 두 분은 모르겠으나 이 안토니오는 대지의 소서러가 한 말을 믿소이다. 크어허허허."

안토니오가 이렇게 나오자 험프와 시어드도 이견이 없었다. 게다가 이탄의 말에 거짓이 전혀 없음은 험프가 이미 진실안으로 확인한 바였다.

안토니오가 깍지를 끼고 물었다.

"오늘 정상회담의 의제를 간씨 세가에서 제공하셨소. 그러니 그에 대한 대책도 대지의 소서러께 듣고 싶소이다. 어떻소? 저 썩어 빠진 쥬신의 망령들을 단번에 뿌리 뽑을 방안이 있소이까?"

질문을 던지는 안토니오의 눈이 이글이글 타올랐다.

안토니오의 기억에 따르면, 쥬신의 마지막 황제인 이윤은 정말로 썩어빠진 혼군이었다. 그 미치광이 황제는 눈에 띄는 미녀들은 무조건 차지하지 않고서는 직성이 풀리지 않는 성격이었다.

오래 전, 그러니까 지금으로부터 약 90여 년 전, 당시 신혼의 단꿈에 젖어 있던 안토니오의 누이에게도 혼군 이윤의 마수가 뻗쳤다.

누이가 강제로 이윤에게 몸을 빼앗기고 자결을 하던 날, 어린 소년이던 안토니오는 자신의 영혼을 걸고 맹세했다. 쥬신의 마지막 황제인 이윤과 관련이 있는 자라면 그게 누구건 반드시 죽여버리겠노라고 맹세하고 또 맹세했다.

한데 그 복수의 대상이 세상에 또 나타났단다.

"크허허허."

70년 만에 다시금 피가 뜨거워진 안토니오였다.

이탄이 안토니오의 끓는 피에 기름을 들이부었다.

"오대군벌의 눈을 피해서 무려 70년 동안이나 음지에서 독버섯처럼 자생해온 곳이 바로 그 유령조직입니다. 그런 곳을 단번에 뿌리 뽑기란 쉽지 않겠지요. 안타깝지만 간씨세가에서도 놈들을 일망타진할 방법을 찾지는 못했습니다. 그저 발견되는 대로 하나씩 박멸해나갈 뿐이지요."

"크허. 그렇지. 두더지 새끼들이 대가리를 내미는 즉시 하나씩 박멸해나가야지. 그러면 대지의 소서러 말씀처럼 언젠가는 박멸될 게 아니겠소. 크허허."

안토니오가 이탄의 말에 화답했다.

바로 이 타이밍에 이탄이 결정타를 날렸다.

"마침 그 유령 놈들의 아지트 한 곳을 알고 있습니다. 오래 전, 이곳 북미 지역에 설립된 아지트지요."

"뭣이라? 여기에 그 빌어먹을 놈들의 아지트가 있었다고?"

안토니오가 펄쩍 뛰었다.

험프의 오른쪽 눈이 은색으로 쫙 바뀌었다. 험프는 이탄이 지금 언급한 아지트 이야기가 거짓이 아님을 알아보았다.

하지만 가장 크게 놀란 사람은 다름 아닌 시어드였다.

Chapter 7

"이런 미친!"

시어드는 놀라다 못해 얼굴이 시뻘겋게 달아올랐다.

북미는 시즈너 가문의 영토였다. 그리고 시즈너 가문은

이 땅에서 벌어지는 모든 일들을 다 알고 있다고 자부해왔다.

한데 그 북미 지역에 쥬신 제국의 부활을 꿈꾸는 무리들이 남몰래 뿌리를 내리고 있었다니! 게다가 그 이야기를 다른 사람의 입을 통해서 듣게 되다니!

시어드는 창피하여 쥐구멍에라도 숨고 싶은 심정이었다. 동시에 시어드는 참을 수 없는 분노도 느꼈다. 어른들 사이에 끼어서 지금까지 잠잠하던 시어드가 모처럼 제 목소리를 내었다.

"어디입니까? 놈들이 뿌리를 내렸다는 그 아지트가 어디에 있습니까? 대지의 소서러, 말씀해주시죠."

시어드가 두 주먹을 꽉 움켜쥐었다.

이탄은 시어드의 분노를 이해한다는 듯한 눈빛을 보냈다. 그러면서 대답했다.

"버지니아 주에 뷰캐넌 카운티라고 있을 거요. 바로 그곳에 놈들의 아지트가 있소."

"헉! 버지니아라고?"

시어드의 동공이 와르르 흔들렸다.

다른 곳도 아니고 버지니아 주란다. 버지니아는 이곳 워싱턴DC와 바로 붙어 있는 지역이었다. 그 가까운 곳에 쥬신의 옛 망령들이 뿌리를 내렸다니, 이건 이만저만한 충격이 아니었다.

"으어어."

시어드는 무슨 말을 해야 할지 몰라서 입술만 벙긋거렸다.

정상회담을 잠시 멈추고 커피 브레이크를 가졌다. 그 다음 회담이 다시 재개되었다.

이탄과 안토니오, 험프, 시어드는 몇 가지 주제를 테이블에 올려놓고 조금 더 대화를 나누었다.

그들이 주로 의논한 대상은 두 가지였다.

첫째, 동유럽에서 날뛰고 있는 불의 드래곤을 어떻게 처리할 것이냐?

여기에 대해서는 양 군벌의 정상들이 원론적인 합의를 이루었다.

불의 드래곤을 처리할 때 에디아니 군벌과 간씨 세가, 양 군벌이 힘을 합쳐 공동으로 대응한다.

이상의 문구가 정상회담의 결론 중 하나로 작성되었다. 양 군벌이 합의한 사항들은 정상들의 서명을 받은 뒤 문서로 남겨질 예정이었다.

이어서 이탄과 안토니오 등은 두 번째 논의로 넘어갔다.

이 두 번째가 어쩌면 더 중요했다.

버지니아 뷰캐넌 카운티에 존재한다는 유령조직의 아지트를 누가 박살 낼 것이냐?

이것이 바로 이탄 등이 의논한 두 번째 주제였다.

적의 아지트의 위치를 처음 밝힌 사람은 이탄이었다. 당연히 적들을 박멸할 권리도 이탄에게 있었다.

하지만 에디아니 군벌은 간씨 세가의 무력부대가 버지니아를 휘젓고 다니는 것을 원하지 않았다. 이것은 에디아니 군벌의 자존심 문제였다.

시어드가 대표로 나서서 이탄에게 양해를 구했다.

"대지의 소서러께 부탁드립니다. 부디 이번 일은 시즈너 가문이 에디아니의 동료 가문들과 협력하여 처리할 수 있도록 양보해주십시오. 대신 대지의 소서러께 약속드리겠습니다. 버지니아의 뷰캐넌 카운티에서 유령조직의 아지트를 발견한다면, 그곳에서 얻은 정보는 반드시 간씨 세가와 공유하겠습니다."

이것이 시어드의 주장이었다.

이탄은 한 가지 조건을 달았다.

"좋소. 시즈너 가문의 체면을 생각해서라도 백호대가 움직이는 것은 자제하겠소. 다만 나도 한 가지 부탁할 것이 있소."

"어떤 부탁입니까? 말씀해 보시지요."

시어드가 냉큼 말을 받았다.

이탄은 시어드의 반응을 기다렸다는 듯이 엉뚱한 조건을 내걸었다.

"이번에 내가 여기까지 날아온 목적은 두 가지요. 우선 에디아니 군벌과 우호적 관계를 조성하는 것. 둘째, 쥬신의 잔당들에 대해서 공동으로 대응하는 것. 한데 이 두 가지 목적 외에 또 다른 희망사항이 있소."

"그게 무엇입니까?"

"사실은 내가 은밀하게 찾는 여자가 있소."

"여자라고요?"

의외의 말에 시어드가 눈매를 가늘게 좁혔다.

'혹시 대지의 소서러에게 중요한 여자라면 우리가 먼저 그 여자의 신병을 확보해야 하는 것 아냐?'

시어드는 얼핏 이런 생각을 품었다.

간씨 세가와 에디아니가 비록 오늘 우호적인 관계를 맺었다고 하더라도, 군벌의 이익이 걸린 일이라면 이야기가 또 달라졌다.

이탄의 뒤에서 서원평이 침을 살짝 삼켰다.

서원평은 간철호가 지금 언급한 여자가 이탄이라는 꼬맹

이의 모친일 것이라 예상했다.

20년 전 이탄의 친어머니는 자식을 버리고 버지니아주 뷰캐넌 카운티로 도망쳤다. 그리곤 15년 전에 그곳에서도 자취를 감추었다.

'의장님께서는 그 여인을 핑계 삼아 뷰캐넌 카운티 공략 작전에 끼어들려 하시나?'

이것이 서원평의 예상이었다.

아니었다.

이탄은 엉뚱한 사람의 이름을 입에 담았다.

"스텔라 강이라는 여자가 있소. 개인적으로 이 먼 곳까지 온 김에 스텔라 강을 한번 만나보고 싶소."

스텔라 강이라는 이름을 듣자마자 시어드의 얼굴에 안도의 빛이 어렸다. 안토니오와 험프도 히죽 웃었다.

스텔라 강.

본래 이름은 강서하.

사실 스텔라 강의 성은 '강'이 아니라 '간'이었다. 간씨 세가의 가주인 간성주가 남몰래 낳은 자식이 바로 스텔라 강인 것이다.

다시 말해서 스텔라는 간철호의 배다른 여동생이었다.

간철호가 간씨 세가의 권력을 움켜쥐자, 그의 부친인 간성주는 늘그막에 얻은 막내딸 간서하를 면 미주 지역으로

보냈다. 간철호의 마수로부터 막내딸을 지키기 위함이었
다.

한데 미주 지역의 패권자인 에디아니 군벌이 이런 비밀
을 모를 리 없었다. 에디아니는 스텔라 강의 정체를 잘 알
면서도 그냥 내버려두었다. 당장은 스텔라의 가치가 그리
높지 않아서였다.

스텔라 강은 간철호의 약점이 아니었다. 에디아니 군벌
이 스텔라의 목숨을 손에 쥐고 간철호를 협박한다 한들 간
철호가 눈 하나 깜짝할 리 없었다.

'만약 대지의 소서러가 잘못되어 간성주가 다시 권력을
쥔다면 모르겠지만, 그렇지 않다면 스텔라 강은 아무런 가
치도 없지. 그녀의 목숨은 대지의 소서러에게 그냥 내줘도
돼. 그 여자를 내줌으로써 우리 에디아니 군벌과 간씨 세
가가 더욱 돈독해질 수만 있다면 이건 충분히 남는 장사라
고.'

시어드는 이렇게 판단했다.

Chapter 8

시어드가 시치미를 뚝 떼고 물었다.

"스텔라 강이라고요? 그게 누구입니까? 어디 사는 누구인지 귀띔해주시면 제가 그녀를 찾아서 대지의 소서러께 보내드리겠습니다."

"스텔라 강에게는 내가 개인적인 볼 일이 있소. 그 속사정을 일일이 밝히고 싶지는 않구려. 다만 시즈너 가문이 꺼린다면 나도 굳이 그녀를 찾아볼 마음은 없소."

이탄이 차갑게 잘랐다.

시어드는 가슴이 철렁했다.

'모처럼 에디아니와 간씨 세가 사이에 우호적인 분위기가 형성되었는데, 이런 사소한 일로 대지의 소서러와 관계가 틀어지면 곤란하지.'

시어드는 이렇게 판단하고는 황급히 손사래를 쳤다.

"시즈너 가문이 꺼리다니요? 그건 오해십니다. 저는 그저 스텔라 강이라는 여인을 찾는 데 도움을 드리고자 했을 뿐입니다."

이탄이 씨익 웃었다.

"도움은 필요 없소. 다만 시즈너 가문이 버지니아 뷰캐넌 카운티를 공략할 동안, 나는 하루 이틀 짬을 내서 뉴욕에 좀 다녀오리다."

스텔라 강이 지금 살고 있는 도시가 바로 뉴욕이었다. 이탄은 주작대를 통해서 스텔라의 현재 위치를 주기적으로 보고받았다.

이것은 시어드도 마찬가지였다. 오늘 간씨 세가와 정상회담을 개최하기 전, 시어드는 스텔라 강에 대해서도 철저하게 조사를 해놓았다.

시어드가 부드럽게 대답했다.

"알겠습니다. 대지의 소서러께서 원하는 대로 하십시오. 그저 뉴욕에서 너무 큰 소란이 일어나지만 않으면 됩니다. 또한 저희에게 유령조직의 아지트 공략을 선뜻 양보해주셔서 감사합니다."

시어드의 이 말은 "뉴욕에서 스텔라를 죽이건 살리건 당신 마음대로 하시죠. 대신 저희의 체면을 봐서 너무 크게 일을 키우지만 말아주십시오."라는 의미였다.

"고맙소."

이탄은 시어드를 향해서 엷은 미소를 보냈다.

정상회담이 종료된 뒤, 시어드는 간씨 세가의 귀빈들을 워싱턴DC의 특급 호텔로 모셨다. 포토맥 강의 경치가 한눈에 내려다보이는 호텔이었다.

이탄과 백호대는 호텔 전체를 통째로 사용했다.

그날 저녁, 이탄과 서원평, 그리고 백호대원 4명이 암트랙(기차의 일종)을 타고 뉴욕으로 향했다.

시어드가 이 사실을 보고받았다. 이미 알고 있던 일이라 시어드는 고개만 끄덕일 뿐 다른 행동을 취하지는 않았다.

하지만 사실 서원평과 함께 움직인 사람은 이탄이 아니었다. 이탄과 체격이 비슷한 백호대원이 간철호의 모습으로 변장을 하고 뉴욕행 암트랙을 탔다. 이들 일행은 오늘 밤 뉴욕으로 가서 스텔라 강을 만날 계획이었다.

물론 이들은 스텔라에게 해를 끼치거나 협박을 할 생각은 없었다.

"그냥 가서 얼굴만 보고 돌아와"

이것이 이탄의 명령이었다.

이탄으로 변장한 백호대원과 서원평은 이탄의 명을 충심으로 따랐다.

부하들이 뉴욕을 향해 출발한 뒤, 이탄은 뉴욕이 위치한 북쪽 대신 서쪽의 버지니아를 향해서 홀로 움직였다.

에디아니 군벌은 위성까지 동원하여 호텔 주변을 철저하게 체크하였으나, 이탄의 움직임을 파악하지는 못하였다.

하긴, 에디아니 군벌이 이탄을 놓칠 만도 했다. 이탄은 무려 무한공의 권능을 발휘하여 공간을 찢고 버지니아로 직접 넘어갔다.

그러니 체크가 불가능할 수밖에.

오래 전 간씨 세가에 의하여 에너지 채굴기가 되어서 언노운 월드로 보내진 이후로, 이탄은 살기 위해서 수많은 능력들을 갈고 닦았다.

이렇게 이탄이 축적해온 능력들 가운데 상당수는 오로지 이탄의 본래 몸에만 적용되는 것들이었다.

예를 들어서 금강체, 즉 10,000겹의 코팅이 대표적이었다.

이 능력은 이탄이 육체를 단련하면서 생긴 것이라 간철호의 몸뚱어리에까지 적용되지는 않았다.

이탄의 뱃속에 뭉쳐 있는 음차원 덩어리도 마찬가지였다.

이탄이 지닌 풍부한 법력과 모레툼의 신성력도 오로지 이탄의 본체에만 속했다.

그 밖에도 이탄은 언노운 월드와 동차원, 그리고 그릇된 차원을 오가면서 몇몇 도움이 될 만한 존재들을 손에 넣었다.

예를 들어서 이탄은 악마종인 화이트니스를 사역하여 피부 위에 한 겹 두르고 다녔다.

이탄은 동차원에서 강아지 령을 얻었다.

그릇된 차원에서는 날개 달린 늑대도 확보했다.

그보다 한 발 앞서서 이탄은 아나테마의 악령과도 일수 도장을 찍는 계약을 맺었다.

하지만 이런 존재들은 이탄의 본체 곁에만 머무를 수밖에 없었다. 화이트니스, 강아지 령, 날개 달린 늑대, 그리고 아나테마에 이르기까지, 그들은 이곳 간씨 세가의 분혼에게까지 쫓아오지는 못했다.

하지만 예외도 있었다.

이탄의 육체가 아니라 영혼에 직접 깃든 권능들은 이탄의 본체와 분혼을 따지지 않고 항상 따라다녔다.

복리증식.

분혼기생.

적양갑주.

그리고 만금제어.

이 네 가지 권능이 대표적인 예였다.

신비로운 붉은 침으로부터 비롯된 이 권능들은 이미 오래 전에 이탄의 영혼과 하나가 되었기에 이탄의 의식이 간철호의 육체에 깃든 상태에서도 얼마든지 발휘가 가능했다.

만자비문도 이러한 부류에 속했다.

부정 차원의 인과율인 이 무시무시한 언령은 이탄의 영혼에 귀속된 상태였다. 그러므로 이탄의 의식이 간철호에게 깃들 때마다 만자비문도 이탄의 의식을 따라다녔다.

한편 정상세계의 언령도 만자비문과 다를 바 없었다.

정상세계의 언령도 이탄의 영혼에 매여 있었기에, 이탄의 의식이 간철호의 신체에 깃들 때마다 그대로 쫓아왔다.

그리하여 이탄은 간철호의 몸으로도 얼마든지 무한공의 권능을 발휘할 수 있었다.

Chapter 9

만약에 이탄이 공간의 언령을 진즉에 써먹었다면, 그는 아시아에서 한 발을 내디뎌서 버지이나 주에 곧장 도착하는 이적도 가능했다. 이탄은 굳이 귀찮게 에디아니 군벌과 정상회담을 할 필요도 없었다.

한데 이탄은 이 좋은 권능을 써먹지 않았다. 그는 일부러 공식적인 외교루트를 동원하여 에디아니 군벌을 이번 사태에 끌어들였다.

'유령조직을 좀 더 강하게 압박하려면 간씨 세가만 단독으로 나서서는 곤란해. 70년 전 쥬신 제국의 마지막 숨통을 물어뜯을 때 가장 악랄하게 날뛰었던 곳이 에디아니 군벌이잖아? 아마도 에디아니가 본격적으로 보복 공격에 나서면 유령조직 녀석들은 등골이 오싹할걸? 하하하.'

이것이 이탄의 의도였다. 이탄은 나름 주도면밀한 계획

아래 일을 진행했다.

결론적으로 말해서 이탄의 의도는 100퍼센트 달성되었다.

에디아니 군벌은 버지니아 주 뷰캐넌 카운티에 숨겨져 있던 유령조직의 아지트를 찾아내서 철저하게 응징했다.

시즈너 가문은 쥬신 제국의 잔당 박멸 작전에 기사단을 3개나 동원했다.

말레우스 가문은 오래 전부터 음지에서 육성해온 암살단을 대거 파견했다.

가라폴로 가문의 폭격대도 작전에서 빠지지 않았다.

그 결과 이수민이 심혈을 기울여서 구축해 놓은 북미 지역의 점조직은 궤멸에 가까운 타격을 입었다.

이 비보를 전달받자마자 이공은 뒷목을 잡고 쓰러졌다. 요 근래 이공의 얼굴은 하루가 다르게 바짝 늙어갔다.

이수민도 큰 충격을 받았다.

이수민의 연락을 받은 뒤, 이채민도 더 이상 세상의 주목을 끌지 않고 황급히 언니 곁으로 복귀했다.

한편, 학선생이 받은 심리적인 타격은 이공이나 이수민이 받은 타격의 강도보다도 오히려 더 컸다.

"이런! 완전히 발각이 났구나. 폐하의 세력이 오대군벌의 감시망에 완전히 드러난 게야. 간씨 세가뿐만 아니라 에디아니 놈들도 우리의 존재를 이미 파악하고는 뒤를 추적 중이었어. 으으으으. 서둘러 살아날 구멍을 만들어야겠다."

오대군벌이 집요하게 추적을 하다 보면 결국 학선생의 이름이 거론될 수밖에 없었다. 그 즉시 학선생에게 최상급의 수배령, 혹은 척살령이 떨어질 것이 뻔했다.

"으으웃. 이 상황에서 내가 목숨을 건지려면 어떻게든 오대군벌에 한쪽 다리를 걸쳐놔야 해."

학선생은 애가 바짝 탔다.

몸이 달은 학선생은 유령조직의 핵심 장부들을 마구 빼돌렸다. 학선생은 이 장부들을 간씨 세가와의 협상 카드로 써먹을 요량이었다.

학선생이 조급해하면 할수록 그와 이공의 세력은 이탄이 쳐놓은 그물 속으로 점점 더 깊숙하게 엉켜드는 꼴이었다.

이 모든 일들이 이탄의 의도대로 이루어졌다. 이탄이 유령조직을 강하게 압박한 덕분에 학선생과 같은 간교한 자들이 조직을 배신할 마음을 굳히게 되었다.

이어서 이탄은 두 번째 목적도 달성했다. 15년 전 버지니아 주 뷰캐넌 카운티를 떠난 모친의 행방을 찾아낸 것이다.

에디아니 군벌이 본격적으로 들이닥치기 전, 이탄은 무

한공의 권능을 사용해서 버지니아 주의 적 아지트에 침투했다.

이탄은 그곳에서 모친에 대한 단서를 무려 세 가지나 찾아내었다.

이탄이 찾아낸 첫 번째 단서는, 그의 어머니가 공주를 섬기는 시녀라는 점이었다.

이탄은 피식 웃었다.

"공주라고? 옛 쥬신의 잔당이 어쭙잖게 황제 노릇을 하나 보지? 그러니까 감히 공주라는 명칭을 사용하겠지."

이탄이 찾아낸 두 번째 단서는, 그의 어머니가 15년 전 공주의 부름을 받아 아시아로 돌아갔다는 점이었다.

구체적인 행선지까지는 기록에 남아 있지 않았다. 다만 15년 전 이탄의 어머니가 탄 비행기가 사천성의 청도로 향했다는 점은 분명했다.

이탄이 찾아낸 세 번째 단서는, 어머니가 머물렀던 독방의 벽에서 발견되었다. 그곳에는 이탄의 어머니라는 여자가 끄적거린 낙서가 남아 있었다.

이탄은 그 낙서를 읽고는 머리가 멍했다.

태어나자마자 죽은 불쌍한 내 아이.
언제쯤 너의 모습이 내 기억에서 잊힐까?

원수의 땅에 어린 너를 파묻고 나만 홀로 북미로
오다니.

불쌍한 내 아가야, 부디 내세에서는 나같이 나쁜
어미 말고 행복한 가정에서 태어나렴.

독방 한구석에 기록된 이 글귀는 세월이 오래 흐르면서
퇴색되었다. 이제는 무슨 내용인지 잘 보이지도 않았다.

하지만 이탄은 이 글귀의 서체를 곧바로 알아보았다.

서원평의 보고서에는 이탄의 어머니가 남긴 편지와 가계
부 등도 포함되었는데, 이탄은 그 안의 글씨체와 아지트의
벽에 남은 글씨체가 동일인의 것임을 한눈에 파악했다.

'뭐야? 내 어머니의 아이가 이미 죽었다고? 그럼 나는
누군데?'

이탄은 '혹시 나에게 형제가 있었나?'라는 의심도 품어
보았다.

그건 아니었다. 서원평의 보고서에 따르면, 이탄의 부모
에게는 자식이 이탄 단 한 명뿐이었다.

세상에는 이 사실을 증명할 증인들도 한둘이 아니었다.

'아 놔 미치겠네. 뭔 인생이 이렇게 배배 꼬이나? 그럼
내 정체는 뭔데? 나는 누구의 자식인 건데? 어어엉?'

이탄은 술주정뱅이 목씨가 자신의 친아버지는 아닐 것이

라고 짐작해왔다. 아버지와 성이 다르다는 점이 결정적 이유였다.

한데 어머니마저 친모가 아닐 줄은 몰랐다. 정말 꿈에도 몰랐다.

"하아아아. 제기랄."

이탄은 허탈하게 한숨을 내뱉었다. 그런 다음 처음부터 다시 한 번 유령조직의 아지트를 뒤졌다. 이탄은 아예 무한시의 권능으로 시간마저 멈춰놓고서 아지트의 내부를 샅샅이 재조사했다.

그래 봤자 이탄이 손에 쥐는 것은 없었다. 그가 찾고자 하는 단서는 어디에도 남아 있지 않았다.

결국 오늘 이탄이 유령조직의 아지트를 탈탈 뒤져서 건진 것이라고는 미해결 수수께끼, 즉 출생의 비밀뿐이었다.

제5화
실키 가문의 초대장

Chapter 1

"더 이상의 조사는 무의미하구나."

이탄은 결국 조사를 중단했다.

이탄이 무한시의 권능을 해제했다.

째애애—애깍, 째애애깍, 째깍, 째깍.

멈춰졌던 시간이 다시 규칙적으로 흘렀다. 저 멀리 동쪽 하늘 아래서는 투타타타 소리가 희미하게 들렸다.

이것은 에디아니 군벌의 전투헬기 편대가 날아오는 소리였다. 이탄의 청력은 10 킬로미터 밖의 소리도 거뜬히 감지할 정도로 뛰어났다.

"아우, 골치 아파라. 이젠 나도 모르겠다."

이탄은 머리를 절레절레 내저은 다음, 무한공의 권능을 발휘하여 빛의 입자로 흩어졌다.

그렇게 물거품처럼 녹아버린 이탄의 몸뚱어리가 호텔 욕실 안에서 거짓말처럼 다시 뭉쳐졌다.

이제 이탄은 그만 북미 지역을 떠날 생각이었다.

워싱턴DC를 떠나서 간씨 세가로 돌아오는 전용기 안, 이탄은 서원평에게 뜬금없는 명령을 내렸다.

"풀어 줘."

"네에?"

서원평이 말귀를 알아듣지 못하고 우둔하게 눈만 껌뻑거렸다.

이탄은 서원평을 향해서 손가락을 휘휘 저었다.

"백호대에서 잡아들인 녀석들 있잖아. 그놈들을 다 풀어 주라고."

최근 백호대가 잡아들인 자들은 20여 년 전 이탄의 어머니를 집적거렸던 불한당들이었다.

이탄은 비록 모친에 대한 정이 한 톨도 남아 있지 않았으나, 그래도 모친을 희롱하던 자들을 그냥 내버려 둘 정도로 너그럽지는 않았다.

이탄의 명을 받은 백호대가 빈민가 등을 샅샅이 뒤져서

20년 전의 불한당들을 30명 이상 잡아들였다. 그리곤 모진 구타를 통해서 그들을 전원을 병신으로 만들어 버렸다.

한데 이제 보니 의미가 없는 짓이었다.

'내가 어머니라고 알고 있던 여인은 내 어머니가 아니었어. 그럼 나는 누구지? 서원평의 보고서에도 이에 대한 기록은 없잖아?'

이탄이 출생의 비밀을 알아내려면 15년 전 버지니아를 떠나서 사천성으로 돌아왔다는 그 여인을 찾아내는 수밖에 없었다. 그 여인의 입을 통해서 진실을 캐내는 수밖에 없었다.

'아오, 쌍!'

그 생각을 하자 이탄은 짜증이 확 치밀었다. 그래서 언성도 높아졌다.

"다 풀어주라니까. 내 말이 안 들리나?"

"네넵. 명을 받들겠습니다."

서원평은 황급히 머리를 조아렸다.

그 날 저녁, 영문도 모르고 백호대에 붙잡혀 왔던 사람들이 우르르 풀려났다. 그들은 심각한 불구가 된 채 들것에 실려서 집으로 돌아왔다.

"아이고, 아버지."

"이게 어쩐 일입니까? 어이구."

빈민가 여기저기서 울음소리가 터졌다.

이탄이 간씨 세가로 복귀하자 간영수의 회복 소식이 들려왔다.

간영수는 간철호와 남궁현화 사이에서 낳은 아들이었다. 원래 간영수는 몽골의 철도 사업을 맡아서 진행하다가 코로니 군벌의 습격을 받아 그만 사경을 헤매게 되었다.

이탄은 이에 대한 보복으로 코로니 군벌이 지배 중이던 블라디보스톡 시를 한 방에 날려버렸다.

그 간영수가 간씨 세가 의료진의 오랜 노력 끝에 자리를 털고 일어났단다. 이탄은 워싱턴DC에서 복귀하자마자 간씨 세가 북쪽에 세워진 병원부터 들렀다.

이 병원은 간씨 세가의 고위층만 전담하여 돌보는 곳이었다. 병원 복도에는 간영수의 친어머니이자 간철호의 셋째 부인인 남궁현화를 비롯하여 외할아버지인 남궁운식, 외삼촌인 남궁장호가 한 자리에 모였다.

남궁운식은 간영수의 외조부이기 이전에 간씨 세가의 원로부원주였다. 그리고 그의 아들인 남궁장호는 세가의 VIP들을 경호하는 현무대주였다.

"의장님, 오셨어요?"

이탄이 나타나자 남궁현화가 한달음에 달려와 이탄의 품

에 안겼다.

'몇 달 못 본 사이에 이 아줌마가 꽤나 적극적이 되었네.'

이탄은 남궁현화의 육탄돌격이 난감하였으나, 상대의 어깨를 가만히 토닥여주었다. 생각보다 남궁현화의 몸매는 육감적이었다.

남궁운식이 이탄에게 공손히 머리를 숙였다.

"의장님, 에디아니와의 회담은 잘 끝나셨습니까?"

"부원주께서 염려해준 덕분에 잘 끝났소."

이탄은 남궁운식에게도 부드럽게 응답했다.

이번에는 남궁장호가 이탄에게 인사를 올렸다.

"현무대주가 의장님을 뵙습니다."

남궁장호는 아예 이탄 앞에 한쪽 무릎을 꿇었다. 이탄이 보기에 남궁장호의 얼굴은 많이 해쓱했다.

'그동안 현무대주가 마음고생이 심했나 보구나.'

이탄은 남궁장호의 심정을 이해했다. 남궁장호가 마음고생을 할 법도 한 것이, 지금 병실에 누워 있는 간영수는 사사로이는 남궁장호의 조카이며, 공식적으로는 현무대가 지켜야 할 간씨 세가의 성골이었다.

그런 간영수가 적의 공격을 받아 사경을 헤매게 되었다. 사고가 터졌을 당시 현무대주인 남궁장호는 콱 죽어버리고 싶을 정도로 큰 죄책감을 느꼈다. 그리고 그 이상의 책임감이 남궁장호의 두 어깨를 짓눌렀다.

한데 간영수가 기적적으로 다시 회복했다.

그러니 이제 남궁장호도 죄책감을 덜고 한결 마음이 편해질 것이다.

이탄은 남궁장호에게 시선을 거두어 옆을 보았다.

남궁현화의 뒤쪽에는 간씨 세가의 의약당주와 의료원 소속 의사와 한의사, 그리고 힐러들이 바짝 긴장하여 부동자세로 서 있었다.

또한 그 옆에는 간영수의 두 부인과 자식 3명이 이탄을 향해 무릎을 꿇은 모습이었다.

이탄은 간영수의 식솔들을 향해서도 부드럽게 말했다.

"다들 자리에서 일어나거라. 다 함께 영수를 보러 들어가자꾸나."

이탄의 태도에 감격한 듯 남궁현화가 두 손을 꼬옥 모았다.

"아아, 의장님."

반면 남궁운식과 남궁장호는 의외라는 표정을 지었다. 그들이 기억하는 대지의 소서러는 자상함이라고는 찾아볼 수 없는 철혈의 군주였다.

"허어. 의장님이 달라지신 것 같군."

남궁운식이 혼잣말로 뇌까렸다. 그러면서도 남궁운식의 얼굴에 은은히 미소가 걸린 것을 보면, 그는 사위의 변화가 기쁜 듯했다.

Chapter 2

　　간영수가 묵고 있는 병실은 크고 화려했다. 이탄이 병실에 들어가자 간영수가 침대에서 벌떡 일어났다.

　　"의장님, 오셨습니까?"

　　간영수는 침대에서 황급히 벗어나 이탄에게 무릎을 꿇으려고 했다.

　　이탄이 손을 들었다.

　　"예의를 차릴 것 없다. 아직 몸이 완전히 회복되지 않았으니 그냥 침대에 있거라."

　　"아닙니다, 의장님. 저는 이미 다 나았습니다. 큭!"

　　간영수가 무리하여 일어나려고 하다가 허리를 잡고 신음을 흘렸다.

　　이탄이 눈썹을 찌푸렸다.

　　"어허. 그냥 있으라니까."

　　"알겠습니다, 의장님."

간영수는 그제야 침대에 다시 앉았다.

이탄이 의약당주를 돌아보았다.

"영수의 상태가 어떤가?"

"지금 셋째 도련님은 모든 신체 기능이 다 정상으로 돌아왔습니다. 부러진 갈비뼈가 아직 완전히 아물지 않아 거동은 조심하셔야 하지만, 그 밖에는 괜찮습니다. 마나홀도 서서히 회복되고 있어 앞으로 두어 달만 요양하시면 예전의 무력을 되찾을 것입니다."

의약당주의 보고는 고무적이었다.

남궁현화가 손수건을 꺼내 눈 밑을 찍었다.

"아아아. 이 모든 것이 의장님의 덕분이에요. 의장님, 고맙습니다."

남궁현화의 말이 떨어지기 무섭게 간영수의 두 부인과 자식들도 이탄을 향해 배꼽인사를 했다.

"의장님, 고맙습니다."

"정말 고맙습니다."

심지어 남궁운식과 남궁장호도 감사하다며 고개를 숙였다. 이탄은 남궁현화와 몇 마디 이야기를 더 나눈 뒤, 병원을 떠났다.

이탄이 자신의 집무실로 돌아오자 한가득 쌓인 서류가

그를 반겼다.

"어휴우."

이탄은 결재 업무를 후다닥 처리한 뒤, 욕실로 들어가 마사지를 받았다. 4명의 미녀에게 몸을 맡기고 있노라니 그동안의 피로가 싹 날아가는 기분이었다.

하지만 달콤한 휴식은 물거품처럼 빠르게 사라졌다. 그날 밤, 이탄은 예정에도 없이 언노운 월드로 복귀하게 되었다.

이탄은 간씨 세가의 일들을 어쩔 수 없이 분혼에게 맡겨놓았다.

"당분간 이쪽 세상에 좀 더 머무르려고 했는데……. 체엣."

이탄의 목소리에 아쉬움이 가득했다.

솔직히 말해서 이탄은 지금 언노운 월드로 돌아가고 싶지 않았다. 간씨 세가의 세상에서 처리해야 할 일이 산적해 있기 때문이었다. 출생의 비밀을 비롯하여, 불의 수호룡, 화염의 여제, 천공안 등등. 이탄의 눈앞에는 이런 복잡한 일들이 어른거렸다.

하지만 어쩔 수 없었다. 언노운 월드를 방치하기에는 그곳의 사정도 나름 급박했다. 이탄은 머리를 벅벅 긁었다.

"젠장. 바쁘네. 바빠. 이럴 때는 몸이 여러 개였으면 좋겠다."

이렇게 한탄을 하다 말고 이탄이 갑자기 멈칫했다.

"아! 나는 사실 이미 몸이 여러 개였구나."

새삼 깨달은 사실인데, 이탄은 분신술을 자유롭게 쓸 수 있을뿐더러 간철호에게 분혼도 심어놓았다.

그러니 몸이 여럿이면 좋겠다는 이탄의 말은 어폐가 있었다.

더군다나 솔직하게 말해서 요새 이탄에게 일복이 터진 이유는 그가 이 차원 저 차원에 오지랖 넓게 개입한 탓이었다.

다시 말해서 이탄은 몸이 하나뿐이라 바쁜 게 아니라 그놈의 오지랖이 문제였다.

"피잇. 그러고 보면 불평할 거리가 없잖아. 결국엔 다 내 탓이라고."

이탄은 이렇게 자책을 한 다음, 언노운 월드로 복귀했다.

이탄이 급하게 언노운 월드로 돌아온 이유는 피사노 싸마니야 때문이었다. 이탄은 복귀와 동시에 피사노교의 네트워크에 접속했다.

이탄의 왼쪽 눈 망막에 대화창이 떠올랐다.

이번 대화창은 다른 형제자매들은 배제된 채 오직 이탄

만이 단독으로 초대되었다. 초대자는 당연히 피사노 싸마니야였다.

⊚ [피사노 싸마니야] 검은 드래곤의 아들아.
⊚ [쿠퍼] 피사노 싸마니야 님, 저를 찾으셨습니까?

이탄은 갑자기 언노운 월드로 돌아오는 바람에 주변 상황 파악도 잘 되지 않았다. 그 혼란스러운 와중에도 이탄은 최대한 침착하게 싸마니야를 맞았다.
싸마니야가 밍니야를 입에 담았다.

⊚ [피사노 싸마니야] 지난달에 내가 너에게 네누이 밍니야를 보내겠다고 말하였다. 기억하느냐?
⊚ [쿠퍼] 싸마니야 님, 당연히 기억하고 있습니다. 사실 요새 저는 누이를 다시 만날 날만 손꼽아 기다리고 있습니다.

이탄이 냉큼 대답했다.
멀리서 싸마니야가 고개를 갸웃했다.

◎ [피사노 싸마니야] 손꼽아 기다린다고? 왜?

◎ [쿠퍼] 제가 비록 검은 드래곤의 아들로 태어났으되 비루한 양떼와 함께 부대끼며 살아야 하는 처지가 아니옵니까? 이것이 제게는 크나큰 치욕입니다. 사방에서 양 냄새만 진동하여 견디기가 어렵습니다. 하여 저는 하루 빨리 누이를 만나서 조금이나마 이 더러운 냄새들을 정화하고 싶습니다.

이탄의 혓바닥은 갑작스러운 와중에도 버터를 잔뜩 바른 듯 능숙하게 잘 돌아갔다. 이탄은 대놓고 백 진영을 냄새난다고 까버렸다.

Chapter 3

하소연에 가까운 이탄의 대답에 싸마니야가 잠시 움찔했다.

◎ [피사노 싸마니야] ……. 미안하구나. 너를 구역질나는 양떼의 사이에 방치한 것은 모두가 나의 부덕이로다. 나는 네가 더러운 양떼 사이에서 얼마나

고통스러울지 그 마음을 짐작하는 바이다.

　　◎ [쿠퍼] 헐!

　무의식 중에 이탄의 놀란 마음이 "헐."이라는 의성어로 튀어나왔다.

　순간 이탄이 움찔했다.

　네크워크에도 정적이 흘렀다.

　이탄이 이런 실수를 한 이유는 싸마니야의 사과가 너무나 의외였기 때문이었다. 피사노교의 특성상, 싸마니야가 혈육인 이탄에게 미안하다고 사과를 하는 것은 거의 불가능한 일이었다.

　이탄은 황급히 머리를 조아렸다.

　　◎ [쿠퍼] 싸마니야 님, 송구하옵니다. 제가 놀라서 그만 실언을 하였습니다. 용서해주십시오. 또한 저는 싸마니야 닢 앞에서 감히 신세를 한탄할 마음도 없었습니다. 교를 위해서라면, 그리고 싸마니야 님의 영광을 위해서라면, 저는 평생을 양떼 사이에서 뒹굴어도 괜찮습니다. 조금 전의 제 넋두리는 부디 잊어주시옵소서.

이탄이 열심히 용서를 구했다.

참으로 희한한 것이, 이탄이 입으로 사죄를 하는 동안 이탄의 허리는 꾸벅꾸벅 빈 허공을 향해서 절을 한다는 점이었다.

싸마니야가 멋쩍게 웃었다.

　⊗ [피사노 싸마니야] 어허허허. 너의 마음씀씀이가 참으로 갸륵하구나. 에잇. 마침 잘 되었도다.

　⊗ [쿠퍼] 싸마니야 님, 무엇이 잘 되었단 말씀이신지요?

이탄이 고개를 갸웃했다.

싸마니야의 답이 이어졌다.

　⊗ [피사노 싸마니야] 교에 일이 생겨서 내 너를 한번 불러들일까 고민하던 참이었느니라. 그러니 잘 되었지 뭐냐? 밍니야를 네게 보내는 대신 너를 직접 이곳으로 불러오마.

　⊗ [쿠퍼] 네에? 그게 무슨 개...... 헙!

이탄이 화들짝 놀랐다.

싸마니야의 말이 어찌나 놀라웠던지 하마터면 이탄은 "그게 무슨 개소리십니까?"라고 속마음을 드러낼 뻔했다.

오늘따라 실수가 잦은 이탄이었다.

물론 이탄은 "개소리"라는 단어를 다 내뱉기 전에 황급히 자신의 주둥아리를 틀어막았다.

싸마니야가 의문을 드러냈다.

⊗ [피사노 싸마니야] 으응? 지금 뭐라 했느냐?

⊗ [쿠퍼] 아무것도 아닙니다. 저를 교로 불러들이신다는 싸마니야 님의 감격스러운 말씀에 놀라서 저도 모르게 방언이 터졌습니다.

⊗ [피사노 싸마니야] 그러하더냐?

⊗ [쿠퍼] 그렇사옵니다.

이탄은 싸마니야의 미심쩍어하는 마음을 단호하게 차단했다.

다행히 싸마니야는 꼬치꼬치 캐묻지 않았다. 그냥 본론으로 들어갔다.

⊗ [피사노 싸마니야] 내가 어디까지 말했더라? 아! 그렇지. 밍니야를 네게 보내는 대신 너를 교로

불러들일 생각이다.

　　◉ [쿠퍼] 싸마니야 님……

이탄이 내심 울상을 지었다.

싸마니야는 이탄의 속마음도 모르고 신이 나서 설명했다.

　　◉ [피사노 싸마니야] 오늘 내가 너에게 닿기 전까지는 나도 마음의 결정을 온전히 내리지 못하였다. 너를 교로 불러들이는 일이 오히려 너에게 번거로움만 안겨주지나 않을까? 내 이런 우려를 하던 참이었느니라. 그런데 네가 마침 더러운 양떼 사이에서 고통을 겪고 있다고 하니 마침 잘 되었구나. 이참에 교에 한번 들리도록 하라. 그리하여 네 몸에 밴 구역질 풀풀 나는 양 냄새를 한 번에 씻어버리고, 너의 몸과 마음도 정화하도록 하여라. 크허허허.

싸마니야는 크게 선심이라도 쓰듯이 이탄에게 호의를 베풀었다.

물론 이탄의 입장에서는 이것이 전혀 호의가 아니었다.

다만 네트워크 대화창에는 이탄의 속마음과 전혀 다른 내용이 찍혔다.

⊗ [쿠퍼] 싸마니야 님, 감격, 또 감격이옵니다. 저는 오래 전 홀로 양떼 사이에 버려진 이래로 오로지 이러한 광영의 날이 오기만을 학수고대하였습니다. 제게 정화할 기회를 주셔서 정말 감사합니다.

이탄은 싸마니야에게 아부를 떨면서 속으로는 피눈물을 흘렸다.

'크흑. 요놈의 주둥아리가 문제야. 내가 왜 양떼 사이에 남아 있는 것이 수치스럽다고 말했을까? 아오, 젠장. 피사노교로 불려 가면 이것저것 골치 아픈 일들이 많을 텐데. 그러다 내 정체가 발각될 수도 있잖아?'

이탄은 정말이지 울고 싶었다.

'으아아, 망했다. 으아아아, 난 망했다고.'

이탄이 소리 없이 몸부림을 쳤다.

다행히 피사노교의 네트워크는 이탄의 생각만 전달할 뿐, 몸짓까지 싸마니야에게 전달해주지는 않았다. 게다가 이탄이 미리 마음을 나눠놓았기에 그의 생각이 대화창에 노출될 일은 없었다.

싸마니야는 이탄의 속마음도 모르고 푸근하게 아빠 미소를 지었다.

  ∞ [피사노 싸마니야] 으허허허. 검은 드래곤의 아들아. 네가 그리도 기뻐하니 나도 기쁘구나. 내가 백 진영 녀석들 몰래 너를 교로 데려올 방법을 강구하여 알려주마. 오로지 피사노의 이름으로 다시 전하마.

피사노 싸마니야는 늘 해왔던 멘트를 마지막으로 던졌다. 그런 다음 일방적으로 네트워크 대화를 종료했다.
"푸하!"
이탄은 꾹 눌러 참았던 숨을 한꺼번에 내뱉었다.

Chapter 4

"대륙에서 가장 부유한 곳이 어디인가?"
이 질문에 대한 답을 정확하게 할 수 있는 사람은 거의 없었다. 누가 얼마만큼의 부를 가지고 있는지 측량이 어렵기 때문이었다.

당장 쿠퍼 가문만 해도 그렇다. 쿠퍼 가문의 재산은 매 1초마다 무섭게 불어나는 중이었다. 그러니 사람들은 쿠퍼 가문이 얼마나 부유한지 그 정도를 정확하게 알 수가 없었다.

그래도 언노운 월드 사람들이 공통적으로 손에 꼽는 가문은 총 세 곳이었다.

대륙 북동부의 구퍼 가문.

대륙 남부의 아바니 가문.

대륙 서부의 실키 가문.

이 가운데 쿠퍼 가문은 광산 채굴과 무역, 농업, 토목, 제조 등 전 분야에서 두각을 나타내는 곳이었다.

언노운 월드의 백성들 중 대부분은 "그래도 남부의 아바니보다는 쿠퍼 가문이 더 부유하지 않을까?"라고 예상을 했다.

이어서 아바니 가문은 해양교역과 숙박업, 음식업, 군수물자 등으로 막대한 부를 축적한 곳이었다. 아바니는 언노운 월드에서 쿠퍼 가문과 부를 견줄 수 있는 유일한 대항마로 손꼽히는 곳이기도 했다.

쿠퍼 가문이나 아바니 가문에 비해서 실키 가문은 조금 낮은 평가를 받았다. 대륙의 서부가 동부나 남부에 비해서 인구가 적고 척박하기 때문이었다.

그렇다고 하더라도 실키는 언노운 월드를 통틀어서 능히 세 손가락 안에 꼽히는 부자 가문이었다.

실키 가문도 쿠퍼와 마찬가지로 무역으로 명성을 떨치고 있는데, 그들은 서부에서만 생산되는 특산품들을 동부로 가져와 좋은 가격에 판매하는 것으로 유명했다. 그러다 보니 쿠퍼 가문도 실키 가문과 매년 상당량의 물건들을 거래했다.

다른 한편으로 실키 가문에 대해서는 나쁜 소문도 떠돌았다.

"실키 가문은 정상적인 상인가문이 아니야."

"그들의 뿌리는 암상, 즉 다크 머천트라고."

이런 것들이 대표적인 소문이었다.

다크 머천트(Dark Merchant: 어둠의 상인)들은 정상적인 물건을 거래하지 않았다. 그들은 법에는 어긋나지만 이익이 많이 나는 불법 상품들, 예를 들어서 마약, 독약, 혹은 살인청부 같은 것들을 사고팔았다. 다크 머천트들은 사창가나 불법도박장에도 손을 대었다. 또한 그들은 장기매매나 인신매매에도 적극적으로 가담했다.

"다크 머천트의 꼭대기에 실키 가문이 있다며?"

"주변에 들리는 말로는 실키 가문과 거래를 하다가 실종된 상인들이 꽤 있다던데?"

오래 전부터 이런 소문들이 암암리에 퍼져나갔다. 그 결과 지금은 실키 가문이 곧 어둠의 상인들인 것처럼 인식되곤 했다.

바로 그 실키 가문으로부터 이탄에게 초대장이 날아왔다.

쿠퍼 가주님 친전.

친애하는 쿠퍼 가주님께 삼가 이 초대장을 보냅니다.

저희 실키 가문에서는 세상에 퍼진 오해를 불식시키고, 사상 유례가 없던 대규모의 교역을 추진하기 위하여 쿠퍼 가문의 가주님을 정중하게 초청합니다.

바쁘시더라도 부디 대륙의 서부를 방문하시어 저희들과 함께 사업을 의논할 수 있는 기회를 가지시기 바랍니다.

만약 가주님께서 저희의 초청에 응하실 마음이 있으시면 바로 말씀해주십시오. 귀하신 분을 모시기 위해서 저희는 만반의 준비를 다 하겠습니다.

만약 가주님께서 저희의 초청에 응하신다면, 쿠퍼 가주님께서는 저희 실키 가문뿐 아니라 아바니의 가주님도 함께 만나실 수 있을 것입니다.

8월 13일.

실키의 가주 말브라이드 배상

이탄은 초대장을 손에 쥐고 쭉 읽어 내려갔다.

"실키 가문의 집사장이 이 편지를 직접 들고 방문했다고?"

이탄이 세실 집사장에게 물었다.

세실은 고개를 끄덕였다.

"그렇습니다, 가주님. 제가 실키 가문의 집사장과 안면이 있는데, 분명 본인이 맞습니다."

"집사장, 이 초대를 어찌하면 좋겠나?"

이탄이 세실의 의견을 물렀다.

이탄은 쿠퍼 가문의 실제 주인이 아니었다. 쿠퍼 가문의 실소유주는 어디까지나 모레툼 교단이었다. 이탄은 은화 반 닢 기사단에서 앞혀 놓은 바지 사장에 불과했다.

지금 이탄이 세실의 의견을 물어본 것은 "내가 이 초대에 응할지 말지 은화 반 닢 기사단에서 정해주쇼."라는 의미였다.

세실은 쿠퍼 가문의 노련한 집사장이기 이전에 은화 반 닢 기사단 소속 요원이었다. 이탄을 전담하는 389호 보조

요원이 세실의 진짜 정체였다.

세실이 이탄을 향해 공손히 고개를 숙였다.

"가주님께서 명석하신 판단을 내리실 수 있도록 제가 실키 가문에 대한 정보를 좀 모아왔습니다."

세실은 이탄에게 서류 하나를 올렸다.

이탄이 서류철을 펼치자 그 사이에서 암호문이 툭 튀어나왔다. 이탄은 그럴 줄 알았다는 듯이 피식 입꼬리를 비틀었다.

종이에 적힌 암호문은 다음과 같았다.

초랑대피 응지할림 것능. 웨민스키트롬 인가정 피.

이탄은 마음속으로 암호문의 첫 글자만 따서 읽었다.

'초대 응할 것. 퀘스트 인정.'

은화 반 닢 기사단의 원로기사들은 이 내용을 이탄에게 전달했다.

이탄으로서는 솔직히 의외였다.

'허어! 은화 반 닢 기사단의 그 꽉 막힌 노친네들이 이런 결정을 내렸다고? 실크 가문의 초대에 응하기만 하면 되는데, 이렇게 쉬운 일을 퀘스트로 인정해 준다고? 물론 나야

좋지만, 대체 무슨 꿍꿍이지?'

이탄이 이런 고민을 하고 있을 때였다.

세실이 은근히 조언을 해주었다.

"실키 가문은 우리 쿠퍼 가문에 도움이 되는 것을 가지고 있는 중요한 교역 파트너입니다. 전대 가주님께서도 실키 가문과 우호적인 관계를 맺고 도움을 받아내려고 꾸준히 노력하셨지요."

"오!"

이탄의 머릿속에 램프가 반짝 켜졌다.

제6화
퀘스트 9: 싹 틔우기

Chapter 1

이탄의 뇌리에는 공식 2개가 연달아 떠올랐다.

쿠퍼 가문에 도움이 되는 것 = 은화 반 닢 기사단에 도움
이 되는 것
전대 가주의 꾸준한 노력 = 은화 반 닢 기사단의 꾸준히
노력

이 공식들이 이탄의 눈을 밝혀주었다.
'오호라! 다시 말해서 은화 반 닢 기사단의 노친네들이
원하는 바가 따로 있단 말이지? 아마도 실키 가문에서 얻

어내야 할 물건이 있나 봐. 그러니까 이번 퀘스트는 그것을 가져오라는 뜻이네.'

이탄은 비로소 퀘스트가 내려진 이유를 파악했다.

대신 또 다른 의문이 들었다.

'희한하다? 어쩐지 세실이 나를 마구 도우려는 느낌인데? 딱딱하기만 하던 집사장이 왜 이렇게 협조적이 되었지? 집사장과 나는 그저 업무적 관계일 뿐인데?'

이탄은 약간 얼떨떨했다.

사실 이와 같은 일이 발생한 근본 배경은 이탄에 대한 오해 때문이었다.

이탄은 모레튬 교단의 신관 노릇을 하면서 한 가지 습관이 몸에 배었다.

타인에게 무심한 척하면서 뒤로는 살짝 돕는 것.

이것이 이탄의 몸에 밴 습관이었다.

이탄에게 이런 습관이 생긴 이유는 단순했다. 이탄은 장차 모레튬의 신도가 될 만한 사람들, 즉 은화 한 닢을 미끼로 평생 뽕을 뽑아먹을 만한 희생양(?)을 본능적으로 잘 물색해내었다. 그런 다음 그 희생양들을 무심한 척 뒤에서 도와주었다.

어떻게 보면 이것은 일종의 어장 관리였다.

당연히 이탄은 어장을 관리하되 어장 속 물고기에게 마

음을 내주지는 않았다.

'세상에서 나처럼 억울한 언데드가 또 어디에 있겠어? 내가 세상에서 제일 불쌍한데 다른 사람들에게 줄 마음이 어디 있어.'

이탄의 마음 깊은 곳에는 이와 같은 억울함이 도사렸다. 이것이 이탄 특유의 무심함과 무뚝뚝함으로 표현되었다.

그런데 이 두 가지 묘한 케미를 만들었다.

어장 관리 .VS. 억울감.

서로 다른 두 가지 성향이 묘하게 조합되면서 이탄은 '겉보기로는 무심한데, 뒤로는 은근슬쩍 도와주는 캐릭터'로 사람들에게 인식되었다.

이탄의 이러한 태도가 일부 사람들—사실은 주로 여자들—에게 오히려 더 큰 감동으로 다가왔다.

대표적인 사례를 들자면, 몇 년 전 이탄은 과이올라 시의 괴변을 조사하다가 곤경에 빠진 보조요원들을 무심하게 도와주었다.

또 있었다. 최근 이탄은 솔노크 시에서 '까마귀 깃털 고르기 퀘스트'를 수행하면서 무심한 척 보조요원들의 성과를 챙겨주었다.

덕분에 은화 반 닢 기사단의 보조요원들 사이에서는 49호(이탄)의 인기가 폭등 중이었다. 그리고 그 배후에는 단

발머리 요원 333호가 존재했다.

오늘날 세실이 이탄을 적극적으로 돕는 것도 다 이런 배경 때문이었다. 비록 이탄은 그 이유를 평생 짐작 못 하겠지만 말이다.

이탄이 실키 가주의 초대를 받아들인 그 날 저녁, 은화반 닢 기사단의 원로기사들은 퀘스트의 명칭을 확정해서 내려 보냈다.

싹 틔우기

이것이 퀘스트의 정식 명칭이었다. 이탄이 은화 반 닢 기사단으로부터 부여받은 아홉 번째 퀘스트 말이다.

"싹 틔우기라니? 이게 무슨 뜻일까?"

이탄이 고개를 갸웃했다.

지금까지 이탄이 받은 퀘스트들은 그 명칭에 특별한 의미가 내포된 경우가 대부분이었다.

예를 들어서 '다람쥐 배송 작전'은 레오니 추기경(다람쥐)를 은화 반 닢 기사단까지 배송하라는 뜻이었다.

'천둥새 작전'에서 천둥새는 마르쿠제 술탑의 술법사들이 등장할 때마다 하늘에서 천둥이 내리치는 점에 착안하여 퀘스트의 명칭이 정해졌다.

이탄이 가장 최근에 완료한 '까마귀 깃털 고르기'에서 까마귀 깃털이란 미유 주교를 살해한 범인을 지칭하는 단어였다.

"이번에도 분명히 무슨 의미가 있을 것인데……. 쿠퍼 가문과 실크 가문 사이에 우정의 싹을 틔우라는 뜻인가?"

이탄은 궁금함을 느꼈다.

엉뚱하게도 333호가 이탄의 궁금증을 해결할 단서를 가져다주었다.

이틀 뒤인 8월 15일 밤, 333호는 원로기사들이 시키지 않았는데도 스스로 자료를 열심히 발췌하여 이탄에게 제공했다.

"49호 님, 이것은 교황청의 서고에 보관 중인 고서를 복사해온 것입니다."

"그래?"

이탄은 눈을 반짝이며 333호가 건네준 종이뭉치를 받아들었다.

333호가 속삭이듯 입술을 놀렸다.

"49호 님, 제가 파악하기로는 교단의 높으신 분들은 실키 가문으로부터 반드시 받아내야 할 게 있다고 합니다. 아마도 이번 퀘스트의 성패는 그것을 확보하느냐 마느냐에 달려 있는 것 같습니다."

"아!"

이탄이 손으로 자신의 이마를 쳤다.

처음에 이탄에게 내려진 퀘스트는 '실키 가문에만 그냥 다녀오라.'는 것이었다. 그 이야기를 들은 뒤, 이탄은 이번 퀘스트가 너무 쉽다고 의아해했다.

한데 알고 보니 이번 퀘스트의 성패는 다른 곳에 있었던 것이다.

'하아아. 그러면 그렇지. 은화 반 닢 기사단의 늙은 영감탱이들이 그렇게 마음씨가 좋을 리 없지.'

이탄은 한숨이 절로 나왔다.

하지만 다시 곰곰이 생각해 보니 퀘스트의 난이도가 높은 편이 오히려 더 마음이 편했다.

Chapter 2

이탄이 333호에게 물었다.

"그래서, 내가 실키 가문으로부터 무엇을 되찾아오면 되는데?"

333호가 울상을 지었다.

"죄송합니다. 목표가 뭔지 모르겠습니다."

"뭐야? 너도 모른다고? 그럼 원로기사님들께 직접 물어봐야 하나?"

333호는 거듭 도리질을 했다.

"어려울 겁니다. 어르신들께서도 구체적으로 어떤 물건을 되찾아 와야 하는지 모르시는 것 같습니다."

"허어, 이게 뭔 짓거리야? 나 같은 전투요원을 움직이려면 명확하게 타겟을 정해줘야 하는 것 아냐."

이탄이 역정을 내었다.

333호는 더더욱 울상이 되었다.

"49호 님, 이번 퀘스트는 은화 반 닢 기사단이 아니라 더 높은 곳에서 요구된 것이란 소문이 있습니다. 그래서 원로기사님들도 이번 퀘스트의 진정한 목적에 대해서는 자세히 모르시는 것 같습니다."

"끄으응."

이탄이 손으로 이마를 짚었다.

다행히 333호가 새로운 단서를 제시했다.

"49호 님, 그래서 제가 교황청에서 일하는 지인을 통해서 고서의 일부를 복사해왔습니다. 모레툼 교단의 오랜 역사 가운데 실키 가문과 관련된 부분을 발췌한 것들입니다. 저는 그저 조금이라도 49호 님께 도움이 될까 싶어서⋯⋯."

333호가 말꼬리를 흐렸다. 3개의 달빛 아래서 333호의 목덜미가 발그레 달아올랐다.

이탄은 333호의 마음도 모르고 그녀가 건네준 복사본에만 주목했다. 그러다 이탄이 고개를 반짝 들고 희미하게 미소를 지었다.

"고맙다. 333호."

이 짧은한 마디면 충분했다.

"넹, 49호 님."

333호는 헤벌쭉 웃으면서 돌아갔다. 냉철한 요원이던 333호의 입에서 코맹맹이 소리가 나온 것은 단연코 이번이 처음이었다.

이탄은 집무실로 돌아온 뒤, 333호가 복사해준 고서를 탐독했다.

고서의 내용은 크게 3개의 단락으로 구분되었다.

이 가운데 첫 번째 단락은 모레툼의 가호에 대한 설명이었다.

고서에 따르면, 자비의 신 모레툼—자비라고 쓰고 고리대금업이라 읽는다—이 자신을 섬기는 신관에게 내려주는 가호는 무려 4,000종이나 존재했다. 이 가호들 가운데 어떤 것들은 서로 연결이 되어 있었다. 이런 가호들은 업그레이드를 통해서 다음 가호로 발전하는 방식을 취했다.

여기까지는 이탄도 이미 알고 있던 바였다.

예를 들어서 이탄이 처음 신관이 되었을 때 하사받은 가호는 '방패의 가호'였다.

오래 전, 이탄이 라폴 도서관에서 읽은 편람에 의하면, 방패의 가호는 4,000종의 가호 가운데 1,850번으로 책정되었다.

이탄이 방패의 가호를 한창 활용할 당시, 그는 16개의 빛의 방패를 60분간 소환할 정도로 능숙하게 연마했다.

이 정도면 주교급 역량이었다.

그러다 이탄이 가진 방패의 가호가 한 단계 업그레이드되었다. 1,850번에 불과하던 가호가 3,024번인 '지둔의 가호'로 진화한 것이다.

현재 이탄은 지름 350 미터가 넘는 대지의 방패를 소환할 수 있는데, 모레툼 교단에서 이 정도의 능력은 몇몇 성기사들과 추기경들만 갖추었다.

또한 궁극적으로 지둔의 가호는 '천둔의 가호'로 업그레이드가 가능했다.

'편람에 따르면 천둔의 가호는 3,994번이었지.'

이탄은 예전에 읽은 기억을 되새겼다.

라폴 도서관의 편람에 따르면 3,900번 이상의 가호들은 가히 교황급의 권능이라 평가되었다. 그리고 천둔의 가호는 이 교황급 권능에 당당히 포함되었다.

업그레이드에 대한 예는 방패의 가호만이 아니었다. 이탄이 가진 가호들 가운데 '은신의 가호'도 '분신의 가호'로 업그레이드가 가능했다. 은신의 가호는 1,733번인 반면, 분신의 가호는 무려 3,004번으로 책정되었다.

"그게 중요한 것이 아니지. 라폴 도서관에서 보지 못했던 내용이 여기에 담겨 있잖아."

과거에 이탄이 읽었던 편람에는 교황급 가호 10개 가운데 3개가 누락되었다. 누군가가 해당 페이지를 찢어간 탓이었다.

한데 이탄이 지금 읽는 복사본에는 예전에 보지 못했던 내용이 모두 채워져 있었다. 교황급 가호 10개가 온전하게 기술된 것이다.

이탄은 이 가호들을 하나씩 꼼꼼하게 살폈다.

교황급의 가호 가운데 3,991번인 연은의 가호는 이미 이탄이 가지고 있는 권능이었다. 이탄은 특이하게도 처음 모레툼의 신관이 되었을 때부터 무려 교황급의 가호 가운데 하나인 연은의 가호를 하사받았다.

이것이 얼마나 엄청난 일인지, 이때까지만 해도 이탄은 미처 알지 못했다.

이탄뿐만이 아니었다. 모레툼 교단의 그 누구도 이탄이 연은의 가호를 가졌다는 점을 몰랐다.

이탄이 밝히지 않아서였다. 이탄은 자신의 무력이나 능력을 남에게 과시하지 않는 편이었다. 좋게 말하면 이탄이 겸손한 것이고, 나쁘게 보자면 이탄의 성격이 어둡고 음흉하다는 뜻이었다.

이탄이 페이지를 넘겼다.

3,991번에 이어서 그 다음은 나락의 가호였다.

이 가호는 모레툼을 믿지 않는 불신자들의 정신을 공격하여 나락에 빠진 듯한 느낌을 주는 것이 특징이었다. 일종의 광역 신성 공격이라 보면 되는데, 그 범위가 어마어마하여 한 방에 어지간한 대도시 전체를 패닉에 빠트릴 수도 있었다.

3,883번은 법륜의 가호였다.

이 가호를 가진 교황은 수십 킬로미터가 넘는 빛의 수레바퀴를 소환하여 그것으로 적들을 단숨에 쓸어버린다고 적혀 있었다.

3,884번은 천둔의 가호였다.

방패의 가호가 수 미터 크기의 빛의 방패를 소환하고, 지둔의 가호가 수백 미터 크기의 대지 속성의 방패를 소환한다면, 천둔은 수십 킬로미터가 넘는 바람 속성의 방패를 만들어 내는 것이 특징이었다.

이어서 3,885번은 성염의 가호였다.

성염의 가호를 하사받은 교황들은 1 킬로미터 안팎의 성스러운 불을 하늘에 소환하여 적진에 불벼락을 떨어뜨릴 수 있었다.

영역이 1 킬로미터에 불과하면 광역 스킬이라고 부르기는 힘들었다.

대신 이 성염은 흑 속성의 마법사나 전사, 그리고 몬스터들에게 치명적인 타격을 안겨주는 것이 장점이었다. 게다가 신성력으로 만들어낸 성염이기에 물이나 얼음 마법으로는 잘 꺼지지도 않았다.

Chapter 3

3,886번은 빙뢰의 가호였다.

이 가호를 지닌 교황들은 하늘에서 한 줄기의 얼음벼락을 소환하곤 했다.

신성력으로 만들어진 빙뢰도 성염과 마찬가지로 흑마법사나 몬스터, 그리고 악마종에 치명적이었다.

오래 전의 역사서를 보면, 언노운 월드 전체를 패닉으로 몰아갔던 부정 차원의 악마종을 당시 모레툼의 교황이 빙뢰의 가호 몇 방으로 물리쳤다는 기록이 아직도 생생했다.

여기까지는 이탄도 이미 알고 있던 바였다. 이탄은 그 후의 내용을 흥미롭게 읽어 내려갔다.

"찢어져서 못 봤던 페이지를 드디어 보는구나."

이탄은 서둘러 다음 페이지를 넘겼다.

3,887번은 발아의 가호라는 이름이 붙었다.

이 독특한 명칭의 가호는, 연은의 가호를 하사받은 신관이 그것을 한 단계 업그레이드해야 비로소 도달할 수 있는 단계였다.

하지만 구체적으로 발아의 가호가 과연 어떠한 기능을 발휘하는지는 고서의 복사본에도 적혀 있지 않았다.

"뭐야. 궁금증만 더 커졌잖아."

이탄이 가볍게 투덜거렸다.

이어서 이탄은 페이지를 한 장 더 넘겼다.

3,888번은 구현의 가호였다.

이 가호 또한 발아의 가호와 비슷했다. 구현의 가호는 발아의 가호를 한 단계 업그레이드해야만 획득이 가능했다. 구현의 가호가 어떠한 이적을 일으키는지는 고서에도 남아 있지 않았다.

3,889번은 멸법의 가호였다.

멸법의 가호는 구현의 가호의 진화형이었다. 그 밖에 멸법의 가호에 대한 자세한 내용은 기술되어 있지 않았다.

마지막으로 4,000번인 창조의 가호.

333호가 복사해준 고서에 따르면, 창조의 가호는 연은, 발아, 구현, 멸법이 모두 모여야 비로소 연마할 수 있으며, 창조의 가호야말로 4,000종 가호들의 최종완성형이라고 적혀 있었다.

"야아, 따지고 보면 연은의 가호가 시작점이었네? 연은, 발아, 구현, 멸법, 그리고 창조로 이어지는 5단계 진화의 시작 포인트가 바로 연은의 가호였어. 내가 참 대단한 가호를 하사받았었구나."

이탄이 기분 좋게 뇌까렸다.

첫 번째 단락을 읽을 때까지만 해도 이탄은 나름 기분이 좋았다. 자신이 신으로부터 뛰어난 보물을 하사받았다는데 기분이 나쁠 신관은 세상에 없을 것이다.

한데 두 번째 단락이 문제였다. 복사본의 두 번째 단락에 기술된 다음의 내용이 이탄을 충격으로 몰아넣었다.

4,000개의 가호 가운데 교황급 가호는 3,991번부터 시작하여 4,000번까지 총 10개로 알려져 있다.

하지만 이것은 거짓이다.

역대 교황들에게 허용된 가호는 3,992번부터 3,996번까지 딱 5개뿐이다. 나를 비롯하여 우리 모레툼 교단의 역대 교황들은 적의 정신을 나락으로 떨어뜨리고, 빛의 수레바퀴나 바람의 방패를 폭발시켜 적들을 몰살시키고, 성스러운 불과 얼음벼락으로 적을 징벌할 수는 있으나, 나머지 5개의 가호는 접근이 원천적으로 차단되었다.

왜냐하면 나머지 5개 가호는 모레툼 님으로부터 연은의 가호를 하사받은 자만이 접근이 가능하기 때문이다.

태초에 모레툼 님께서 말씀하시기를, "나는 땅에 쓰러진 자를 일으켜 세우는 자이니 나로 말미암아 세상에는 더 이상 쓰러진 자가 없을지니라." 하셨다.

이어서 말씀하시기를, "언젠가 내가 너희들의 세상에 내려갈 것이로되, 그때 나는 물질을 은으로 바꾸는 능력을 가져가 땅에 쓰러진 자들에게 은을 쥐여주려 한다. 너희는 나의 뜻을 받들어 은을 소중히 하라." 하셨다.

이상이 고서에 기록된 이야기였다. 이 부분을 읽고 난 뒤, 이탄은 두 손을 부들부들 떨었다.

콰콰쾅!

이탄의 귓가에는 이명처럼 천둥소리가 울리는 듯했다. 이탄은 머리가 멍하고 아무런 생각도 나지 않았다.

"누가 쓴 거야? 누가 감히 이 따위 글을 쓴 거냐고?"

이탄이 어금니를 꽉 물었다.

지금 이탄의 손에 들린 서류는 원본 서적이 아니라 복사본이었다. 그것도 책의 일부분만 복사한 발췌본이라 두 번째 단락을 누가 적었는지는 알 길이 없었다.

다만 글 중에 '나를 비롯하여 우리 모레툼 교단의 역대 교황'이라고 표현된 부분으로 보건대, 화자는 오래 전 모레툼 교단의 교황들 가운데 한 명임에 분명했다.

이탄은 두 눈을 부릅떴다. 그런 다음 두 번째 단락을 맨 처음부터 한 글자 한 글자 소리 내어 읽어 내려갔다.

"언젠가 내가 너희들의 세상에 내려갈 것……, 물질을 은으로 바꾸는 능력을 가져가……, 쓰러진 자들에게 은을 쥐여주려……. 하아! 빌어먹을."

이탄이 욕과 함께 복사본을 내팽개쳤다.

물질을 금으로 바꾸는 것을 '연금술'이라 일컫는다.

그렇다면 과연 물질을 은으로 바꾸는 기술을 무엇이라 부르겠는가?

당연히 정답은 '연은술'일 것이다.

이탄이 검지를 곧게 폈다.

츠츠츠츠츳—.

이탄의 손가락 끝에 모인 산소와 질소가 어느새 은으로

바뀌었다. 그 은이 가느다란 은실이 되어 20 센티미터 길이로 자라났다.

이탄은 눈앞에 형성된 은실을 보면서 중얼거렸다.

"이게 바로 연은의 가호잖아. 오래 전 트루게이스 시에서 신관 노릇을 할 때부터 나는 이 능력을 가지고 있었다고. 그런데 그때까지만 해도 이 가호는 영 맹탕 같았단 말이지. 은을 만드는데 신성력이 많이 드니까 이 능력으로 은화를 마구 찍어낼 수도 없고, 그렇다고 전투에 도움이 되는 가호도 아니고."

지금까지 이탄은 연은의 가호가 영 쓸모없다고 무시해왔다.

"그런데 뭐? 모레툼 님이 언젠가 이 세상에 내려오신다고? 그때 그분께서 물질을 은으로 바꾸는 능력을 가지고 오시겠다고? 그럼 뭐야? 내가 모레툼 님의 현신이라도 된다는 소리야, 뭐야?"

Chapter 4

"크응!"

이탄은 콧방귀를 세게 뀌었다. 그리곤 화가 난 듯 목에 붙여놓은 혈적을 잡아 뜯고서 머리통을 몸에서 확 분리했다.

이탄은 머리를 목 위 20 센티미터로 들어 올린 상태에서 거울에 비친 자신의 모습을 노려보았다.

"자! 이 꼴을 보라지. 내가 만약 신의 현신이라고 치자. 그렇게 위대한 존재가 마녀의 실험체로 끌려가서 덜컥 목이 잘리고 듀라한이 되어버렸다는 게 말이 돼? 응? 거울 속의 이 바보 같은 꼴을 보라고? 어디로 봐서 이 모습이 선한 신이겠어? 정체를 숨기고 평생을 음지에서 살아야 하는 비참한 언데드에 불과하지. 그러니까 저 복사본이 잘못된 거야. 이건 사기라고, 사기."

이탄이 단호하게 외쳤다.

이탄은 복사본의 내용을 믿지 않았다. 믿고 싶지도 않고, 믿을 수도 없었다. 이탄의 가슴 속 저 밑바닥에서 울컥하는 감정이 치밀어 올랐다.

이탄이 다시 그 감정을 가라앉히기까지는 제법 오랜 시간이 걸렸다. 한참 만에 이탄이 다시 머리를 목에 끼웠다.

찰칵!

머리가 맞물려 들어가는 소리가 경쾌하게 울렸다.

이탄은 목 위에 혈적을 둘러서 흉터를 감춘 다음, 다시 탁자에 앉았다. 그리곤 신경질적으로 내팽개쳤던 고서의 복사본을 다시 손에 잡았다.

일단 이탄은 조금 전에 읽은 두 번째 단락에 대해서는 깊게 생각하지 않기로 마음먹었다.

"괜히 쓸데없는 소리에 휘둘리지 말자. 그 가당치도 않은 이야기는 신경 쓰지 말고, 마지막 세 번째 단락이나 마저 읽어야지."

이탄은 복잡한 상념들을 머릿속에서 싹 지워버렸다. 그런 다음 복사본을 탐독했다.

복사본의 세 번째 단락은 역대 모레툼 교황에 대한 정보를 담고 있었다.

앞의 두 단락에 비해서 이 부분은 지루하기 짝이 없었다.

반면 이 세 번째 단락이 페이지 수는 제일 많았다. 이탄은 초반에는 꼼꼼히 정보들을 읽다가 어느 순간부터 휙휙 넘겼다.

그러던 한 순간이었다.

"응?"

이탄이 눈을 번쩍 떴다.

<<13대 교황 백서 ─ 서부의 중소 상인가문의 어린 소년 누암 실키가 모레툼 교단의 교황이 되기까지>>

이 대목이 이탄의 눈길을 잡아끌었다. 이탄은 13대 교황 누암 실키에 대한 이야기를 처음부터 다시 읽었다.

누암이 태어났을 당시만 해도 실키 가문은 지금처럼 막대한 부를 쌓은 거목이 아니었다. 그저 대륙 서부에서 이름이 조금 알려진 상인가문에 불과했다.

게다가 누암은 가문의 적장자도 아니었다.

"가문은 형이 물려받을 테니 나는 더 큰 세상으로 나가야겠다."

어린 누암은 용기와 야망을 고루 갖춘 인재였다. 그는 16세의 나이로 가문을 떠나 대륙의 동부로 건너왔다.

그 후 누암은 모레툼의 신관이 되었고, 뛰어난 상재와 머리를 인정받아 주교와 추기경의 자리를 차례로 거쳤다.

그런 누암이 마침내 모든 라이벌들을 물리치고 모레툼 교단의 13대 교황이 되기까지의 기록이 보고서 안에 연도별로 요약되었다.

교황이 된 이후, 누암은 서부와 교역을 통해 모레툼의 재산을 한 층 확장하는 데 심혈을 기울였다.

이를 계기로 모레툼 교단도 번성하였지만, 서부의 실키 가문도 갑자기 급성장했다. 그러면서 자연스럽게 서부의 특산품들도 동부로 많이 넘어왔다. 대신 모레툼 교단의 여러 가지 성물들도 대륙 서부로 이동했다.

교황인 누암은 이것을 포교 활동이라 일컬었다.

문제는 누암이 갑작스럽게 죽으면서 터졌다.

누암의 뒤를 이은 14대 교황은 대륙 서부와의 교역을 대폭 축소했다. 서부로 넘어갔단 교단의 성물들도 다시 회수해야 한다고 주장했다.

새 교황의 뜻에 따라 모레툼 교단과 실키 가문 사이의 거래는 급속히 축소되었다. 성물들도 대부분 다시 교단으로 돌아왔다.

"혹시 실키 가문에 성물이 남아 있나? 그걸 회수하라는 뜻일까?"

이탄은 처음에 성물 회수가 퀘스트의 목적일 것이라 예상했다.

하지만 복사본에 적힌 다음 글귀를 보고는 곧바로 생각이 바뀌었다.

성력 311년 3월 11일.

14대 교황 성하께서 크게 진노하시다.

이날 성하께서 추기경들을 모아놓고 말씀하시기를 "전임자가 우리 모레툼교를 말아먹으려고 작정한 것이 틀림없도다. 그게 아니라면 어떻게 신의 가호와 관련된 중요한 실마리를 제 가문에 넘겨줄

수가 있더란 말이냐."라 하셨다.

추기경들은 고개만 숙이고 답이 없었다.

이상이 복사본에 박혀 있는 내용이었다.

이탄은 눈을 동그랗게 떴다.

"뭐야? 14대 교황의 전임자라면 13대 교황인 누암 실키잖아. 그런데 뭐? 누암이 신의 가호와 관련된 중요한 실마리를 실키 가문에 넘겨주었다고? 아! 이제야 알겠구나. 교황청의 높으신 분들은 아마도 이 실마리를 되찾기를 원한 거야."

여기서 이탄은 한 번 더 머리를 굴렸다.

"한데 신의 가호에 대한 실마리가 뭐가 있을까? 4,000종의 가호들은 신관이 될 때 자비로우신 모레툼 님으로부터 하사를 받는 것일 뿐 특별히 실마리가 필요하지는 않은데?"

이탄이 가진 지식에 따르면, 가호 자체에 대한 실마리는 있을 수가 없었다.

"특정 가호를 진화시키는 방법에 대한 실마리라면 모를까. 아!"

이탄이 갑자기 벌떡 일어났다.

가호의 진화.

교황청의 높으신 분들의 관심사.

교황급의 가호.

이와 같은 단어들이 이탄의 머릿속에서 차례로 연결되었다. 그러다 급기야 이탄의 생각이 5개의 가호에 꽂혔다. 교황급 가호들 가운데 역대 교황에게는 허락되지 않았다는 비밀스러운 5개의 가호!

이탄이 숨을 몰아쉬듯 뇌까렸다.

"연은의 가호가 진화하면 발아의 가호라고. 그리고 그 다음이 구현의 가호, 멸법의 가호, 그리고 가장 마지막의 창조의 가호까지 순차적으로 연결되는 거지. 그렇구나! 이번 퀘스트의 목표는 발아의 가호였어. 발아의 가호. 아아아!"

이탄은 10개의 손가락을 자신의 머리카락 속에 콱 박아넣고는 집무실 안을 미친 듯이 서성였다.

Chapter 5

대체 '발아'가 무슨 뜻인가?

씨앗이 싹을 틔우는 것이 곧 발아(發芽)이다.

그렇다면 이번에 이탄에게 떨어진 퀘스트의 명칭이 무엇인가?

다름 아닌 '싹 틔우기'다.

"이런, 이런. 이제야 퍼즐이 착착 맞아떨어지는구나."

이탄은 두 주먹을 불끈 쥐었다.

333호의 분석에 따르면, 이번 퀘스트는 교황청의 높으신 분이 직접 내렸단다. 은화 반 닢 기사단의 어르신들도 이번 퀘스트에 대해서는 잘 모른단다.

그렇다면!

이번 퀘스트의 이름도 은화 반 닢 기사단의 노친네들이 지은 게 아닐 것이다. 교황청의 높으신 분, 예를 들어 추기경급 인물이 직접 퀘스트명을 정했을 것이다.

"그 추기경은 발아의 가호를 원하고 있어. 연은의 가호를 진화시킬 방법을 찾고 있다고. 과연 그게 누구냐? 누가 모레툼의 현신을 찾는 거냐?"

이탄이 으르렁거렸다.

조금 전까지만 해도 이탄은 모레툼의 현신을 부정했다.

한데 세 번째 단락을 읽으면서, 그리고 이 세 번째 단락이 퀘스트의 명칭과 관련이 있다는 사실을 깨달으면서 이탄의 생각도 확 바뀌었다.

'모레툼의 현신? 그딴 것은 모르겠다. 하지만 교황청의 힘 있는 누군가가 발아의 가호를 찾고 있어. 그 누군가는 분명히 5개의 연계 가호들에 대한 지식도 가지고 있을 거야.

그렇다면 그 누군가는 분명히 연은의 가호도 찾고 있겠구나. 연은의 가호를 하사받은 나를 찾고 있겠구나. 으으으읏!'

이탄의 손에 힘이 꽈악 들어갔다. 그의 두 눈에선 휘황찬란한 빛이 폭발적으로 쏟아져 나왔다.

이탄이 놀랄 일은 여기서 그치지 않았다.

이탄이 한창 혼란스러워하고 있을 때 그의 왼쪽 눈에 피사노교의 대화창이 떠올랐다. 싸마니야가 이탄에게 네트워크를 연결한 것이다.

⊚ [피사노 싸마니야] 검은 드래곤의 아들아.
⊚ [쿠퍼] 피사노 싸마니야 님, 부르셨습니까?

이탄이 몸과 마음을 가다듬고 공손히 대답했다.
싸마니야가 네트워크를 연결한 이유를 밝혔다.

⊚ [피사노 싸마니야] 내가 전에 너에게 말하기를, 너를 교로 불러들일 방법을 찾고 있다 하였느니라.
⊚ [쿠퍼] 싸마니야 님, 저도 그 말씀을 기억하고 있습니다. 저는 구역질 나는 양떼 무리의 속에서

오로지 교를 방문할 날만을 손꼽아 기다리고 있습니다. 언제 저를 불러주실 것입니까?

이탄은 짐짓 몸이 달은 듯 대답했다.

사실 이탄의 속마음은 바짝 타들어갔다.

'싹 틔우기 퀘스트가 곧 진행될 텐데. 이 두 가지 일이 겹치는 안 되는데. 평소 같으면 피사노교에 더 신경을 썼겠지만, 지금 내게는 싹 틔우기 퀘스트가 훨씬 더 중요하단 말이야.'

이탄은 '어떻게 하면 싸마니야의 부름을 완곡하게 거절할 수 있을까?'를 고민했다.

싸마니야가 웃으며 이야기했다.

⊚ [피사노 싸마니야] 그 방도를 찾아 이미 시행하였느니라.

⊚ [쿠퍼] 네?

⊚ [피사노 싸마니야] 검은 드래곤의 아들아, 얼마 전 너에게 초대장이 하나 갔을 것이다. 실키 가문의 초대장 말이다.

⊚ [쿠퍼] 헉! 싸마니야 님, 혹시 그 초대장을 보내신 분이 싸마니야 님이셨습니까?

이탄은 진짜로 놀랐다.

'뭐야? 그렇다면 서부의 실키 가문이 피사노교의 소유였단 말이야? 아니면 혹시 피사노교와 실키 가문이 협력 관계야?'

이탄은 가슴이 두근두근 뛰었다.

'나는 장차 모레툼 교단을 통째로 집어삼킬 생각인데. 그래야 비로소 비크 교황이 내게 진 빚을 이자까지 받아내는 셈인데, 이참에 실키 가문에도 은화를 한번 뿌려봐? 어차피 나는 피사노교에도 한 발 걸쳤잖아.'

문득 이런 잡생각이 이탄의 뇌리를 스치고 지나갔다.

이탄은 얼른 잡생각을 털어버린 다음, 싸마니야에게 물었다.

⊚ [쿠퍼] 피사노 싸마니야 님, 그렇다면 혹시 실키 가문 또한......?

⊚ [피사노 싸마니야] 그렇다. 너에게는 처음 밝히는 사실이지만 사실 실키 가문은 나의 일곱째 누이인 사브아가 지배하는 곳이니라.

⊚ [쿠퍼] 아!

이탄의 눈이 반짝 빛났다.

이탄은 사브아라는 이름을 기억했다.

피사노교를 다스리는 수뇌부들 가운데 일곱째인 사브아는 채찍을 주로 사용한다고 했다. 예전에 싸마니야에게 들은 이야기였다.

'그 사브아의 채찍이 아몬의 현일지도 모르는데.'

이탄은 악마사원의 유적지를 발굴하면서 나라카의 눈과 아몬의 토템을 발굴했다.

이 가운데 나라카의 눈은 이탄의 눈에 스며들어서 온전한 활용이 가능했다. 반면 아몬의 토템은 7개의 현이 모두 사라져버린 터라 아쉬움이 남았다.

그 후 이탄은 남명 금강수라종의 종주인 금강 대선인으로부터 현 3개를 되찾았다. 하지만 나머지 4개의 현은 아직도 행방이 오리무중이었다.

'이번에 기회가 되어서 아몬의 현 네 가닥을 마저 찾으면 좋겠구나. 그런데 사브아의 애병을 어떻게 빼앗지?'

Chapter 6

이탄이 아몬의 현을 되찾을 방도를 궁리하는 동안, 싸마니야가 설명을 계속했다.

⊗ [피사노 싸마니야] 내가 특별히 너를 위하여 일곱째 누이에게 부탁을 하였다. 누이가 내 부탁을 들어주어 너에게 초대장을 보낸 것이다. 실키 가문의 초대장이 있으니 너는 백 진영의 구역질 나는 자들의 의심을 피해서 교를 방문할 수 있을 것 아니더냐? 으허허허허.

싸마니야가 통쾌한 듯 웃었다.
이탄의 혀가 자동으로 돌아갔다.

⊗ [쿠퍼] 그렇습니다. 싸마니야 님께서 보내주신 초대장 덕분에 저는 백 진영 놈들의 의심을 받지 않고 대륙 서부로 갈 수 있게 되었습니다. 다만 제가 어리석어 싸마니야 님의 깊으신 생각을 헤아리지 못하였습니다. 조금 전까지만 하더라도 저는 실키 가문을 방문하는 일정과 저의 뿌리인 피사노교를 방문하는 일정이 겹치면 어떻게 하나 혼자서 마음을 졸이던 참이었습니다. 싸마니야 님의 혜안을 읽지 못한 저의 어리석음을 꾸짖어 주소서.

이제는 이탄이 별로 의도하지 않더라도 아부 스킬이 저절로 발동되었다.

이탄의 사탕발림이 싸마니야를 흡족하게 만들었다.

⊗ [피사노 싸마니야] 허허허. 네게 미리 말해주지 않은 것은 나의 허물이니 굳이 그렇게 자책할 것 없느니라. 네가 검은 드래곤의 위대한 피를 물려받았으되 나의 안배에 의하여 어려서부터 더러운 양떼 사이에서 자라났구나. 하여 나는 멀리서 늘 네 걱정을 하였도다. 양들의 고약한 습성에 물들어 제대로 사람 구실을 못할까 봐 걱정을 한 게지. 한데 그게 기우였구나. 네가 이렇게 정신이 똑바로 박힌 채 성장한 모습을 보니 내가 다 흐뭇하도다. 으허허허.

싸마니야가 모처럼 크게 웃었다.

이탄은 당연하다는 듯이 대꾸했다.

⊗ [쿠퍼] 싸마니야 님, 제가 비록 양떼 틈새에서 굴렀다고 하나 제 혈관 속에는 위대한 검은 드래곤의 피, 그리고 싸마니야 님의 피가 흐르고 있습니

다. 그런데 제가 어찌 삐뚤게 크겠습니까?

　∞ [피사노 싸마니야] 크허허. 네 말이 아름답구나. 더러운 양떼 무리 속에서도 그 아름다운 마음만큼은 잊지 말거라. 그리고 우리 조만간 얼굴을 보자꾸나.

이 말을 끝으로 피사노 싸마니야가 네트워크를 종료했다.

이탄은 어깨를 으쓱했다.

"어라? 오늘은 그 멘트를 쓰지 않네? 오로지 피사노의 이름으로 다시 전하마. 겉멋이 잔뜩 든 그 멘트를 쓰지 않으니까 왜 이렇게 어색하냐? 하하하."

이탄은 한결 홀가분한 마음이었다.

"내가 피사노교로 불려가는 일정과 실크 가문을 방문하는 일정이 겹쳐서 펑크가 날까 봐 걱정을 했잖아. 그런데 알고 보니 이 두 가지 일들이 둘이 아니라 하나였어. 아하하. 그러면 나야 좋지."

이탄은 손바닥을 슥슥 비볐다. 그런 다음 테이블 위에 올려두었던 복사본 뭉치를 벽난로에 휙 던져 넣었다.

두꺼운 종이뭉치가 벽난로 속에서 화르륵 타올랐다.

복사본을 태워도 아무런 문제는 없었다. 이 안의 정보

는 이미 이탄의 머릿속으로 고스란히 옮겨온 상태였다. 그러니 이탄의 입장에서는 오히려 복사본은 없애버리는 편이 마음 편했다.

"활활 타거라."

이탄은 잿더미가 되어가는 종이뭉치를 물끄러미 응시했다.

8월 16일.

실키 가문에서는 20명의 뛰어난 점퍼들을 쿠퍼 본가로 보내주었다. 이 점퍼들이 이탄과 쿠퍼 가문의 사절단을 대륙 서부까지 순간이동 시켰다.

실키 본가가 위치한 곳은 높은 산의 중턱이었다.

본가의 앞에는 그림과도 같은 호수가 넓게 자리하고 있었다. 그 뒤쪽으로는 푸른 목초지가 광활하게 펼쳐졌다. 산등성이까지 이어진 목초지에는 말들과 소들이 한가롭게 늘어서서 풀을 뜯었다.

"대륙 서부는 척박하다 들었는데 이곳은 예외네. 저기서 풀을 뜯고 있는 말들과 소들이 아주 토실토실해."

이탄이 실키 가문의 풍경을 둘러보며 이렇게 중얼거렸다.

333호가 맞장구를 쳤다.

"그러게 말입니다. 가주님, 저는 대륙 서부에 와본 것은 처음인데, 생각보다 땅도 비옥하고 괜찮은 것 같습니다."

지금 333호는 쿠퍼 가문 가주의 수행원으로 위장 중이었다. 따라서 333호는 이탄을 49호라고 부르지 않고 가주님이라고 호칭했다.

둘이 대화를 나누는 사이, 실키 가문의 집사장이 이탄을 마중 나왔다. 이곳의 집사장은 중년으로 보이는 여성이었다.

이탄은 상대의 안내를 받아 실키 본가로 들어갔다.

산 중턱에 세워진 실키 본가는 그 자체가 하나의 소규모 도시라 불릴 만했다. 본가에 상주하는 인원만 30,000명이 넘었다. 외부에서 출퇴근하는 일꾼들까지 다 합치면 50,000명이 상회한다는 소리도 들렸다.

시중에는 실키 가문이 다크 머천트들의 총본산이라는 소문이 나돌았다. 한데 쿠퍼 가문 사절단의 눈에 비친 실키 가문의 모습은 참으로 밝고 온화했다.

'허! 이 평온해 보이는 곳이 사실은 피사노교의 거점이란 말이지? 피사노 사브아가 다스리는 가문인데 이렇게 평화롭다고? 겉모습만 보면 도저히 마교의 거점이라는 생각이 들지 않잖아?'

이탄은 다소 황당하다는 느낌을 받았다.

그때 실키 가문의 집사장이 이탄에게 공손히 아뢰었다.

"쿠퍼 가주님, 실키 가문의 초대에 응해주셔서 정말 감사합니다. 제가 내실로 모시겠습니다. 지금 저희 가주님께서 목을 빼고 기다리고 계십니다."

"그러지."

이탄이 순순히 응했다.

333호는 이탄의 옆에 냉큼 따라붙었다.

실키 가문의 집사장이 333호를 향해 손바닥을 내보였다.

"죄송하지만 수행원은 내실에 들어가실 수 없습니다."

"아니, 그게 무슨……"

333호가 반발하려 들었다.

그 전에 실키 가문의 집사장이 333호의 말허리를 끊었다.

"양해해주십시오. 저희 가주님은 독대를 원하십니다."

"독대?"

이탄이 흥미로운 듯 상대를 바라보았다.

제7화
다시 찾은 피사노교

Chapter 1

이탄이 실키의 집사장에게 물었다.

"실키 가문의 가주가 나와 독대를 원한다고?"

"네. 저희 가주님께서는 쿠퍼 가주님과 독대를 원하십니다."

집사장은 이탄을 향해 고개를 살짝 숙여 보였다. 그런 다음 333호를 곁눈질하면서 재빨리 부연 설명을 덧붙였다.

"물론 내일 있을 본회의와 내일 저녁의 만찬 등은 쿠퍼 가문의 수행원들께서도 모두 참석하실 수 있습니다. 하지만 오늘은 오직 양 가문의 가주님들끼리만 단독 회담이 예정되어 있습니다. 부디 양해 부탁드립니다."

상대가 이렇게 나오자 어쩔 도리가 없었다. 이탄은 333호를 돌아보았다.

"여기서부터는 나 혼자 들어가마."

"그래도 가주님……."

"괜찮아. 다녀올 테니까 그동안 사절단과 함께 쉬고 있어."

이탄은 333호의 팔뚝을 한 번 두드려준 다음, 실키 가문 집사장의 뒤를 따랐다.

"히잉. 나도 49호 님을 따라가고 싶은데."

홀로 남겨진 333호는 아쉬운 듯 발을 굴렀다.

한편 실키 가문의 집사장은 이탄을 내실이 아니라 본가 지하로 안내했다.

대리석으로 장식된 지하에는 붉은 물감으로 그려진 마법 진이 자리했다. 둥그런 마법진의 외곽에는 마정석이 빙 둘러 박혀서 불그스름한 빛을 토했다. 이곳 지하에는 마법진을 제외하면 아무도 없었다.

실키 가문의 집사장이 갑자기 이탄에게 하대를 했다.

"네가 싸마니야 님의 혈육이냐?"

이탄은 그럴 줄 알았다는 듯이 미소로 답했다.

"그렇게 말하는 분은 누구요?"

집사장이 입꼬리를 비틀며 대답했다.

"호호호. 아직 어리다고 들었는데 제법 당차구나. 나는 사브아 님의 피를 이어받은 교리사도이니라."

집사장은 자신의 정체를 밝힌 다음, 이탄에게 바짝 다가와 목에다 손을 둘렀다.

이탄이 눈썹을 꿈틀했다.

"호호. 놀라는 모습을 보니 아직 애송이군."

집사장은 이탄이 놀라서 근육이 딱딱하게 굳었다고 여겼다.

사실 이탄의 근육은 평소에도 늘 딴딴했다.

"너의 피를 확인해야 하니 가만히 있거라."

집사장이 이탄을 달랜 다음, 입술을 맞추었다. 집사장의 혀가 이탄의 입술 속으로 파고들었다.

이탄은 상대의 키스를 묵묵히 받아들였다.

원래 이탄은 중년의 아줌마와 키스를 하는 것을 원치는 않았다. 하지만 여기서 초를 칠 수는 없는 노릇이었다.

서로의 혀가 섞이자 이탄의 혈관 속 스파이럴 적혈구들이 투확! 투확! 빛을 내었다. 집사장의 혈관 속 스파이럴 적혈구들도 민감하게 반응했다.

잠시 후, 집사장이 키스를 멈추었다. 그리곤 대뜸 눈부터 찌푸렸다.

"퉤엣. 검은 드래곤의 피를 물려받은 것은 분명한데, 왜 이렇게 찝찝하지? 키스를 하는데 침도 별로 나오지 않고. 너 혹시 고자냐?"

고자라는 말에 이탄이 발끈했다.

"신분을 확인했으면 되었지, 도발까지 할 필요는 없잖소? 나는 단지 나이 든 여자에게 흥미가 없을 뿐이오."

"뭐야?"

이번에는 집사장이 발끈했다. 집사장은 단정하게 뒤로 묶은 머리띠를 확 풀더니 머리를 좌우로 흔들었다.

부드러운 머릿결이 출렁거린다 싶더니, 이내 집사장의 얼굴이 중년 아줌마에서 아리따운 20대의 모습으로 바뀌었다.

집사장은 허리에 손을 척 얹고 말했다.

"흥! 이게 내 본 모습이니라. 어린놈이 뭘 알지도 못하면서 지껄여?"

이탄은 상대의 변신에 흠칫했다.

하지만 상대가 어리고 예뻐졌다고 하여 이탄의 마음이 흔들리지는 않았다.

집사장은 그런 이탄을 보면서 손을 휘휘 저었다.

"되었다. 내가 너 같은 애송이에게 뭔 말을 하겠냐? 어서 마법진 안으로 들어가라. 교로 보내주마."

이제 보니 집사장은 키스를 통해 이탄의 피를 확인한 뒤,

검은 드래곤의 혈통이 맞으면 피사노교 총단으로 보내주는 임무를 맡은 모양이었다.

이탄은 상대가 시키는 대로 붉은 마법진 중앙에 들어갔다.

집사장이 음차원의 마나를 끌어올려 마정석을 활성화시켰다.

쩌저적! 쩌저저적!

그 즉시 마법진 위로 붉은 번개가 뛰놀았다. 둥그런 마법진이 웅웅웅 소리를 내며 진동했다.

'이것도 참 의문이네. 그릇된 차원에는 음차원의 마나가 고갈되어 다들 음혼석에 목을 매고 있잖아? 그런데 언노운 월드의 흑 세력들은 이런 제약 없이 음차원의 마나를 자유롭게 사용한단 말이지. 이게 무슨 차이일까? 왜 이런 현상이 벌어졌지?'

이탄은 문득 이런 의문에 사로잡혔다.

그러는 사이, 마법진이 아주 밝은 광채를 토했다.

번쩍!

이윽고 이탄의 모습은 실키 가문 지하에서 씻은 듯이 사라졌다.

파앗!

이탄이 나타난 곳은 대륙 북서부에 위치한 피사노교 한 복판이었다. 이곳에도 실키 가문 지하에 그려져 있던 것과 동일한 마법진이 자리했다. 이탄은 둥그런 마법진의 중앙으로 전송되었다.

붉은 스파크와 함께 이탄이 등장하자 마법진 밖에 대기 중이던 자가 양손으로 무릎을 짚고 일어섰다.

"웃차. 실키 가문에서 왔으면 사브아 님의 혈육인고?"

목소리의 주인공은 나이가 지긋한 노인이었다.

이탄은 붉은 로브를 쓴 노인을 보고선 흠칫했다.

'설마 여기서도 혈통을 확인해야 하는 것은 아니겠지? 만약 저 늙은이와 키스를 해야 한다고만 해봐라. 싸마니야 님의 명령이고 뭐고 상관없이 저 늙은이의 대가리부터 박살 내 버릴 거다.'

이탄은 어금니를 꽉 물었다.

Chapter 2

붉은 로브의 노인이 버럭 성을 내었다.

"괘씸한지고. 교의 외부에 나갔다 왔으면 어른께 꾸벅 인사부터 할 일이지, 그 불손한 눈빛은 또 무어야? 네가 정넋 혼이 나봐야 정신을 차리겠느냐?"

"제가 교에 와보는 것이 처음이라 절차를 잘 모릅니다. 그리고 저는 사브아 님이 아니라 싸마니야 님의 혈육입니다."

이탄은 일단 이렇게 말을 둘러대었다. 그러면서도 이탄은 여차하면 상대의 머리통부터 부숴버리겠노라는 마음은 버리지 않았다.

"어? 싸마니야 님의 혈육이라고? 아뿔싸. 그렇구나. 며칠 전에 싸마니야 님으로부터 하달받은 명이 있었지?"

붉은 로브의 노인은 손으로 자신의 이마를 탁 치더니, 서류를 뒤적였다. 그런 다음 다시 한번 이탄의 얼굴을 확인했다.

"흐음. 싸마니야 님께서 말씀을 전하셨지. 오랫동안 교의 밖에서 키워졌다가 이번에 교를 처음 방문하는 혈육이 있다고 하셨거든. 그런데 네가 바로 그 아이더냐?"

"아마도 그럴 겁니다."

"좋아. 그럼 징표를 보여라."

상대의 주문에 이탄이 팔을 걷었다.

이탄의 팔뚝 속에 투명하게 파고든 검은 링을 확인한 뒤, 붉은 로브의 노인은 엄지로 자신의 등 뒤를 가리켰다.

"통과! 교의 밖에서 컸으나 교의 징표를 늘 몸에 지니고 다니니 기특하구나. 밖에 나가면 어린 소녀가 있을 게다.

그녀에게 싸마니야 님이 머무시는 곳을 물어보거라."

다행히 붉은 로브의 노인은 피를 확인하는 절차는 생략했다.

사실 이것은 이탄에게 다행이 아니라 노인에게 다행이었다. 하마터면 노인은 단숨에 머리가 으깨져서 죽을 뻔했다.

또한 이탄이 몰랐던 점이 한 가지 있었다. 피사노교에서 검은 드래곤의 피, 즉 스파이럴 적혈구를 확인하는 보편적인 방법은 키스가 아니었다. 어깨에 착용한 링을 가볍게 손가락으로 접촉하는 것만으로도 혈통 구별이 가능했다.

물론 키스를 통해서도 스파이럴 적혈구의 존재 유무를 확인할 수 있었다. 다만 이것은 링이 없는 사도들에게나 사용하는 보조 판별 수단일 뿐이었다.

그럼에도 불구하고 실키 가문의 집사장은 굳이 이탄에게 키스를 했다. 이탄이 빼어난 미소년—사실은 소년과 청년의 중간 모습—이기 때문이었다. 결국 실키 가문의 집사장은 혈통 확인을 핑계로 자신의 사심을 채운 셈이었다.

아직까지 이탄은 이런 사실을 알지 못했다.

이탄이 밖으로 나오자 12, 13세가량의 어린 소녀들이 대기 중이었다. 그녀들은 교를 방문하는 사도들을 안내하는 역할을 맡았다.

이탄이 가까이 다가오자 소녀 한 명이 쪼르르 나와 말을 걸었다.

"사도님께서는 어디 소속이신지요? 그리고 어디를 방문하시는지요?"

"소속? 나는…… 밍니야 님을 뵈러 왔다."

이탄은 피사노교의 조직 편제에 직접 속하지는 않았다. 그래서 이탄은 잠시 망설이다가 싸마니야 대신 밍니야의 이름을 대었다.

소녀가 손뼉을 쳤다.

"아하! 그분의 손님이시군요. 하면 8구역으로 안내하겠습니다."

소녀는 이탄을 또 다른 마법진으로 안내했다.

조금 전 이탄이 실키 가문의 지하실을 떠나서 피사노교로 들어올 때에는 제법 규모가 큰 원형 마법진을 이용했다.

그 원형 마법진은 장거리 이송용이었다.

이번에 소녀가 이탄을 안내한 곳에는 상대적으로 규모가 작은 사각형의 마법진이 설치되어 있었다.

이 사각 마법진은 피사노교 내에서만 작동되는 근거리 이송마법진이었다.

소녀가 손가락으로 마법진을 가리켰다.

"진의 중심에 서시지요. 곧바로 8구역으로 가겠습니다."

"오냐."

이탄은 마법진의 중앙에 섰다.

소녀가 쪼르르 달려와 이탄의 옆에 나란히 자리를 잡았다.

마법진에 빛이 차올랐다.

번쩍!

이탄과 소녀는 피사노교의 중심부를 벗어나 싸마니야가 다스리는 8구역으로 곧장 이동했다.

어딘지 모르게 음산한 기운이 감도는 우중충한 하늘.

그 하늘에 닿을 듯이 높게 솟구친 성벽.

온통 검은색 일색의 건물들.

황량한 대지.

8구역의 분위기는 이탄에게 꽤 익숙했다. 이탄은 내심 고개를 끄덕였다.

'여기는 한 번 와봤던 곳이로구나. 이곳 지형이 꽤 익숙해.'

이탄은 예전에 동차원의 특수부대에 자원하여 피사노교를 공격했었다. 그때 이탄이 동료 술법사들과 함께 쳐들어왔던 곳이 바로 피사노교의 중심부였다. 그곳에서 이탄은 거신강림대진으로 피라미드 모양의 건물을 박살 낸 뒤, 이곳 8구역으로 도망치면서 피사노교도들과 접전을 벌였다.

8구역에는 당시의 치열했던 전투의 흔적이 아직까지 남아 있었다. 그때 허물어진 성벽은 보수공사의 막바지를 맞았다. 마찬가지로 거신강림대진에 의하여 박살 났던 거대 조각상들도 웅장하게 다시 올라가는 중이었다. 피사노교도들은 뚝딱뚝딱 망치질을 하면서 전쟁의 상흔을 복원해 나아갔다.

이탄이 과거의 흔적을 눈으로 더듬는 사이, 8구역의 성 안에서 아름다운 여성이 마중을 나왔다.

여성의 정체는 밍니야였다.

"왔어?"

밍니야가 이탄을 향해 반갑게 손을 흔들었다.

사실은 이것은 밍니야에게 기생 중인 분혼이 본체인 이탄을 반기는 것이었다. 이탄의 분혼은 오래 전 밍니야의 본래 영혼을 잡아먹은 뒤 숙주의 몸을 완전히 장악한 상태였다.

"소녀가 교리사도님을 뵙습니다."

이탄을 안내해주었던 소녀가 밍니야를 향해 바짝 엎드렸다.

소녀는 이탄이 얼마나 높은 신분인지 잘 몰랐다. 그저 밍니야를 찾아온 손님이라고만 알았을 뿐이었다. 그러다 밍니야가 이탄을 반기는 모습을 보고는 기겁을 했다.

밍니야가 턱으로 마법진을 가리켰다.

"여기서부터는 내가 안내를 할 터이니 너는 그만 돌아가
도 좋다."

"교리사도님의 말씀을 받들겠나이다."

소녀는 이탄의 잘생긴 얼굴을 힐끗 곁눈질한 다음, 근거
리 이송마법진을 향해 종종걸음으로 돌아갔다.

그렇게 물러나는 와중에도 소녀는 얼핏얼핏 뒤를 돌아보
았다. 소녀의 얼굴에 아쉽다는 감정이 스쳐 지나갔다.

'치잇. 밍니야 님과 같은 레벨의 사도인 줄 알았다면 꼬
리라도 한 번 쳐볼 것을.'

어린 소녀가 맹랑한 마음을 품었다.

가당치도 않은 생각이었다. 이탄의 머릿속에서 소녀의
존재는 이미 잊힌 지 오래였다.

이탄은 밍니야와 나란히 걸으면서 뇌파를 주고받았다.

밍니야가 주로 이탄에게 정보를 전송했다.

이탄은 그 정보들을 뇌에 새겨두었다.

둘이 나란히 걷는 동안, 맞은편에서 걸어오던 피사노교
의 신도들은 그 자리에 납죽 엎드려서 두 사람이 완전히 지
나가기만을 기다렸다. 일반 신도들의 입장에서 교리사도는
감히 범접할 수 없을 만큼 지고한 존재였기 때문이다.

Chapter 3

교리사도의 지위가 높은 것은 당연한 일이었다.

피사노교.

달리 마교라 불리는 이곳은 단일 세력으로는 언노운 월드 최강이었다. 백 진영의 최강자인 아울 검탑이나 시시퍼 마탑, 그리고 마르쿠제 술탑도 감히 피사노교와 세력을 비교할 수는 없었다.

비단 언노운 월드뿐만이 아니었다.

피사노교는 서차원에 해당하는 언노운 월드에서도 맹활약 중이지만, 동차원에서도 남명, 북명, 혼명의 술법사들과 치열하게 다투는 중이었다. 그런데 동차원의 그 어떤 종파도 혼자만의 힘으로는 피사노교를 감당하지 못했다.

또한 피사노교는 부정 차원의 악마종들과도 일정하게 교류를 하는 중이었다. 거의 아무도 모르는 사실이지만, 피사노교는 부정 차원 안에도 일정한 영토를 구축해 놓았다.

결과적으로 말해서 피사노교는 무려 3개의 차원에 걸쳐서 어마어마한 대제국을 구축해놓은 셈이었다.

이렇게 방대한 피사노교에서 9명의 신인이 차지하는 지위는 말도 못 하게 높았다.

꼭대기 중의 꼭대기.

끝 중의 끝.

이것이 신인들의 위치였다.

그 신인들의 피를 직접 물려받은 혈육들, 즉 사도들의 위치도 당연히 대단할 수밖에 없었다.

굳이 비유를 하자면, 피사노 싸마니야를 비롯한 9명의 신인들은 대제국을 나눠서 다스리고 있는 황제, 혹은 교황들이었다.

당연히 신인의 직계 혈육들은 황자와 공주인 셈이었다.

그러니 일반 신도들은 밍니야를 마주치는 것만으로도 벌벌 떨면서 제자리에 엎드릴 수밖에 없었다.

불그스름한 황동으로 만들어진 문 앞에서 밍니야가 멈췄다. 지옥의 한 장면을 묘사한 듯 황동문의 표면에는 온갖 종류의 악마들이 정교하게 새겨져 있었다. 문의 높이는 무려 5미터나 되었다. 폭은 그 절반인 2.5미터였다.

문의 양옆에는 굵은 기둥이 자리했다. 황동 기둥을 타고 검은 드래곤의 조각이 칭칭 감긴 모습이었다.

왼쪽 기둥의 드래곤은 하늘로 승천하는 중인 반면, 오른쪽 기둥을 감고 있는 드래곤은 머리를 아래로 두고 지상으로 내려오는 모습을 형상화했다.

황동문 앞에는 아인종 2명이 커다란 양날도끼를 들고 우뚝 서 있었다. 이탄에게는 이 아인종들이 익숙했다.

'타우너스 족이네.'

물소형 수인족인 타우너스들은 나무껍질을 보는 듯한 갈색 톤의 피부가 특징이었다. 타우너스 전사의 눈은 대부분 샛노란 색이었으며, 그 눈 속에 세로로 길게 쪼개진 동공이 뱀의 그것을 연상시켰다.

타우너스의 입은 귀 언저리까지 길게 찢어졌다. 그 큰 입술 사이로 어금니가 툭 튀어 올라와 강인한 느낌을 자아내었다.

타우너스의 혀는 뱀의 것처럼 끝이 두 갈래로 갈라져서 징그럽게 날름거렸다.

그 무엇보다 타우너스 일족의 특징을 잘 드러내는 것은 다름 아닌 뿔이었다. 타우너스 전사의 양쪽 관자놀이 부위에 돋아 있는 2개의 커다란 뿔은 길이가 거의 1미터에 육박했다. 뿔의 모양은 물소의 그것을 닮았다.

밍니야가 다가오자 타우너스 전사들이 손에 들고 있던 양날도끼를 교차하여 입구를 봉쇄했다.

밍니야가 무뚝뚝하게 말을 내뱉었다.

"싸마니야 님의 부르심을 받고 왔다. 열어라."

밍니야의 말에도 불구하고 타우너스들은 꿈쩍도 안 했다. 대신 황동문 안쪽에서 뇌파가 들렸다.

[사도님, 신인께 여쭙고 오겠나이다.]

밍니야는 묵묵히 기다렸다.

이탄도 밍니야 옆에서 가만히 대기했다.

잠시 후, 안쪽에서 뇌파가 다시 들렸다.

[사도님, 혹시 신인께서 말씀하신 분을 데려왔습니까?]

"그래. 지금 내 옆에 있다."

밍니야의 대답이었다.

그러자 다시 뇌파가 울렸다.

[안으로 드시지요. 신인께서 기다리고 계십니다.]

뇌파와 함께 거대한 황동이 그그그긍 소리를 내면서 안으로 열렸다.

충성스럽게 문 앞을 지키던 2명의 타우너스 전사들은 X자로 교차했던 양날도끼를 치우고 한 걸음씩 옆으로 비켜섰다.

황동문 안쪽에서 여우의 머리에 사람의 몸을 가진 수인족 사내가 마중을 나왔다.

'꼭 흐나흐 족처럼 생겼네.'

이탄은 상대를 보자 그릇된 차원의 흐나흐 일족을 떠올렸다.

여우족 사내가 손을 까딱였다.

[어서 들어오시지요.]

"오냐."

밍니야는 머리를 꼿꼿이 들고 청동문 안으로 들어섰다.

이탄도 밍니야와 어깨를 나란히 했다.

여우족 사내가 손을 들어 밍니야와 이탄을 저지했다.

[잠시만 멈춰주십시오. 우선 두 분의 피부터 확인하겠습니다.]

'또 피를 확인한다고? 설마 이 여우 새끼가 내게 주둥이를 들이밀지는 않겠지? 어디 그러기만 해봐라. 주둥아리를 두개골에서 뽑아버릴 테다.'

이탄이 무저갱처럼 깊고 어두운 눈으로 여우족 사내를 노려보았다.

'허헙!'

순간 여우족 사내는 심장이 멎는 줄 알았다.

오랜 세월 싸마니야를 모셔온 덕분에 여우족 사내는 어지간한 일에는 놀라지 않았다. 어지간한 강자를 마주 대해도 기가 눌린 적이 없었다.

하지만 이탄은 예외였다. 상대의 눈을 접하는 순간, 여우족 사내는 하체에 힘이 풀려 바지에 오줌을 찍 지렸다. 온 세상이 새하얗게 물들고, 그 속에서 이탄의 무저갱과 같은 눈동자만이 떠오른 듯했다. 주변이 온통 하얗고 이탄의 눈동자는 검은데 오히려 그 눈동자가 태양처럼 강렬한 빛으로 느껴졌다. 이탄의 눈을 접하는 순간 여우족 사내의 뇌는 하얗게 탈색되었다.

Chapter 4

밍니야가 재빨리 여우족 사내와 이탄의 사이로 끼어들었다. 그녀는 소매를 걷어 팔뚝을 여우족 사내의 앞에 내주었다.

"나부터 검사해라."

[네네? 네넵.]

여우족 사내는 부들부들 떨리는 손을 들어 밍니야의 팔뚝에 손가락을 접촉했다.

지잉!

여우족 사내의 손가락이 불그스름한 빛을 띠었다.

이 붉은 빛은 밍니야의 혈관 속에 검은 드래곤의 피가 흐른다는 의미였다.

밍니야에 대한 검사를 마친 뒤, 여우족은 최대한 조심스럽게 이탄에게 말을 꺼냈다.

[송구하오나 제게 팔을 보여주시지요. 피를 확인하는 것이 저의 임무이자 신인의 앞에 나아가는 절차입니다.]

여우족 사내는 이탄이 혹시라도 검사를 거부할까 봐 마음을 졸였다.

이탄은 거부할 마음이 없었다. 단지 이탄은 이제야 깨달았을 뿐이었다.

'피를 확인하는 방법이 키스만이 아니었구나. 그렇다면 실키 가문 집사장은 뭐야? 이런 편리한 방법이 있는데 왜 내게 입술을 들이민 건데? 미친 거 아냐?'

이탄은 속으로 투덜거렸다.

[저기요, 송구하오나 제게 팔을 좀…….]

여우족 사내가 다시 한번 이탄에게 요청을 했다.

이탄은 순순히 소매를 걷었다.

[그럼 실례를 하겠습니다.]

여우족 사내는 이탄의 링이 박힌 위치를 정확히 찾아낸 다음, 자신의 손가락을 조심스럽게 접촉했다.

지이이이이잉—!

밍니야 때와는 달리 이번에는 여우족 사내의 손가락이 눈부실 정도로 밝은 빛을 발산했다. 아니, 그 정도를 넘어서 여우족의 손가락이 눈에 띌 정도로 덜덜덜 떨렸다.

여우족 사내가 화들짝 놀랐다. 사내는 자신도 모르게 한 발짝 뒤로 물러섰다.

[피, 피가 무척 진하시군요. 검은 드래곤의 피를 많이 물

려받으셨나 봅니다.]

여우족이 뇌파를 더듬었다.

"피를 많이 물려받았다고? 그럼 적게 물려받는 경우도
있나?"

이탄이 고개를 갸웃했다.

그러자 여우족 사내도 마주 고개를 기울였다.

[모르셨습니까? 신인의 핏줄들 가운데도 이 정도로 진한
피를 가지신 분은 정말 보기 드뭅니다.]

밍니야가 손바닥을 들어서 여우족 사내의 수다를 저지했
다.

"잡담은 그만하지. 안에서 신인께서 기다리고 계신다.
너는 감히 신인을 기다리시게 할 셈이냐?"

[헉! 아닙니다. 두 분께서는 어서 들어가십시오.]

여우족 사내가 펄쩍 뛰며 손사래를 쳤다.

밍니야는 이탄을 안으로 잡아끌었다.

싸마니야의 앞까지 나아가는 동안, 이탄은 검은 드래곤
의 피가 짙고 옅음이 무엇인지 물었다.

밍니야가 가진 지식이 이탄의 뇌리로 저절로 스며들었
다.

이탄은 그제야 깨달았다.

'결국은 농도가 관건이구나. 스파이럴 적혈구가 피 속에

얼마나 포함되어 있는지, 그 퍼센트에 따라서 검은 드래곤의 피를 많이 물려받았다, 적게 물려받았다가 정해지는 거야.'

이탄은 오늘도 새로운 정보를 하나 깨우쳤다.

그러는 동안 이탄과 밍니야는 어느새 싸마니야의 앞에 도착했다.

소리가 웅웅 울리는 커다란 대전 안.

싸마니야는 높은 계단 위의 대형 의자에 앉아서 한쪽 팔에 머리를 괴고 아래를 굽어보고 있었다. 싸마니야가 앉은 의자는 검은색 돌, 즉 블랙스톤으로 만들어져 있었다.

이탄의 눈에 비친 싸마니야는 예전 동차원의 술법사들과 맞서 싸우던 당시의 모습과 다를 바가 없었다.

싸마니야의 키는 무려 10미터가 넘었다. 산발한 그의 머리카락은 하늘을 향해 솟구쳐서 불꽃을 연상시켰다. 싸마니아의 눈은 붉은 별과 같았다. 싸마니야의 머리 양쪽에는 두 갈래의 뿔이 길게 돋아 있었는데, 뿔을 끝에서 검은 화염이 짙게 일렁거렸다.

이것은 그야말로 마신의 형상.

인외의 존재를 보는 듯한 위압감이 싸마니야로부터 물씬 풍겼다.

이탄과 밍니야는 무너지듯 그 자리에 무릎을 꿇었다.

"검은 드래곤의 딸 밍니야가 싸마니야 님의 존체를 뵙습니다."

밍니야가 먼저 인사를 올렸다.

이탄은 눈치 빠르게도 밍니야의 말을 모방하여 그대로 읊었다.

"검은 드래곤의 아들 쿠퍼가 감히 싸마니야 님의 존체를 뵙습니다."

붉은 별과 같은 싸마니야의 눈동자가 오롯이 이탄에게 멎었다.

"검은 드래곤의 아들아."

싸마니야의 굵직한 음성이 대전을 웅웅 울리며 날아와 이탄의 귀에 꽂혔다.

이탄은 머리를 바짝 조아렸다.

"말씀하소서."

"어디 보자. 고개를 들어보아라."

이탄은 고개를 들고 계단 위를 올려다보았다.

싸마니야의 별 같은 눈이 이탄의 머리꼭대기부터 발끝까지 쫙 훑고 지나갔다. 그런데도 이탄은 전혀 긴장하지 않았다.

처음 이탄이 싸마니야의 부름을 받았을 때는 내심 애간장이 탔다.

'가까이 접촉했다가 혹시라도 싸마니야 님에게 정체를 들키면 어쩌나?'

이러한 걱정 때문이었다.

한데 싸마니야를 직접 대한 순간 이탄의 우려는 싹 날아갔다.

이탄이 홀가분해진 이유는 단순했다. 싸마니야의 신체 주변에 흐릿하게 흐르는 문자 때문이었다.

이 흐릿한 문자의 정체는 다름 아닌 만자비문이었다. 부정 차원의 인과율을 지탱하는 언령이자 딱 10,000개로 이루어진 읽을 수 없는 문자 말이다.

싸마니야는 이 10,000개의 문자 가운데 2개의 문자와 인연이 닿았다.

첫 번째는 불을 의미하는 문자로, 의미는 '꺼지지 않는' 이었다.

두 번째는 소멸을 의미하는 문자로, 의미는 '영원히 지워지는' 이었다.

불은 하위 개념이고 소멸은 상위 개념이었다.

하지만 아쉽게도 싸마니야의 몸 주변을 맴도는 2개의 문자 가운데 불이 더 강했다. 그에 비해서 소멸은 겨우 보일 듯 말 듯 미약했다.

'남명으로 쳐들어왔던 쌀라싸와 캄사도 그렇고, 아르비

아, 싯다, 티스아도 마찬가지고. 마교의 수뇌부들도 참 별 볼 일 없네. 그나마 쌀라싸의 문자가 가장 또렷했던가?'

지금까지 이탄이 만나본 피사노교의 수뇌부들 가운데는 쌀라싸가 가장 강했다.

서열 4위인 아르비아도 쌀라싸에 비할 바는 아니었다.

5위인 캄사, 6위인 싯다, 8위인 싸마니야, 그리고 9위인 티스아는 말할 것도 없었다.

Chapter 5

'그래도 문자를 2개나 가진 사람은 싸마니야 님뿐이네. 아닌가? 쌀라싸도 2개 이상의 문자를 가졌던 것 같기도 하고.'

그래 봤자 쌀라싸도 2개, 아니면 3개 수준이었다. 만자 비문 전체에 비하면 아무것도 아니었다.

게다가 그 문자들도 또렷하지 않았다. 이것은 피사노교의 수뇌부들이 비문의 진정한 권능을 끌어내지 못한다는 의미였다.

이탄은 상대가 생각보다 약하자 비로소 마음이 편해졌다.

싸마니야가 옆으로 비스듬하게 기울였던 상체를 바로 세웠다.

"흐으음."

싸마니야는 이탄을 뚫어지게 관찰했다.

싸마니야의 입장에서 이탄은 난생 처음 만나는 아들이었다.

사실은 지난번에 동차원의 술법사들이 피사노교로 직접 쳐들어 왔을 때 이탄도 그 술법사들 사이에 포함되어 있었으나, 싸마니야는 그 사실을 꿈에도 몰랐다.

[그런데 어째 저 녀석이 나를 겁내지 않는 것 같네? 쿠퍼 녀석의 눈동자에 두려움이 전혀 없어.]

싸마니야가 뇌파로 중얼거렸다.

싸마니야의 뒤통수에 박혀 있는 악마종이 혀를 쭉 내밀었다.

이 악마종은 눈과 코가 없었다. 대신 그는 공기 중에 떠돌아다니는 냄새를 혀로 감지하여 사물을 구별해내는 것이 특징이었다.

[킁킁킁. 어딘지 모르게 익숙한 냄새가 나는데?]

악마종이 고개를 갸웃했다.

싸마니야가 의문을 품었다.

[응? 그게 무슨 소리냐? 익숙한 냄새라니?]

악마종이 머뭇거리다 대답했다.

[내가 착각을 했나? 조금 전에 얼핏 부정 차원 냄새가 풍긴 것 같았는데, 다시 맡아보니 착각인 것 같기도 하고.]

악마종이 맡은 향기는 이탄의 피부 위에 둘린 화이트니스의 냄새였다. 만약 화이트니스가 진화를 하지 못했더라면 악마종은 곧장 화이트니스의 정체를 알아보았을 것이다. 이 정도 가까운 거리라면 악마종의 감각을 속일 수 없었다.

그런데 화이트니스가 진화를 하면서 그의 은밀함이 한 단계 업그레이드되었다.

화이트니스는 본디 부정 차원의 기운을 숨겨주고 그 악한 기운을 신성한 힘으로 포장해주는 능력을 지녔다. 이 독특한 특성 때문에 싸마니야와 결합한 악마종도 화이트니스의 냄새를 맡지 못했다.

[어쨌거나 네가 보기에는 어떠냐? 쿠퍼라는 녀석이 쓸만해 보이냐?]

싸마니야가 다시 물었다.

그러자 악마종은 혀를 무려 1 미터 길이까지 길게 내밀었다.

스르륵~.

분홍빛 혀가 뱀처럼 몸을 S자로 구부려 싸마니야의 어깨

너머로 튀어나왔다. 그런 다음 혀의 돌기들이 감각을 곤두세웠다.

악마종은 혀를 내뻗어 이탄으로부터 풍기는 기운을 세심하게 살핀 다음, 싸마니야의 질문에 대답을 했다.

[더럽다.]

[뭐?]

[저 자식에게 풍기는 기세가 아주 더럽고 고약하다고.]

[크허허. 그야 당연하지. 저 녀석은 태어나자마자 백 진영으로 보내져서 그곳에서 자라났어. 녀석은 모레툼 교단의 신성력을 부여받은 신관이자, 시시퍼 마탑의 쎄실 할망구의 제자가 되었지. 또한 아울 검탑 99검의 사위이면서 마르쿠제 술탑과도 친교를 쌓았다고. 그러니까 녀석의 몸에서 풍기는 기세가 불쾌할 수밖에. 크허허허.]

싸마니야가 기분 좋게 웃었다.

싸마니야는 속으로 '내 아들이 악마종이 인정할 정도로 더럽고 고약하다는 것은, 다시 말해서 내 아들이 그만큼 백 진영에 잘 녹아들었다는 뜻이 아닌가. 역시 쿠퍼는 믿을 만해.'라고 판단했다.

악마종도 싸마니야의 생각에 동의했다.

[저 녀석, 신성력이 장난이 아니야. 게다가 법력도 상당히 쌓았다고. 모르긴 해도 저 나이에 저 정도로 성취를 이

루었다면 아마도 백 진영에서 꽤나 인정을 받고 있을 게야.]

[크허허허. 그렇다면 더더욱 칭찬을 해줘야지. 만약에 내 아들이 백 진영의 최고위층까지 올라간다면 장차 우리가 백 진영과 전쟁을 벌일 때 그만큼 큰 도움이 될 테니까. 크허허허.]

싸마니야가 한 번 더 호탕하게 웃었다.

악마종이 걱정을 했다.

[그러다 배신을 하면?]

[엉?]

[네 아들이 백 진영으로 노선을 갈아타 버리면 어쩌려고? 녀석의 부인이 아울 검탑 출신이라며? 스승은 시시퍼마탑의 할망구고. 그러다 저 쿠퍼라는 녀석이 이중첩자 노릇을 하면서 피사노교의 기밀정보를 백 진영 놈들에게 빼돌리면 어떻게 해?]

이것이 악마종의 우려였다.

싸마니야가 입꼬리를 피식 비틀었다.

[의심 많은 악마종이 아니랄까 봐 그런 걱정이냐? 크허허. 걱정 마라. 녀석은 나를 배신하지 못해.]

싸마니야는 자신만만했다.

악마종이 이유를 물었다.

[싸마니야, 그렇게 자신하는 근거라도 있나?]

[후훗. 내 아들은 이미 피의 각성을 마쳤어. 녀석의 혈관 속에는 검은 드래곤의 피가 흐르고 있지.]

[뭐뭣?]

악마종이 화들짝 놀랐다.

싸마니야가 설명을 이었다.

[사실이다. 이곳을 통과하는 동안 이미 몇 차례에 걸쳐서 확인을 했다. 녀석의 혈관 속에는 확실하게 검은 드래곤의 피가 흐르고 있어. 그것도 아주 순도가 진하다더군. 크허 허. 그런데 녀석이 배신을 한다고? 그건 불가능해. 백 진영 놈들의 척살령 1순위가 뭔지 아나? 바로 검은 드래곤의 피를 가진 자야. 그러니까 내 아들은 백 진영으로 노선을 갈 아탈 수 없어. 절대 불가능해.]

Chapter 6

악마종이 물었다.

[이상하다? 그런데 왜 네 아들에게서 검은 드래곤의 냄새가 나지 않지? 그 매혹적인 냄새 대신 고약하고 더러운 냄새만 풍기는데?]

싸마니야는 웃음으로 대답했다.

[크허허. 그게 바로 내 아들이 가진 신체적 특징이니라. 네가 냄새를 맡을 정도면, 백 진영의 늙은이들도 내 아들의 정체를 발견해낼 것 아니냐? 그럼 첩자 노릇도 못 하지. 크허허허.]

오늘따라 싸마니야는 자주 웃었다.

악마종은 그제야 수긍을 했다.

[그런가? 하긴, 그렇겠군.]

싸마니야는 다시 처음 질문으로 돌아갔다.

[그래서, 네가 보기엔 어떤가? 저 쿠퍼 녀석이 재질이 어때 보여?]

악마종은 싸마니야의 어깨 너머로 혀를 날름거리다가 대답했다.

[극상품.]

[뭐?]

싸마니야의 눈이 휘둥그레졌다.

싸마니야와 결합한 악마종은 인재를 알아보는 능력을 타고났다. 덕분에 싸마니야의 곁에는 우수한 인재들이 넘쳐났다. 악마종의 선별 능력 덕분이었다.

지금까지 악마종은 총 일곱 단계에 걸쳐서 인재를 평가해왔다.

가장 밑바닥이 극하품.

그 위가 하품.

다시 그 위가 중하품.

이어서 중품, 중상품, 상품, 극상품으로 이어지는 일곱 단계였다.

싸마니야가 발탁한 인재들 가운데 대부분이 이 악마종으로부터 하품의 평가를 받았다.

싸마니야는 극하품의 도장이 찍힌 자들은 내쳤다. 하품의 평가를 받으면 그때부터 비로소 곁에 남겨두었다.

악마종으로부터 하품의 평가만 받아도 나름 괜찮은 인재들이었다.

간혹 가다가 중하품의 평가를 받는 자가 나올 때도 있었다. 그러면 싸마니야는 중하품을 받은 대상자를 중용했다.

중품 이상의 평가를 받는 경우는 거의 없었다. 그나마 싸마니야의 피를 이어받은 자식들이나 중품 이상에 자리매김했다.

예전에 아울 검탑에서 아조브의 모조품을 빼내올 때 공을 세웠던 싸쿤이 중품이었다.

싸마니야의 자식들 가운데 가장 힘이 세다는 푸엉도 중품이었다.

밍니야도 중품에서 멈췄다.

아울 검탑과 싸우다가 죽은 코투, 그리고 당시에 이탄의 손에 해체된 술라드가 중품을 뛰어넘어 중상품의 판정을 받았다.

싸마니야는 당시 술라드와 코투를 잃은 것을 무척 안타까워했다.

한편 싸마니야의 맏아들인 소리샤만이 유일하게 상품의 판정을 받았다. 실제로 소리샤는 다른 형제자매들보다 훨씬 더 강했다.

싸마니야가 아직 후계자를 논할 나이는 아니지만, 만약에 후계자를 선정해야 한다면 그는 한 치의 망설임도 없이 소리샤를 선택할 것이다.

'내 혈육들 가운데는 소리샤만이 상품의 판정을 받았지.'

이것이 싸마니야가 소리샤를 후계자로 선택하기 위한 근거였다. 얼마 전까지만 해도 싸마니야는 이 생각에 변함이 없었다.

지금은 조금 바뀌었다.

'혹시 막내는 어떨까?'

싸마니야의 눈에는 끊임없이 공을 세우는 쿠퍼가 예뻐 보였다. 어려서 양떼 사이로 보낸 쿠퍼가 안쓰럽기도 했다.

'요새는 어쩜 그렇게 말도 귀엽게 하는지. 이래서 부모들이 막내, 막내 하나?'

심지어 싸마니야는 이런 생각까지 했다.

이번에 싸마니야가 무리를 해서까지 이탄을 피사노교로 불러들인 이유도 이 때문이었다. 싸마니야는 태어나서 한 번도 만나보지 못했던 막내를 직접 보고 싶었다.

한데 그 막내가 극상품이란다.

[허? 저 녀석이 그렇게 뛰어난가?]

싸마니야는 믿기지 않는다는 듯이 되물었다.

지금까지 악마종이 평가한 자들 가운데 극상품은 단 한 명도 없었다. 싸마니야의 형제자매들을 제외하면 말이다.

악마종이 혀를 날름거리며 대답했다.

[뛰어나. 아주 뛰어나. 검은 드래곤의 피를 각성했으면서도 기세를 저렇게 감출 수 있다는 것 자체가 보통 일이 아니라고. 이것은 싸마니야, 네 막내아들이 검은 드래곤의 난폭한 피를 완전히 통제하고 있다는 뜻이거든. 이곳 차원에서 피의 통제가 가능한 자는 너희 9명 형제자매들뿐이 아니던가?]

[으으음. 그건 그렇지.]

싸마니야가 무겁게 고개를 끄덕였다.

악마종이 뇌파를 이었다.

[게다가 녀석이 보유한 신성력과 법력이 상당하거든. 나중에 녀석이 저 신성력과 법력을 검은 드래곤의 피로 오염시킨 뒤, 악마력으로 전환할 수만 있다면 녀석은 단숨에 너희들 아홉 형제 자매의 수준으로 올라설 게야.]

[설마 그 정도라고?]

싸마니야의 눈이 처음으로 휘둥그레졌다.

악마종이 갑자기 키득거렸다.

[킥킥킥킥. 그것보다 더 중요한 사실이 있지. 조금 전까지만 하더라도 네 아들의 몸에서 풍기는 구역질나는 냄새 때문에 깨닫지 못했었는데 말이야, 언젠가 녀석이 백 진영의 때를 싹 벗겨낸다고 상상하면, 저 녀석에게는 묘한 매력이 있어. 우리 악마종들을 잡아끄는 매력 말이야. 킥킥킥킥.]

[그 말은!]

싸마니야의 동공이 한층 더 확장되었다.

악마종이 기다란 혀를 꾸불텅 움직여서 입술을 싹 핥았다.

[그래. 너희들 9명 형제자매들이 우리 악마종들과 결합을 한 것처럼, 저 녀석도 결합을 할 수 있을 게야. 아마도 꽤 많은 악마종들이 저 녀석과 결합을 하려고 쟁탈전을 벌일지도 모르겠는걸? 키키킥킥. 구역질 나는 냄새를 제거하면 저 녀석의 매혹이 상당히 강렬하다니까. 킥킥킥.]

[허어어. 그 정도야?]

악마종이 대뜸 고개를 끄덕였다.

[맞아. 그 정도야. 킥킥킥. 굳이 비유를 하자면 싸마니야, 네 막내아들은 마치 열대과일과 같아. 두리안이라고, 냄새는 아주 고약한데 막상 입에 넣으면 맛은 달콤한 과일이 있지. 킥킥킥킥.]

[그렇다면 내가 실수를 했나? 막내를 양떼 사이에서 키울 것이 아니라 내가 직접 후계자로 육성해서 교의 기둥으로 세웠어야 했을까?]

싸마니야가 심각하게 중얼거렸다.

악마종은 그 말에 동의했다.

[오호라. 그 편이 훨씬 더 좋았겠네. 저 정도의 극상품이라면 한낱 첩자로 소모해선 안 되지. 능히 마교의 기둥이 되어서 네 형제가 될 동량인데 말이야. 킥킥킥.]

악마종의 입에서 놀라운 비밀이 새어 나왔다.

제8화
피사노의 비석 I

Chapter 1

피사노교는 부모자식 간의 관계가 일반적이지 않았다. 오로지 강자만이 살아남을 수 있고, 강자만이 대접을 받는 곳이 곧 피사노교였다.

이 원칙은 부모자식 관계에도 철저하게 적용되었다.

만약 싸마니야의 자식들 가운데 싸마니야에 버금갈 만한 강자가 탄생한다면?

그 순간부터 그 강자는 더 이상 싸마니야의 자식이 아니었다. 싸마니야와 같은 레벨, 즉 형제의 레벨로 격상되어 피사노교의 열 번째 기둥으로 인정받게 되었다.

실제로 피사노교의 아홉 수뇌부들 가운데는 이와 같은

경우가 비일비재했다.

피사노교의 아홉째인 피사노 티스아는 원래 피사노 아르비아의 딸이었다. 그런데 그녀의 무력이 사도의 수준을 뛰어넘자 아홉째로 인정받았다. 아르비아도 티스아를 더 이상 딸로 취급하지 않고 자매로 대해주었다.

한편 피사노 싯다와 피사노 사브아, 그리고 피사노 싸마니아는 한때 쌀라싸의 자식이었다. 이 3명도 능력을 인정받아 쌀라싸와 동급에 올라섰다.

물론 동급이라고 해서 다 같은 수준은 아니었다. 피사노 쌀라싸는 다른 형제자매들보다 훨씬 더 긴 세월을 살아왔으며, 그만큼 더 강했다.

다시 말해서 피사노교의 서열 3위인 쌀라싸와 그 아래 서열들 사이에는 높은 벽이 하나 있다고 보면 되었다.

이와 마찬가지로 쌀라싸의 위쪽으로도 높은 격차가 존재했다.

서열 1위인 와힛, 그리고 2위인 이쓰낸은 감히 쌀라싸가 넘볼 수 없는 존재들이었다. 서열 1, 2위와 3위 사이의 벽은 감히 말로써 표현하기 어려울 정도로 드높았다. 게다가 3위인 쌀라싸와 4위인 아르비아, 5위인 캄사는 모두 와힛의 자식들이었다.

오래 전 와힛은 언노운 월드를 떠나 부정 차원으로 들어가면서 자신의 세 자식들에게 피사노교를 맡겼다.

쌀라싸와 아르비아, 캄사는 이런 계기 때문에 운 좋게 피사노교의 수뇌부가 되었을 뿐, 사실 이들 3명이 감히 와힛과 어깨를 견줄 수준은 못 되었다.

피사노교의 일반 신도들의 눈에는 교의 수뇌부 9명이 모두 다 마신처럼 강하게 여겨지겠지만, 사실상 이들 9명 가운데 오직 서열 1위인 와힛과 2위인 이쓰낸만이 마격 존재에 한 발을 걸쳤을 뿐이었다.

나머지 7명은 그보다 한참 격이 떨어졌다.

7명도 이 사실을 잘 알고 있었다.

"우리는 와힛 님이나 이쓰낸 님과 비교할 수 없이 미미한 존재들이다. 그런 우리가 와힛 님의 명을 받들어 피사노교를 잘 지켜내기 위해서는 훌륭한 기둥들을 계속 세워야할 게다. 그러니 너희들은 뛰어난 자식들을 계속 낳아라. 그 자식들 가운데 악마종과 능히 결합할 수 있는 후손이 나오면, 그를 우리와 동급으로 인정해주고 교의 기둥으로 세우자."

오래 전 쌀라싸는 아우들을 한 자리에 모아놓고 이런 말을 남겼다.

쌀라싸의 아우들이 그 말에 동의했다.

그리하여 쌀라싸는 자식들 중에 싯다와 사브아, 그리고

싸마니야를 차례로 발탁하여 교의 기둥으로 삼았다.

아르비아도 티스아를 낳아 교의 기둥으로 만들었다.

오늘날 피사노교가 9명의 수뇌부 체제를 갖추게 된 데에는 바로 이러한 배경이 있었다.

악마종은 이 점을 지적했다.

[킥킥킥. 아쉽네. 네 막내를 잘만 키웠으면 교의 열 번째 기둥으로 성장했을지도 모르는데. 킥킥킥. 싸마니야, 너는 눈깔을 어디가 달고 다니는 게냐? 킥킥킥.]

악마종의 비웃음에 싸마니야가 버럭했다.

[닥쳐.]

[엥?]

[닥치라고. 이게 다 누구 때문인데? 막내가 갓 태어났을 때 내가 너에게 막내를 보여줬잖아. 막내뿐 아니라 나의 다른 자식들도 다 너에게 보여줬잖아. 그때 네가 막내를 어떻게 평가했더라? 중하품에도 들지 못하는 쭉정이 하품이라고 했었지?]

[커헙? 내가 그랬던가?]

악마종은 말문이 막혔다.

싸마니야의 말은 사실이었다. 오래 전 악마종은 싸마니야의 흑마법에 의해서 혼이 분리되어 먼 곳으로 날아갔었다. 그곳에서 악마종은 싸마니야의 막내아들을 혀로 훑어

보고는 하품이라는 낙인을 찍었다.

싸마니야의 자식들은 모두 다 중품 이상이었다.

"그런데 하품이라니. 그딴 자식은 필요 없다. 마침 백 진영에 침투시킬 녀석이 필요하던 참이었는데. 그런 쭉정이는 첩자로나 써먹어야지."

당시 싸마니야는 이런 결정을 내렸다.

그 결과 싸마니야의 막내아들은 피를 각성해보지도 못한 채 백 진영에서 자라났다. 그리곤 모레툼 교단 은화 반 닢 기사단의 요원이 되어 49호의 번호를 받았다.

이탄의 손에 죽은 전대 49호가 바로 싸마니야의 막내아들인 것이다.

악마종이 갑자기 꼬리를 내렸다.

[이상하다? 그때 내가 왜 하품의 판정을 내렸지? 저렇게 뛰어난 재질을 가진 녀석을 왜 그랬을까?]

한참을 갸웃거리던 악마종이 비로소 답을 찾아냈다.

[그렇구나. 내가 판정 오류를 범한 것은 모두 다 네 막내아들의 특성 때문이야.]

[뭐라고? 닥쳐라. 이제 와서 그게 뭔 소리냐? 네 실수를 왜 내 아들에게 떠넘겨?]

싸마니야가 으르렁거렸다.

악마종이 변명을 해댔다.

[싸마니야, 그렇게 화만 내지 말고 내 설명 좀 들어보라고. 네 막내아들은 아주 특이한 체질을 타고 났어. 검은 드래곤의 피를 지녔으면서도 겉으로는 그런 티가 전혀 나지 않잖아? 네 막내아들은 실력을 숨기는 데 천부적인 재능을 타고 났다고. 그래서 그때 내가 실수를 한 게야. 그때는 네 막내아들이 이런 특수체질인 것을 모르고 하품으로 판정을 했던 게지. 그런데 이제는 나도 네 아들의 특수체질을 알았잖아? 그리고 그 체질을 감안해서 다시 판정하니까 극상품이더라고.]

악마종의 설명은 그럴듯했다.

[그런가? 특수체질 때문이었나?]

싸마니야도 깜빡 넘어갈 수밖에 없었다.

Chapter 2

실제로 이탄은 검은 드래곤의 피를 이미 각성하였건만, 겉으로는 그 기세가 전혀 드러나지 않았다. 오히려 이탄의 몸에서는 구역질나는 신성력과 법력만 잔뜩 풍겼다.

[하긴, 나도 깜빡 속을 정도이니 말 다 했지. 확실히 내 막내아들이 아주 독특한 체질인 것은 분명해. 그러니까 첩

자 노릇을 그렇게 잘하지. 하지만 아깝네. 교의 기둥이 될 법한 재목을 첩자로 낭비하다니.]

싸마니야가 우울하게 중얼거렸다.

악마종이 고개를 가로저었다.

[아니지. 미리 포기할 필요는 없을 것 같아. 지금이라도 늦지 않았다고.]

[뭐?]

[네 막내아들 녀석에게 본격적으로 피사노교의 흑마법을 가르쳐 봐. 저 녀석의 재능이라면 눈 깜짝할 사이에 네 큰 아들을 따라잡을걸. 내가 장담한다고. 저 녀석은 첩자로 써 먹기에는 너무 아까워.]

악마종은 확신을 가지고 싸마니야를 설득했다.

[그런가?]

싸마니야는 다시 한번 찬찬히 이탄을 뜯어보았다.

이탄은 이 상황이 은근히 불쾌했다.

'이거 참 너무하네. 사람을, 아니 언데드를 불러놓았으면 뭐라도 얘기를 해야지. 아까부터 왜 저렇게 나를 빤히 내려다보고만 있는 건데? 게다가 싸마니야 님의 어깨에서 날름거리는 저 징그러운 뱀은 또 뭐야? 뱀이 아니라 무슨 혓바닥처럼 생겼는데? 어쩐지 저 징그러운 게 나를 탐색하는 느낌이야. 기분 나빠.'

이탄은 속으로 이렇게 투덜거렸다.

그러는 동안 싸마니야의 결심이 굳어졌다. 싸마니야는 악마종의 조언을 진지하게 받아들이기로 마음먹었다.

'원래는 쿠퍼 녀석이 기특하여 얼굴이나 한번 대면할까 생각했었지. 그런데 듣고 보니 악마의 조언에도 일리가 있어. 이참에 쿠퍼의 재능이나 한번 테스트를 해볼까? 쿠퍼 녀석이 우리 피사노교의 흑마법과 얼마나 잘 맞는지 체크를 해봐서 나쁠 것은 없잖아?'

만약에 이탄이 흑마법에 별 재능이 없다면?

'그럼 쿠퍼 녀석을 다시 백 진영으로 돌려보내면 되지. 그냥 첩자 노릇이나 하면서 살면 되는 게야.'

싸마니야는 이렇게 생각했다.

그런데 혹시라도 이탄이 흑마법 분야에 천부적인 재능을 타고 났다면?

'그럴 경우엔 첩자가 문제가 아니지. 위대한 피사노교의 열 번째 기둥이 탄생할 수도 있음이야. 그것도 내 핏줄 중에서 새로운 기둥이 탄생하는 것이라고. 크허허허.'

그런 상상을 하는 것만으로도 싸마니야는 기분이 좋았다. 이탄이 지켜보는 가운데 싸마니야의 입꼬리가 자꾸 씰룩거렸다.

"갑작스럽게 이게 무슨 일이래?"

이탄은 돌아가는 상황이 잘 이해가 되지 않았다.

싸마니야는 이탄을 대전으로 불러놓고는 단 한 마디도 하지 않았다. 계속 이탄을 굽어보기만 하다가 갑자기 물러나라고 명을 내렸다.

"조만간 다시 보자. 그때 네가 나의 기대를 충족시켰으면 좋겠구나."

이것이 싸마니야가 이탄에게 남긴 유일한 말이었다.

'뭐래? 기대를 충족시키라니, 대체 무슨 기대를 말하는 거야?'

이탄이 밍니야의 기억을 읽었다.

밍니야에게 심어진 분혼도 영문을 몰랐다.

그렇게 이탄이 찜찜한 기분을 안고서 싸마니야의 앞을 물러날 때였다. 여우족 사내가 쪼르르 뒤를 쫓아와서 이탄을 붙잡았다.

[신인의 명이십니다. 신인의 혈육께서는 저를 따라오시지요.]

"따라오라니? 어디로?"

[저를 따라와 보시면 압니다.]

여우족 사내가 재촉했다.

이탄에 이어서 밍니야도 함께 움직이려고 했다.

여우족 사내는 뾰족한 주둥이를 좌우로 흔들었다.

[송구하오나 밍니야 님께서는 함께하실 수 없습니다. 이 것은 신인의 엄명이십니다.]

"뭐라고?"

밍니야가 인상을 썼다.

하지만 싸마니야의 명이라고 하니 따를 수밖에 없었다. 밍니야는 여우족 사내를 무섭게 노려본 다음 자리를 비켜 주었다.

여우족 사내는 그제야 종종걸음을 옮겼다.

[저를 따라오십시오.]

이탄은 어깨를 한 번 으쓱한 다음, 여우족 사내를 뒤쫓았 다.

여우족 사내가 안내한 곳은 싸마니야의 대전 지하였다. 어둑한 지하 바닥엔 푸르스름한 빛이 감도는 팔각형의 마 법진이 설치되었다. 마법진의 크기는 가로 세로 각각 10 미터 안팎이었다.

'이송마법진처럼 보이지는 않는데? 어떤 종류의 마법진 이지?'

이탄은 팔각형 마법진의 종류와 기능을 파악하기 위해서 열심히 머리를 굴렸다.

떠오르는 바가 딱히 없었다.

그때 여우족 사내가 이탄을 부추겼다.

[이제 저 안으로 들어가시면 됩니다. 팔각형의 중앙에 앉으십시오.]

"이게 무슨 마법진이지?"

이탄이 여우족 사내에게 물었다.

여우족은 뒤통수를 슥슥 긁으며 대답했다.

[죄송합니다. 저도 잘 모르겠습니다. 저는 그저 신인의 명을 따를 뿐입니다.]

이탄은 곰곰이 생각하다가 팔각형 안으로 들어갔다. 설령 이것이 피사노교의 함정이라 할지라도 이탄은 얼마든지 이를 벗어날 자신이 있었다.

이탄은 팔각형 마법진의 중앙에 책상다리를 하고 앉은 다음, 법력을 서서히 끌어올렸다.

쿠르르릉!

이탄의 뱃속에서는 음차원 덩어리가 자전 속도를 높였다.

이탄은 무한시와 무한공의 권능을 동시에 발휘할 준비도 마쳤다. 이탄은 여차하면 만자비문을 사용할 각오도 했다. 이탄의 영혼 깊숙한 곳에선 붉은 금속, 즉 적양갑주가 너울너울 일어났다.

'이 정도까지 대비를 했으면 그 어떤 사태가 벌어지더라

도 내 한 몸은 빼낼 수가 있을 거야.'

이탄은 이렇게 자신했다.

좌라라라락—.

이탄이 자리에 착석하자 바닥에 새겨진 팔각형 도안이 빙글빙글 회전하기 시작했다.

이탄이 앉은 곳을 중심으로 양 옆 벽이 튀어나왔다. 뒤쪽 벽도 쿠르릉 소리와 함께 튀어나왔다. 이어서 천장이 서서히 하강했다. 반대로 이탄이 앉아 있던 바닥은 위로 천천히 상승했다.

이들 벽과 천장에는 그동안 보이지 않던 마법진이 드러나 환한 빛을 뿌렸다. 이 마법진들은 지금 이탄이 앉아 있는 팔각형의 마법진과 동일했다.

Chapter 3

"이게 무슨 짓이지?"

이탄이 눈썹을 찌푸렸다.

여우족 사내가 황급히 싸미니야의 말을 전했다.

[움직이지 마시고 가만히 계십시오. 그러면 검은 드래곤의 인도가 있을 것이라 하셨습니다.]

"검은 드래곤의 인도라고? 피를 두 번이나 확인한 것으로 모자라서 또 테스트를 하는 건가?"

이탄은 이런 대접이 마음에 들지 않았다.

은근히 부아도 치밀었다.

그러는 사이 천장과 벽이 바짝 다가와 이탄을 정육면체 안에 가둬놓았다. 그 상태에서 여섯 면에 새겨진 팔각형의 마법진이 좌라라락 소리를 내면서 계속 회전했다.

이윽고 마법진에서 흘러나온 기운이 이탄을 에워쌌다.

쩌저정! 쩌저정!

정육면체 공간 안에서 검은 벼락이 마구 떨어졌다.

이에 호응이라도 하듯이 이탄의 뱃속에 숨어 있던 만자비문들이 이탄의 (진)마력순환로 속으로 툭툭 기어 올라왔다. 음차원 덩어리도 쿠르르릉 자전 속도를 높였다.

다음 순간!

이탄은 갑자기 광활한 우주로 내팽개쳐졌다.

비좁던 정육면체 공간은 어디론가 사라지고 없었다. 그 대신 광활한 우주가 이탄의 눈앞에 전개되었다.

우주 저 멀리에선 별들이 뭉쳐서 성운을 이루었다. 몇몇 별들은 이탄과 가까웠다. 나머지 별들은 이탄으로부터 아득하게 멀었다.

갑작스러운 환경 변화에도 불구하고 이탄은 당황하지 않

았다. 이탄은 침착하게 주변을 살폈다. 이탄의 눈동자 안에
선 노란 광채가 일렁거렸다.

그렇게 주변을 살피는 와중, 이탄은 과거의 한 장면을 회
상했다.

'이건 마치 과거의 한 장면 같구나. 간씨 세가의 망령목
에 머리가 매달린 뒤, 언노운 월드로 보내질 때도 나는 이
런 우주를 지나왔었지. 그때 우주 저 멀리서 거대한 뱀처럼
보이던 시뻘건 기운이 다가와 나를 한 입에 집어삼킨 것 같
았는데.'

지금도 그때와 비슷한 일이 일어났다.

다만 이번에는 붉은 기운이 아니었다. 칙칙한 회색의 기
운이 온 우주를 집어삼킬 듯이 나타나더니 급속도로 팽창
하기 시작했다.

이 회색의 기운에 접촉하는 즉시 성운이 허물어졌다. 별
들이 산산이 붕괴했다. 태양은 차갑게 식었다. 초신성은 폭
발을 멈추었다가 그대로 소멸했다.

회색의 기운은 그렇게 온 우주를 정지시키면서 팽창하더
니 어느새 이탄의 코앞까지 도착했다.

이탄은 피하지 않았다. 두 눈을 똑바로 뜨고 회색 기운을
바라보았다.

이탄의 몸속에서는 붉은 기운, 즉 적양갑주가 모습을 드

러내었다. 적양갑주는 저 회색 기운이 이탄에게 해가 될지도 모른다고 판단한 모양이었다.

츠츠츠츠츠!

이탄의 피부 위로 붉은 노을 같은 것이 번졌다.

적양갑주가 회색 기운에 적개심을 품은 것과 달리, 이탄의 만자비문들은 회색 기운이 다가오자 환호라도 하듯이 마구 날뛰었다.

회색 기운은 느리게 전파하는 것 같았으나 실상은 엄청나게 빨랐다. 회색 기운이 우주 저 끝에 등장한 것이 불과 1, 2초 전인 것 같았다. 그런데 어느새 그 기운이 팽창하여 이탄을 덮쳤다.

이탄의 몸에서 발산되는 붉은 노을은 한층 더 진한 빛을 뿌렸다.

칙칙한 회색의 기운과 붉은 노을이 정면으로 맞부딪치려는 순간이었다. 회색 기운이 갑자기 움직임을 멈췄다.

촤라라락!

거대한 성운마저 단숨에 으깨버렸던 그 난폭한 기운은 이탄의 코앞에서 행동을 멈추고는 천천히 이탄을 탐색했다.

회색 기운이 이탄을 들여다보는 동안, 이탄도 회색 기운을 관찰했다.

이탄이 먼저 손을 뻗었다.

츠륵!

이탄의 손가락이 접촉한 순간, 기체 혹은 에너지에 가까웠던 회색 기운이 딱딱한 고체로 변하면서 그 형체를 드러내었다.

이 회색 덩어리는 흡사 거대한 비석을 보는 듯했다. 회색 덩어리 속에는 희한한 존재들이 일정한 간격으로 박혀 있었다. 그 모습이 마치 빙하 속에 갇혀서 박제가 된 고대의 생물들을 보는 듯했다.

회색 비석(?) 속에 박힌 존재들은 꽈배기 모양이었다.

'어쩐지 눈에 익은데?'

이탄이 좀 더 자세히 들여다보니 이 꽈배기 모양은 문자였다.

'문자가 새겨진 것을 보니 더더욱 비석 같구나.'

이탄의 뇌리에는 오래 전 밍니야가 해준 이야기가 떠올랐다.

"문자라는 것은 본디 질서, 규칙, 규범, 이딴 것들과 한 몸이었다. 하지만 우리의 선조들은 순수한 무질서, 불규칙, 부정함의 진리를 추구하였으니 어찌 문자와 어울리겠느냐? 그리하여 무질서와 불규칙, 부정함의 근원이신 피사노께서 읽을 수 없는 문자 10,000개를 비석에 새겨 우리에게 내리셨으니, 이것이 바로 우리의 원류, 만자비문이니라. 만자비문은 비록 읽을 수 없으나 우리 선조들에게 큰 영감을 주었느니라. 그리하여 선조들은 만자비문을 특수물감으로 탁본 떠서 늘 품에 지니고 다녔으니, 이것이 바로 바이블의 시작이다. 하지만 안타깝게도 이러한 전통이 날로 퇴색하여 오늘날에는 바이블을 품에 지니지 않고 배낭에만 대충 찔러넣고 다니는 신도들이 많아졌다. 교리사도인 나는 이 점을늘 우려하였느니라. 그런데 교의 밖에서 키워진 네가 바이블을 이토록 소중하게 여기는 모습을 보니, 역시 너에게도 검은 드래곤의 피가 흐르고 너와 내가 한 동기임을 새삼 깨닫게 되는구나. 실로 기뻐할 일이로다."

당시 밍니야는 이탄에게 이런 칭찬을 해주었다. 지금 밍니야 말이 이탄의 뇌리 속에 차례로 풀려나왔다.

〈다음 권에 계속〉

環生王
환생왕

요도 | 김남재 신무협 장편소설

ORIENTAL FANTASY STORY & ADVENTURE

정체를 알 수 없는 세력들에 의해
비참한 최후를 맞이한
천룡성(天龍城)의 후계자 천무진.
그런 그에게 찾아온 또 한 번의 삶.
그리고 그를 돕기 위해 나타난 여인 백아린.

"이번엔…… 당하지 않는다."

이젠 되돌려 줄 차례다.
새로운 용이 강호를 뒤흔든다!

dream books ★
드림북스